신성한 결혼

지은이 _ 쉬쿤徐坤
옮긴이 _ 유소영劉素英

문예원

《神聖婚姻》
著者:徐坤

Copyright © 2021 by Xu Kun
Korean copyright © 2024 by Munyewon Korea
ALL RIGHTS RESERVED

이 책의 한국어판 출판권은 People's Literature Publishing House Co., Ltd.
人民文學出版社(인민문학출판사)와의 독점 계약으로 한국 문예원에 있습니다.
저작권법에 의해 한국 내에서 보호를 받는 저작물이므로 문예원과 협의없이 무단전재와
무단복제를 금합니다.

옮긴이 서문

《신성한 결혼》의 작가 쉬쿤徐坤은 현실에 대한 관심이 많은 작가로 유명하다. 소설 작가의 현실에 대한 관심이라니, 당연하다고 생각할 수 있지만, 이번 작품을 보면 '현실에 대한 관심'이란 말의 의미를 확연하게 알 수 있다. 정도의 차이만 있을 뿐, 소설은 시대의 현실을 담고 있다. 설사 미래가 소설의 시대 배경이라고 해도, 지나온 삶의 발자취를 근거로 상상이 덧대어진 '미래의 현실'이라 할 수 있다. 다만, 집중하고 싶은 부분이 현상인지, 정신인지, 경물景物인지 등의 차이가 있을 뿐이다.

《신성한 결혼》은 젊은 청춘 남녀의 사랑 이야기를 시작으로, 이들을 둘러싼 중국의 부동산 문제, 수년째 이어지고 있는 국유기업의 체제 변화, 한국인에게 낯선 중국 기관의 내

규에 따른 직장 생활 및 인간 군상들의 이모저모 등을 곳곳에서 엿볼 수 있다. 그중에서도 특히 주인공 남녀를 갈라놓은 부동산 문제가 가장 먼저 시선을 끈다. 독자들은 이미 수년 전 매체를 통해 중국 공원에 등장한 '배우자 구함'의 팻말을 기억할 것이다. 그 팻말에는 여지없이 본인 소개에 '베이징', '상하이' 호구戶口를 가지고 있다는 표현이 등장했다. 지금도 여전히 베이징, 상하이 등 대도시는 호구를 취득하기가 하늘의 별 따기이며, 그곳에 산다 해도 주택을 구매하는 일은 만만치 않다.

소설에 등장하는 중국의 수도 베이징은 2011년부터 주택 구매 제한 정책을 시행하여, 베이징에 호구를 보유한 기혼 가구는 두 채, 1인 가구는 한 채만 주택을 구매할 수 있도록 제한하였다. 또한, 베이징에 집이 없고 5년 이상 베이징에서 사회보험이나 개인 소득세를 납부한 경우, 주택을 한 채만 살 수 있도록 했다. 물론 오랫동안 부동산 경기를 비롯한 경기 침체가 가중됨에 따라 올해(2024년) 인민대표대회에서 다양한 부동산 정책을 내놓으며 베이징의 부동산 규제 완화도 발표되었지만, 과연 서민들의 삶에 어느 정도 영향을 줄지는 지켜봐야 할 일이다.

소설 속에 등장하는 어른들은 농촌에서는 땅, 도시에서는 집이 있어야 삶의 근본이 선다고 말한다. 지역, 국가에 따라

인식의 차이가 있을 수 있겠지만, 우리의 현실 역시 이는 지극히 일반적인 진리이다. 다만, 안정적인 삶을 위한 노력이 도를 지나쳐 부동산이 치부致富의 수단이 되어 버린 것이 현실이고, 이런 현실은 오히려 삶의 안정이 아니라 삶의 불안을 조성하고 있다. 평생 많은 시간과 정력을 부동산 문제로 고민해야 한다면, 지나치게 비효율적인 인생이다. 소설은 이러한 부동산 문제를 둘러싼 각자의 가치관으로 인해 빚어진 양가의 분화, 남녀 주인공의 갈등과 선택 등을 다루고 있다.

부동산 문제 이외에, 여주인공 톈톈의 이모인 마오전의 직장 생활 역시 의외로 내용의 많은 부분을 차지한다. 마오전은 우주 문화 및 디지털 경제 연구소의 부소장이다. 조직이니만큼 그 안에서 벌어지는 조직원 간의 갈등이 등장하지만, 사실 이런 일들은 대수롭지 않다. 어느 사회, 어느 집단에서도 흔히 볼 수 있는 문제로, 이는 조직 자체보다는 인간의 문제이기 때문이다. 그보다는 국가가 어떤 사회를 지향하고 있으며, 이에 따라 어떤 정책을 실시하고 있는지가 핵심 내용이다. 한국 독자들에게는 생소하겠지만, 중국 기관의 일면을 엿볼 수 있다는 측면에서 보면 자못 흥미진진하다. 작가는 이 부분을 제법 비중 있게 다루고 있다.

소설 속 등장인물들이 겪는 현실과 그들의 결말에 작가

가 꿈꾸는 이상 사회가 그려져 있는 듯하다. 다양한 방식으로 건전한 사회를 형성하는 데 적합한 사회인을 길러내는 것은 합리적이며 바람직한 일일 수 있으나, 오롯이 개인의 차원에서 내면의 갈등에 침잠하고 이런 자신을 들여다보는 모습도 그려졌다면, 흐뭇하기만 한 결말에 남는 아쉬움을 달랠 수 있지 않았을까.

그럼에도 불구하고 《신성한 결혼》은 매우 '현실적'이라 중국의 제도와 현존하는 문제, 지식인과 '링다오領導'(영도자, 지도자)로서의 행동 양식을 들여다보고 이해하는 데 도움이 되지 않을까 한다. 여행으로 중국을 다녀오거나 뉴스나 종편에 등장하는 가십거리를 통해 중국을 바라보는 것에서 한 걸음 더 들어가 중국 사회를 엿볼 수 있다. 경제적용방經濟適用房(국민주택), 상품방商品房(분양 주택 및 상업용 점포)이라는 개념과 부동산 경제의 거품과 진통, 국영 기업의 사기업 체제 전환을 위한 '전제轉制' 정책에서 과연 그 안의 조직원들은 개인의 이익으로 인해 어떤 것들을 고민하고 있는지, '하이구이海歸'라 일컬어지는 유학생들은 귀국 후 삶이 그들이 상상했던 사회적 위치와 어떻게 어긋나는지, '괘직掛職'의 의미가 무엇인지 등등이다.

후기를 마치며 '신성한 결혼'이란 서명의 의미를 곰곰이 생각해본다. 결혼은 신성해야 하는가, 작가가 말하는 '신성한'이란 개인적 차원일까, 사회적 차원일까. 작품의 전체적인 흐름을 보며, 작가가 말하는 '신성한 결혼'의 의미가 혹여 책에서도 언급된 바 있는 세 가지 관념, 즉 역사관과 가치관, 도덕관과 결부되어 있는 건 아닐까. 결혼이라는 인륜지대사에 대해 사람들은, 특히 젊은 세대들의 생각과 가치관은 어떨까 이야기를 나누어보고 싶다.

역자 유소영

차례

옮긴이 서문 · 3

상上 우주를 우러르다   12

1. 정월 대보름   13
2. 일장춘몽   34
3. 우주를 우러르다   52
4. 허우사위后沙峪의 밤   73
5. 판자위안의 연기   97
6. 쏜살같던 그해   114
7. 신입   131
8. 톄링의 날벼락   139
9. 인저우銀州의 장례식   160
10. 이인전二人轉·《인연을 탄식하며嘆情緣》   172

하下 별빛이 등불이 되다   184

11. 성대한 우주 대전大典   185

12. 나이가 벼슬   203

13. 작은 변화의 시작   216

14. 가정의 삶이란   235

15. 폭우이화창暴雨梨花槍   260

16. 이인전 · 소배년小拜年   281

17. 고원 위의 사람   300

18. 친애하는 여행자   323

19. 대지의 아들   341

20. 별이 된 사람   362

에필로그 • 366

맛 | 문예
소설 009

신성한 결혼

神聖婚姻

상上

우주를 우러르다

1. 정월 대보름

청톈톈程田田은 여러 해가 지난 후에도 2016년 정월 대보름 밤을 생생하게 기억한다. 허겁지겁 베이징으로 달려간 톈톈은 쑨쯔양孫子洋으로부터 그들의 사랑이 끝났다는 말을 들었다.

2016년 정월대보름은 예년에 비해 조금 늦게 찾아왔다. 2월 4일 입춘으로부터 십여 일이 지난 2월 22일 되어서야 대보름이었다. 베이징의 거리는 이미 봄기운이 만연하고 태양이 하늘 높이 떠 있었다. 2월 봄바람이 살포시 흩날리는 눈과 옅은 안개를 쓸어내고 퉁쯔허筒子河 강변의 여린 버들잎은 바람을 감싸 안는다. 공원에서 열린 묘회廟會[1]에 사람

---
1 절 옆에 모여 물건을 사고팔던 임시 장터.

들이 몰려들고 놀이공원 환러구歡樂谷의 롤러코스트에서 흥겨운 외마디가 연이어 흘러나왔다. 봄이 오니 쪽빛 강물과 어우러져 궁궐의 붉은 담벼락이 더욱 선명하게 느껴졌다. 베이징의 이른 봄 2월의 기운이 상서롭다. 맑은 황허강의 물, 잔잔한 바다의 물결이 평안함을 안겨주는 시절이다.

선양沈陽에서 베이징으로 향하는 고속철 안. 청톈톈은 기분이 울적했다. 울고 싶지만 눈물도 나오지 않았다. 최근 며칠 쑨쯔양孫子洋이 전화도 받지 않고 위챗을 보내도 반응이 없었다. 뭔가 일이 생긴 게 분명했다. 정월 15일 월요일, 원래대로라면 쑨쯔양은 베이징의 새 직장에 첫 출근을 해야 하고, 자기 역시 마찬가지였다. 그런데 그런 쑨쯔양이 청톈톈의 위챗을 차단하고 밑도 끝도 없이 연락을 끊었다. 그제야 그녀는 예사롭지 않다는 생각이 들었다. 무슨 일이 있는 거야. 하지만 대체 무슨 일인지 알 길이 없었다. 아무리 생각해도 감이 오지 않았다. 직접 쑨쯔양을 만나 들어봐야 할 것 같았다.

사실 청톈톈은 정월 초닷새에도 톄링鐵嶺의 집에서 쑨쯔양을 만나긴 했다. 그녀는 선양에서 고속철 역 한 정거장 떨어진 곳에 22분 만에 도착했다. 북방의 설 풍습에 따라 톈톈은 쑨의 가족과 '파오破五[2] 교자를 먹었다. 당시 그의 아빠, 엄마, 할아버지부터 큰아버지, 큰어머니, 작은 아버지,

작은 어머니, 고모, 고모부까지 함께 자리했다. 거의 모든 친족이 모인 셈이다. 그들이 이구동성으로 말했다. 이번 식사자리는 베이징으로 일하러 가는 우리 쯔양의 송별회인 셈이야. 우리 집 쯔양이 호주 유학을 마치고 돌아와 오직 자기 힘으로 전 세계 '10대' 금융사에 들어갔잖아. 친족과 그의 부모가 일제히 쑨쯔양 할아버지에게 잔을 올리며 말했다. 아버지, 이 모두 아버지께서 잘 가르치고 키워주신 덕분입니다. 독자 집안에서 쯔양 대에 이르러 결국 인물이 났네요! 손자가 이제 수도 베이징에 뿌리를 내리게 되었습니다. 앞으로 큰돈을 벌고 이름을 날려 우리 쑨씨 집안을 빛낼 거예요.

아버지, 이제 큰 손자 따라서 베이징에 가서 호강할 날만 기다리세요!

쑨쯔양의 여든이 넘은 할아버지 쑨훙쉬안孫洪軒이 함박웃음을 지으며 수염을 쓰다듬으면서 고개를 끄덕였다. 쑨쯔양과 그의 애인인 청톈톈도 수시로 자리에서 일어나 가족

---

2 중국에서는 정월 초닷새를 속칭 파오졔破五節이라고 한다. 여러 가지 금기시되던 일이 이 날이 지나면 모두 해결된다고 해서 붙여진 이름이다. 사람들의 염원이 큰 만큼 고대에는 이 날 금기하는 일이 많았다. 예를 들면 반드시 교자를 먹어야 하고, 생쌀로 밥을 해서는 안 되며, 여성이 다른 집을 방문해서는 안 된다는 관습 등이다.

들에게 술잔을 올렸다.

그때까지만 해도 떠들썩하고 흥겨운 분위기였다. 훈훈한 가족들, 자녀도 성인이 되고 모든 일이 술술 풀리니 부족할 것이 없었다.

그 후 며칠 동안 청톈톈은 마치 롤러코스터를 타고 하늘을 향해 내달리는 것 같았다. 가슴이 두근두근, 잔뜩 흥분이 되어 뭘 어찌해야 좋을지 알지 못했다. 머리가 어찔하여 마치 술에 취한 듯했다. 때로 하늘을 향해 소리를 지르고 싶었다. 아래로 내려갈 때는 어떨지 아예 생각해 본 적도, 생각해 볼 엄두도 나지 않았다.

초닷새 밤, 그녀는 톄링에서 선양으로 돌아갔다. 다음 날 청톈톈의 엄마 마오단毛丹이 베이징에서 일하는 큰 이모 마오전毛榛에게 전화를 걸었다. 언니, 톈톈 결혼할 사람이 베이징에서 일한대. 이제 곧 베이징 직장에 가서 업무를 시작할 거야. 두 사람 사귄 지 3, 4년 되었어. 대학 때부터 호주 유학 때까지 항상 함께 했어. 두 집 어른들도 만난 적이 있고, 뭐 하나 빠지는 구석이 없어. 이런 두 사람을 멀리 떨어져 지내게 할 수는 없잖아!

서로 떨어져 지내는 시간이 길어지다 보면 사이가 멀어지지 않겠어? 언니, 베이징에 톈톈 일자리 좀 알아봐 줄 수 없을까?

청텐텐의 큰 이모 마오전은 베이징 우주문화 및 디지털경제연구소 부소장이다. 마오전은 동생 말을 듣자마자 버럭 화를 냈다.

여태껏 뭐 하다가 이제 와서 난리야?

일자리 찾는 게 쉬운 줄 알아? 그저 누군가와 몇 마디 주고받으면 구해져? 설에 만났을 때는 왜 말 안 했는데?

그땐 그저 너무 기뻐 정신이 없어서. 텐텐 짝이 베이징에 입성한다니, 얼마나 기뻐? 어머니, 아버지한테 그 소식부터 알리느라 세세한 생각은 미처 못했어. 언니도 일 년에 한 번 설에나 부모님을 뵈러 선양에 오는데 언니를 성가시게 하기도 그렇고.

얼굴 봤을 땐 미안해서 입을 못 열었다는 애가 전화로 이런 부탁을 해? 됐어, 빙빙 돌리지 말고 말해봐, 그래서, 뭘 해달라는 거야? 일자리도 찾아주고 집도 구해줘야 해?

집은 괜찮아. 그 애 짝이 베이징에 집이 있대. 정직 아니라도 좋아. 우선 자리를 잡고 난 후 두 사람만 같이 지내면 돼.

마오전이 잠시 잠잠하다가 대답했다. 구해볼게! 이 야밤에, 게다가 설 명절인데 어디 가서 일자리를 찾으라는 건지.

해야 할 말은 하고, 해야 할 일은 해야 한다. 마오전 집안은 자매 둘에, 그 아랫세대라고는 텐텐 하나뿐으로 온 가족의 사랑을 듬뿍 받고 있다. 이제 일이 생겼으니 마오단은 언니 마오전에게 도움을 청할 수밖에. 이따금 마오전이 짜증을 내면 마오단이 분명하게 조곤조곤 말했다.

언니, 언니는 아이가 없잖아, 그럼 톈톈이 언니 아이나 마찬가지야. 언니가 늙으면 톈톈이 돌봐줄 수밖에 없잖아?

됐어, 됐다고! 그만해! 청산유수로 말도 잘하네. 말이 나왔으니 말인데, 난 이혼을 한 데다 애도 없어. 겨우 조용히 사나 싶었는데 너희 둘에게 계속 휘말려서 잡일을 해야 하겠어?

미안해, 언니! 내가 말솜씨가 없어서 그래. 어쨌거나 톈톈은 우리 집안 아이잖아. 어차피 언니도 보고만 있을 순 없어.

마오전은 어쩔 수 없이 매번 동생 말에 백기를 든다. 가족의 정은 포근하고 달콤하나 때로 상처를 주기도 한다. 무형의 족쇄, 보이지 않는 끈처럼 아무리 끊어버리려 해도 불가능하다.

이번에도 마찬가지이다. 마오단의 요구는 성가신 부탁의 무한 반복 중 하나일 뿐이다. 마오전은 매번 한결같이 먼저 불쾌한 기분이 들었다. 자매는 어찌 되었거나 자매이다. 마오전은 전화를 내려놓은 후 도움을 줄 수 있는 사람이 누구인지 머리를 굴렸다. 그녀는 정월 7일 출근을 하자마자 당대출판사 사장인 허우쥔侯君에게 전화를 걸었다. 허우쥔은 사회과학원 박사반에 다닐 당시 후배로 수년간 사이가 돈독했다. 마오전이 말했다.

허우쥔, 내 부탁 꼭 좀 들어줘. 우리 자매에겐 이 아이 하나뿐이야. 주링허우[3] 아이들은 애지중지 키우는 것도 모자라 직업까지 신경을 써줘야 하잖아. 내가 신경을 안 쓰고 조카딸과 그 애 짝을 지금 그대로 멀리 떨어져 지내게 하면 둘은 그대로 끝장이야. 내 동생 부부가 얼마나 애써서 딸을 대학에 보내고 유학까지 보냈는데. 하이구이海歸[4]라고 해봤자 아무 것도 아니야. 취업 못하고, 짝을 찾지 못하면 내 동생 집안사람 모두 미쳐버릴 거야.

이해해요. 허우쥔이 말했다. 아이 일이라면 큰일이지. 우리 집에도 한참 과격한 사춘기 애가 있어요. 이렇게 하죠. 우선 우리 출판사에서 3개월 수습을 하기로요.

마오전은 감지덕지하며 허우쥔이 말 한대로 톈톈의 이력서, 학위증명서 등을 발급받아 출판사 인사부로 보냈다. 인사부에서는 온라인으로 톈톈이 호주에서 유학한 학교를 검색해서 국가교육위원회가 인증한 학력을 확인했다. 얼마

---

3 90後. 1990년대 이후 중국에서 태어난 세대를 일컫는 말.
4 중국에서, 해외유학을 마치고 돌아온 사람을 일컫는 말.

후 허우쥔이 전화를 했다. 가능한 한 빨리 출판사에 와서 각 부서별로 처리할 일을 마치도록 하세요. 마오전은 정말 기뻐했다.

마오전이 바로 전화를 걸어 상황을 알리자 청톈톈은 7일 오후 선양에서 베이징으로 향하는 고속철에 올랐다. 8일 오전, 톈톈은 이모를 따라 출판사에 가서 허우쥔 사장을 만났다. 허우쥔은 몸매, 얼굴 모두 빠질 것 없는 톈톈을 보자 빈정거리듯 말했다. 외모는 선배 집안사람 빼쐈네요. 눈웃음도 그렇고. 마오전이 말했다. 마른 것만 빼면. 매일 다이어트하다가 바람에 날아가겠어. 옆에 있던 여 부사장이 깔깔거렸다. 요즘 아가씨들 다 그렇죠. 마치 한 가닥 번갯불 같이 날씬해지지 못해 안달이죠.

면접은 매우 유쾌하게 이루어졌다. 마지막으로 인사부 주임이 톈톈에게 그녀의 자리를 안내했다. 톈톈은 어찌나 감격했는지 제대로 입을 열지 못했다. 마오전이 언제부터 출근할지 물었다. 허우쥔은 두 사람 사정대로 하라고 말하면서 보름이 지나서 출근하는 건 어떤지 물었다. 마오전은 고개를 끄덕였고 옆에서 어쩔 줄 모르고 서 있던 톈톈은 흥분한 나머지 제대로 대답도 하지 못했다. 회사에서 나온 후 톈톈과 이모가 서로 부둥켜안은 다음, 지체 없이 바로 택시를 타고 고속철 역사로 향했다. 오늘 오후 당장 이 신나는 소식을 가지고 선양으로 돌아가 쑨쯔양과 함께 일주일 후 베이징의 새로운 생활을 위해 준비를 해야 한다.

텐텐은 달콤한 꿈에 젖어들었다. 택시를 타자마자 인턴 자리를 구했다는 소식을 톄링 집에 있는 쑨쯔양에게 전했다. 휴대폰 너머 쑨쯔양의 목소리나 말투를 신경 쓸 틈이 없었다. 자기감정에 젖어 그런 걸 생각할 여유가 없었다.

고속철에 오른 후 텐텐의 머릿속에 마치 영화의 장면들처럼 두 사람이 베이징에서 가보자고 약속했던 곳들이 줄줄이 떠올랐다.

허우싸이레이(猴賽雷, 끝내줘)~~~

이렇게 말하고 나니 절로 웃음이 나왔다. 올해는 원숭이해, 자기 띠의 해이다. 설날 특집 프로그램에 양 볼이 볼록한 아기 원숭이 마스코트 '캉캉康康'이 나온 후 '허우싸이레이'는 네티즌들 사이에 캉캉을 부르는 표현이 되었다. 곧바로 쑨쯔양은 그녀에게 '허우싸이레이'라는 애칭을 붙여주었다.

원래 쑨쯔양은 베이징 직장에 출근하는 첫날, 그녀와 함께 베이징에 가기로 했다. 쑨쯔양의 아빠와 엄마가 짐을 챙겨 톄링에서 차를 몰고 출발해 선양에 가서 텐텐을 태운 후, 베이징에 가기로 했다. 팔백 킬로미터면 하루가 채 안 되어 도착할 수 있다.

그런데 이제 상황이 달라졌다. 텐텐은 그냥 쑨쯔양을 따라가는 것이 아니라 두 사람 모두 베이징의 직장에 출근해야 한다. 쑨쯔양은 둥싼환東三環 CBD에 있는 FFC(Fortune financial center) 사무실에 가야 하고, 청톈톈은 안딩문安定門 밖 당대출판사에 편집부 인턴으로 출근한다. 졸업 후 귀국한 지 얼마 되지 않은 하이구이 연인 둘이 베이징에서 기반을 잡을 수 있다는 것은 정말 꿈같은 일이다.

대체 꿈이야, 생시야?

모든 상황이 완벽했다. 마치 하늘을 날아가는 듯했다!

고속철에서 청톈톈은 머리가 어질어질했다. 꿈이라면 깨고 싶지 않았다. 두 사람이 설에 계획한 베이징 관광을 떠올리며 절로 웃음이 번졌다. 역시 우리 결정이 옳았어!

환러구에 가는 거야! 정말 대단한 해야! 2016 '허우싸이레이!'

어디로 놀러갈 것인지 대해서는 두 사람 간에 이견이 있었다. 쑨쯔양은 묘회에 가자고 했다. 전에도 여러 번 베이징에 왔지만 설 연휴기간에는 온 적이 없었다. 정월 초하루부터 보름까지 베이징에서 열리는 묘회는 명성이 자자하다. 바이윈관白雲觀, 타오란팅陶然亭, 위위안탄玉淵潭, 스지탄世紀壇, 디탄地壇 등 모두 잘 알려진 곳으로 매우 시끌벅적하다. 각종 먹을거리와 궁등宮燈(축제의 등롱), 베이징 견화絹花(비단 조화), 베이징 경운대고京韻大鼓, 베이징 등미燈謎(등롱 수

수께끼) 등 놀거리도 있다. 그는 인터넷을 통해 베이징 둥청구 제2문화관에서 '무형문화유산 원소元宵 묘회'가 열린다는 정보를 찾아냈다. 묘회에는 둥청 무형유산 명단에 들어있는 문화행사가 열리고 전승자가 참가한다고 했다. 관람자들은 우위타이吳裕泰의 화차, 진팡錦芳의 원소元宵부터 톈싱쥐天興居의 초간포자炒肝包子(간 볶음만두), 베이징 두유를 맛볼 수 있다. 뿐만 아니라 전통 수공예품인 모후毛猴, 융화絨花도 살 수 있다.

청톈톈은 묘회에 가고 싶지 않았다. 그녀는 환러구 홍보 광고에 온통 정신이 팔려있었다. 구경하면서 맛있는 것도 먹고! 베이징 환러구에 빨리 가고 싶어! 롤러코스터 해양관, 회전목마와 불빛쇼, 파스타, 일본식 철판요리, 노자화소鹵煮火燒[5], 아메리칸 핫도그, 인도식 난, 창사長沙 취두부臭豆腐, 광둥 초하분炒河粉. 놀고, 먹고, 마시는 일을 한꺼번에 다 해결할 수 있잖아. 2016, 원숭이 만세~~~

광고를 바라보며 쑨쯔양이 결국 그녀에게 양보했다. 요꼬마 원숭이, 그래 너 하고 싶은 대로 해.

2016년 원숭이 해, 청톈톈의 해이다. 꽃 같은 스물넷, 가슴이 벅차다. 쑨쯔양은 그녀보다 한 살 위, 찬란한 청춘이

---

5 돼지 내장을 소로 넣어 만든 만두.

다. 그들은 대학과 유학시절을 함께했다. 의기양양하게 두각을 나타내며 외동 세대의 총아답게 해외와 수도 베이징에서 멋진 삶을 보내야 한다. 그런데 누가 알았겠는가. 운명의 신은 그들의 앞길을 막고 슬그머니 옐로카드를 들어 올린 상태다. 카드에는 커다란 글씨로 이렇게 적혀있었다.

2016, 수성 역행.

2016년 정월 15일, 월요일. 법정공휴일이 아니다. 기관, 기업, 유치원, 학교 등 출근과 등교가 시작되며 베이징은 예나 다름없이 소란스럽게 하루를 시작했다. 설 연휴가 끝난 후 초이렛날부터 출근을 했기 때문에 명절증후군으로 이미 일주일이나 시달렸던 사람들은 원소절(음력 정월보름날)에 한숨을 돌리며 쉬어가고 싶은 생각이 간절했다. 그들은 으레 그랬듯이 그날은 반나절이 지나 점심을 먹고 흩어졌다. 각자 집으로 돌아가 가족들과 온천을 즐기고 널브러지거나 몇몇 친구와 간단한 술 약속으로 긴장을 풀었다. 명절증후군을 벗어날 마지막 기회다.

그러나 마오전이 다니는 우주문화 및 디지털경제연구소는 전혀 한가하지 않았다. 하루 종일 회의를 열어 기업형 체제 변환轉企改制[6] 정책을 논의했다. 각 부서별로 논쟁이 벌어졌다. 각자의 이익을 앞세우느라 전혀 의견이 통합되지 않는 바람에 회의는 아무런 성과 없이 끝을 맺었다.

오후 4시경, 부소장인 마오전은 그제야 띵띵한 태양혈을 매만지며 사무실을 나와 집으로 향할 준비를 했다. 막 운전석에 올라 시동을 켜는데 휴대폰이 울렸다. 동생인 마오단이다. 마오단이 딸을 데리고 선양에서 베이징으로 오는 길이며 곧 역에 도착한다고 했다. 청텐텐의 짝인 쑨쯔양이 갑자기 연락을 끊고 며칠 동안 휴대폰을 받지 않고 있으며 위챗에서도 텐텐을 차단했다고 한다. 원래 음력 1월 10일에 두 사람이 함께 베이징에 와서 직장에 첫 출근을 하기로 했는데 갑자기 연락이 안 된다는 이야기다. 15일까지 기다리지 못하고 청텐텐은 고속철 티켓을 끊었고 이에 못내 불안한 마오단까지 딸을 따라나섰다.

마오전이 깜짝 놀라 말했다. 뭐라고? 8일에 텐텐 인턴 자리를 구했고 선양에 돌아가 짐을 꾸린 후 15일이면 직장에 출근할 것 아니었어? 며칠 사이에 이게 다 무슨 난리야?

그러게. 언니, 보통 일이 아니야. 나도 도통 뭐가 어떻게 돌아가는지 모르겠어.

텐텐이 남자친구한테 정확하게 자초지종을 물어보려고 이렇게 달려온 거야.

---

6   사업단위를 독립기업으로 전환하는 제도.

마오전이 말했다. 됐어. 우선 됐고. 내가 주소 하나 보낼 테니까 텐텐하고 택시 타고 와. 만나서 이야기하자.

마오전이 급히 시동을 끄고 인근에 위치한 베이징 사가호텔Beijing Saga Hotel에 전화를 걸었다. 급한 일이 있을 때마다 사장이 회사에서 확보해 둔 룸 두 개를 마오전에게 내주곤 했었다. 오늘 저녁은 호텔이 만실이었지만 마오전이 전화를 걸자 사장은 두 말 없이 룸 하나를 섭외해 줬다. 마오전은 연거푸 감사 인사를 하면서 속으로 마오단을 원망했다. 이 모녀는 막무가내야. 분명히 내가 베이징에 있으니 언제라도 오기만 하면 숙식을 해결해 줄 거라고 생각하고 무작정 나타난 거야. 마오전은 사실 기운이 빠졌다. 자기 집에 재울 수 없는 것도 아니었다. 하지만 일단 자기 생활리듬이 엉망이 되는 데다 원만하게 함께 지낼 수 있다는 보장도 없다. 아예 자기가 출혈을 좀 해서 호텔에 묵게 하는 편이 낫다고 생각했다.

다섯 시 반, 모녀가 택시에서 내렸다. 텐텐은 침울한 표정으로 입도 뻥긋하지 않았다. 지난번 만났을 때와는 영 딴판이었다. 마오단은 초조한 기색이 역력했다. 텐텐 뒤에 서서 입을 열려다 말았다. 가녀린 텐텐은 크림색의 얇은 다운코트 차림이었다. 마오단은 무릎까지 오는 버건디색 밍크코트를 입고 있었다. 한눈에 둥베이에서 왔음을 알 수 있었다. 두꺼운 금 목걸이에 작은 금시계, 하루 세끼 고기요리, 여인들의 모피 한 벌 등은 마오전 고향인 둥베이에서는 부유한 가정을 상징한다.

  마오전이 모녀를 데리고 호텔 프론트에 가서 체크인을 했다. 룸 카드를 받았지만 톈톈은 객실로 가지 않았다. 그녀는 엄마에게 자기 백팩을 건넨 후 작은 체인숄더백을 크로스로 매고 지하철로 판자위안潘家園에 다녀오겠다고 했다. 쑨쯔양이 베이징에 구입해 놓은 집에 가려는 생각이었다. 마오전은 차로 데려다주려고 했지만 톈톈이 이를 거부했다. 마오단이 같이 가겠다고 했지만 이 또한 만류했다. 얇은 다운 코트를 입은 그녀의 모습이 지하철로 사라졌다. 바람도 못 이길 정도로 가냘픈 몸이 휘청거리는 듯했다. 걱정스러운 마오전이 동생에게 물었다. 저렇게 혼자 가도 될까?

  마오단이 대답했다. 어쩌겠어? 일이 이 지경이 되었는데 달리 방법이 없지.

  마오전이 말없이 룸 카드를 든 채 동생을 데리고 객실로 올라갔다. 작은 비즈니스호텔이라 방이 크진 않았지만 갖출 건 다 갖추고 있었다. 싱글 침대 두 개, 다탁 하나, 의자 두 개가 룸을 가득 채웠다. 객실에 들어가자 채 차리를 잡고 앉기도 전에 마오전이 초조하게 물었다. 대체 무슨 일이야? 며칠 사이에 갑자기 왜 이 지경이 됐어?

내 생각에 아마도 집 때문에 우리랑 문제가……

그게 무슨 말이야?

말 그대로야. 집을 살 건지 말 건지 두 집안 의견이 달랐거든. 남자애가 베이징 직장을 찾은 후 그 애 집에서는 계속 베이징에 자기 아들 집을 사야 한다고 우기더라고. 베이징에서 집 사기가 그리 쉬워? 돈도 있어야 하고, 조건도 갖춰야 하고. 나랑 톈톈 아빠는 계속 반대했지. 아무 것도 없는데 집 사는 게 뭐 그리 급해? 젊은 애들 전부 외지에서 임대해서 살잖아? 그런데 남자 쪽 아빠가 반대하는 거야. 도시에 집 한 채가 있는 건 시골에 땅이 한 뼘 있는 거나 마찬가지라고, 그래야 마음이 든든하다고.

언제 때 이야기를 하는 거야? 그 집 돈이 정말 많나 봐, 아들 직장 구하자마자 베이징에 집을 산다고?

돈이 많긴 뭐가 많아! 그냥 평범한 집이야. 그 애 아빠는 톄링의 작은 제약회사 공장장이고, 엄마는 이인전二人轉[7] 배우였어. 후에 극단이 망하면서 톄링에서 특산품 가게를 해. 집을 사겠다는 생각도 작년에 남자애가 취업합격통지서, 그걸 뭐라고 했더라? 뭐 HR이 보낸 offer라나 그런 걸 받고 나서부터 말이 나왔나 봐. 톈톈을 시켜 우리에게 말을 전하

---

7 중국 둥베이 지역의 전통 연희.

더라고. 나랑 톈톈 아빠는 그 집에서 너무 강경하게 나오니까 거부도 못하고, 좋다, 살려면 양가에서 반씩 돈을 내자, 베이징 집값이 비싼 데다 두 집 다 부자도 아니니 우리 쪽에서 먼저 선양에 있는 톈톈 집을 팔면 100만 위안가량 돈을 수중에 넣을 수 있다고 했지, 그럼 양가가 합하면 그럭저럭 중도금은 낼 거고 나머지 부족한 돈은 대출을 받아 후에 두 사람이 천천히 갚도록 하자고 했어.

마오전은 조금 마음을 내려놓았다. 꼭 그럴 필요까지 있어? 우선 잠시 빌려서 살면 안 돼?

우리도 그렇게 말하긴 했지. 그런데 그 집에서 한사코 집을 사야 한다고 하는 거야.

그건 아닌데. 베이징에서는 마음대로 집을 살 수 없어. 규제 조건을 충족해야 하는데 어떻게 사냐고.

그 애 엄마가 위장 이혼을 하고 베이징 호구를 가진 사람과 위장 결혼을 해서 집을 샀어. 그러면서 몇 년 후에 다시 이혼하면 그 애 엄마에게 명의변경을 해준대.

마오전이 화들짝 놀라 의자에서 펄쩍 뛰어오를 뻔했다. 뭐라고? 농담하는 거지?

마오단이 피식 웃었다. 농담은 무슨. 이미 판자위안 집에 살고 있어.

마오전이 소리를 질렀다. 그게 어떻게 가능해? 불가능해!

너 지금 베이징 말하고 있는 거야? 지금, 2016년 베이징?

마오단이 입을 삐죽거렸다. 그것도 몰라? 그러고도 20년 넘게 베이징 사람이라니. 별로 신기할 것도 없는 이야기야. 주택 매매 제한령이 시행된 후 이런 산업사슬이 등장했다고. 위장 이혼해서 집 사는 이런 일 말이야. 베이징뿐만이 아니야. 인터넷 검색해 봐. 상하이, 광저우 어디서나 찾을 수 있어. 하루 종일 연구소에 처박혀있으니 아무것도 모르지.

마오전이 허겁지겁 대꾸했다. 말도 안 돼. 제한령이야 나도 알지. 베이징에서 발표한 국 5조國五條의 부동산시장 과열 억제방안은 나도 알아. 부부가 위장 이혼해서 세 번째 집을 샀다는 말은 이따금 들었지. 하지만 정말 외지인이 위장 이혼한 후 베이징 사람과 위장 결혼해서 베이징에 집을 샀다는 말은 들어본 적이 없어.

그건 언니가 세상 물정을 너무 몰라서 하는 소리야.

마오전은 화가 나서 얼굴이 하얗게 질렸다. 몰라서 하는 소리? 이건 알고 모르고의 문제가 아니야. 자기 부모를 위장 이혼시킨 후 엄마를 다른 사람과 결혼시켜 자기 집을 산다고? 그게 사람이 할 짓이야? 짐승만도 못하지! 부모가 그런 생각을 했다 쳐. 쑨쯔양은 유학까지 한 놈이 그걸 찬성했대?

엄마가 아이 결혼할 때 집을 사주려고 자기가 위장 결혼을 하는 일이 없진 않아. 이미 흔한 일이라고!

마오전이 마오단을 향해 손가락질을 했다. 너……그래도 넌 상업국 국가 간부라는 애가 그 따위 가치관을 가지고 있어? 아이 결혼하는데 자기가 다른 사람과 위장 결혼해서 집을 사주는 건 과부나 하는 행동이야! 노예나 다름없는 엄마들이 천신만고 끝에 자식을 키운 후 어쩔 수 없이 떠올리는 하책이야. 집 있는 노인네에게 시집을 가서 자기 집을 아들 며느리에게 내주는 그런 사람들 얼마나 불행하고 불쌍한 사람이야? 그 남자애 엄마는? 멀쩡하게 남편이 건재한 사람이잖아! 이건 정말 말도 안 돼, 도리에 어긋나는 일이라고! 그 애 아버지도 그 애도 어쩌면 그렇게 어리석어!

　마오단의 표정이 태연했다. 어리석든 말든, 어쨌거나 그 집안사람들이 기꺼이 그렇게 하겠다잖아. 게다가 우리 집에서 도움을 못 준 것도 이유 중 하나야. 쯔양 엄마가 투덜거리더라고. 텐텐 너희 집 이모는 베이징에 산다면서 뭐 하냐고! 부청장급이라던데, 집 사는 것 하나 도와주지도 못하냐고!

　마오전이 의자에서 벌떡 일어났다. 뭐라고? 너 뭐라고 했어? 내 친동생 맞아? 어떻게 그런 빌어먹을 집안 말을 들어? 그런 생각에 어떻게 동조할 수 있냐고! 돈도 없으면서 베이징에 꼭 집을 마련해야 하고, 조건을 갖추지 못한 사람이 위장 결혼을 해서 베이징 호구를 손에 넣었는데 이런 일이 내가 도움을 주고 안 주고 하는 상황과 무슨 관계가 있어? 그 따위 도덕관, 가치관을 가진 사람이라니, 최소한의 도덕적 의식도 없고, 부모도 존중하지 않고 혼인에 대해서도 그리 경망하고.

마오단의 표정이 여전히 덤덤했다. 그런 말 해봤자 소용없어. 어쨌거나 우리 집안 능력이 없어 돈도 대주지 못하고, 변변한 도움도 못 주잖아. 남자 쪽 집안에서 한심하다고 생각하고 톈톈과 교제를 끊으라고 하는 거야.

마오전은 화가 나서 폭발 직전이었다. 그녀가 동생 앞으로 다가갔다. 넌 어찜 그렇게 바보 같아? 애가 널 이렇게 삐딱하게 만들어놨구나! 이게 집 문제야? 돈 문제냐고! 규정과 관련 있는 일 같아? 이건 가치관, 도덕관의 문제야! 부동산 과열 억제 정책에 따르면 베이징 호구를 가진 일인가구는 2주택을 살 수 없어. 조건이 안 되는데 내가 어떻게 도와줘? 허위 신분증을 빌려서 그 애들 집을 사서 살게 해? 그 애들이 그런 집에 거주할 수 있냐고! 수백만 위안짜리 집이 다른 사람 명의로 되어 있다가 사기를 당하면 어쩔 건데? 5년 경력 채우고 그동안 사회보험 증명서 요건을 충족하면 당당하게 베이징에 집을 살 수 있잖아? 일가족이 모두 그 애 엄마를 팔다니, 그러고도 뭘 잘했다고 당당해?

마오단이 한숨을 푹 내쉬었다. 전부 아이를 위한 거잖아.

게다가 그 애 엄마도 자기가 원해서 한 거고.

좋아, 그래 좋다고! 너도 엄마야. 그럼 너한테도 어디 한 번 물어보자. 너라면 톈톈 아빠와 위장 이혼하고 베이징 호구를 가진 사람하고 위장 결혼해서 톈톈 집을 사 줄 거야?

마오단이 펄쩍 뛰며 손을 내저었다. 왜 가만히 있는 나를 가지고 그래? 생각만 해도 토할 것 같아, 끔찍하다고. 안 해, 절대 그렇게는 못하지.

그럼 됐네! 사람은 모름지기 지켜야 할 선이 있는 거야. 그걸 넘으면 그건 사람이 아니야, 짐승만도 못한 인간이지! 쑨쯔양 같은 집안은 가치관이고 도덕관이고 모두 바닥이야. 어떻게 그런 사람과 교제하도록 내버려 둬? 바로 떼어 놓아야지. 그것도 모자라 나한테 베이징에서 톈톈 직장을 알아봐 달라고 부탁을 해? 왜 아직도 두 사람이 함께 있도록 하는 건데?

마오단이 왈칵 눈물을 쏟았다. 나도 다 애를 위해서라고. 어쨌거나 오랫동안 연애한 사이인데. 앞으로 그 애 둘만 살게 되면 하고 싶은 대로 하고 살겠지 생각했어. 그래서 참았는데 남자 집안에서 톈톈을 내팽개칠 줄은 몰랐지. 이번에 쯔양이 연락을 끊은 것도 아마 그 일 때문일 거야.

2. 일장춘몽

 판자위안으로 가는 10호선 지하철 안. 청톈톈은 여전히 슬픔과 분노에 휩싸인 채 멍하니 손잡이를 잡고 서 있었다. 음력 15일 원소절 오후 다섯 시 반, 베이징의 명절 분위기나 온도는 그녀 자신과는 상관이 없는 듯했다. 지하철 10호선 차량 안, 북적대는 승객들의 몸짓에도 그녀는 아무런 느낌이 없었다. 그저 오늘 쑨쯔양이 금융사에 나가는 첫날이라는 것만 머리에 맴돌았다. 오늘 반드시 그를 만나 직접 해명을 들어야 한다는 생각뿐이었다.

 베이징 판자위안 일대는 언제나 차량과 사람으로 혼잡한 곳이다. 이곳은 유명한 Beijing Central Business District로, 일명 CBD라 부른다. 명성 자자한 베이징 판자위안 골동품 시장뿐만 아니라 중국중앙텔레비전CCTV 방송국, 런민人民일보, 베이징 텔레비전 방송국, 펑황鳳凰 위성 TV 등 미디어기업들의 신사옥이 있으며 도요타, 제너럴모터스, 베이징 현대, 도이치은행 등 세계 500대 기업 중국 총본부가 자리한 곳이다. 또한 국내의 수많은 금융, 보험, 부동산, 인터넷 등 대형 기업들이 모여 있다.

매번 운전하며 베이징 싼환三環을 지날 때마다 길가에 태양빛을 반사하며 빽빽하게 늘어선 금융재부빌딩, 거대한 철강으로 연결된 비스듬한 형태의 입체 기하학 모형의 중국중앙텔레비전방송국 신사옥, '천원지방天圓地方(하늘은 둥글고 땅은 네모나다)'의 뜻을 담아 길쭉한 곡선의 원통으로 만들어진 우아한 런민일보 신사옥, 구름을 뚫을 듯한 기세로 건설 중인 528m의 고대 중국 술병인 존尊 형태의 건축물을 바라보며 베이징이 정말 빠르게 변화하고 있음을 느꼈다. 베이징은 현대화의 길에서 두 날개를 활짝 펼쳐 하늘을 향해 날아오르고 있다. 베이징 CBD 비즈니스 중심지는 푸른 하늘을 향해 고층빌딩이 곧게 뻗어있는가 하면 아담한 가게들이 줄줄이 자리한 후퉁胡同(베이징의 골목길) 깊숙한 곳 역시 사람들로 언제나 북적거린다. 판자위안 골동품시장 주위를 에워싸고 각양각색의 식당, 작은 슈퍼마켓, 세탁소, 빵가게, 미용실이 몰려있다. 특히 마치 하룻밤 사이에 불쑥 솟아난 듯 다양한 안경점이 판자위안을 에워싸고 동 3 환 가장자리 평지에 '안경점 거리'를 형성하였다. 판자위안의 옛 주택가는 거의 모두 1980, 90년대의 오래된 복리방福利房[8]이다. 겉도 허름하고 내부 시설도 낙후된 6, 7층의 판산형 통자루筒子樓[9] 건물이 이어져있다. 여러 시기에 걸쳐 대규모 개조와 거리 녹화사업이 진행된 후 옛 집들은 일괄 에멀션 도료로 칠을 하고 지붕 역시 열 차단 방수처리를 했다. 또한 아래층 자전거 보관소와 주차 공간 역시 과학적으로 배분하면서 주민들의 거주 환경 역시 기본적으로 개선되었다. 들쭉날쭉한 외관이 나름 운치가 있으며 따뜻한 서민적 분위기가 느껴진다.

넓은 도로, 작은 후통. 예스러운 베이징의 새로운 기상. 베이징 올림픽 이후 외부를 향한 베이징의 홍보 문구이다. 판자위안은 바로 이 구호를 대변하는 곳이다. 드넓은 도로 위에 즐비한 금융 빌딩들과 모락모락 연기가 피어오르는 작은 후통에서 살아가는 서민들의 삶이 서로 대조를 이루며 가장 활력 있는 2016년 중국 모습을 보여주고 있다. 톄링 쑨쯔양 일가가 베이징 판자위안에 집을 사고 싶어 안달하고 있을 때, 거의 30년 동안 이곳에 거주하던 주민들은

---

8 국가나 회사에서 주택 구입비의 대부분을 부담한 후생 복지형 주택.
9 가운데 통로 양옆으로 세대별 집이 늘어서 있는 형태.

협소하고 복작거리는 구닥다리 거주지를 벗어나 더 넓고 편안한 4환, 5환 밖으로 삶의 터전을 옮겼다. 마오전은 이 구역을 잘 알고 있다. 매년 설 직전에 으레 옛 동지들을 보러 이곳을 찾았다. 베이징 판자위안과 남 3환 팡좡方莊 지역은 당시 국가기관사무관리국의 주택이 가장 많이 집중되어 있는 곳이다. 1980, 90년대 직원 복리방은 거의 이 두 구역에 분포했다.

당시 나이 든 전문과 학자들이 '우붕牛棚'[10], '간부학교'에서 막 돌아와 다시 일을 시작했다. 그들에게 베이징의 50~60㎡되는 새 집이 배분되었다. 그야말로 천당이나 다름없었다. "린뱌오林彪[11]와 '사인방四人幫'[12]이 초래한 손실을 되찾았다!", "20세기말 4개 현대화를 실현해야 한다!" 지식인들은 행복의 구호를 외치며 일에 대한 열정을 드높였다. 이처럼 따뜻하고 밝은 집에서 과학연구 성과가 줄지어 세상에 발표되고, 중국 경제는 빠른 발전을 이루었다. 30여 년

---

10 소 외양간의 뜻. 문화 혁명文化革命 시기에 비판의 대상이었던 사람들의 연금 장소를 의미한다.
11 1907~1971. 중국 공산주의 혁명가, 중화인민공화국의 군인, 정치가. 1971년 마오쩌둥을 제거하려는 음모를 꾸미다가 발각되어 몽골로 도망가던 중 비행기 추락사고로 사망한다.
12 1966~1976년 문화 혁명 기간 동안에 절대 권력을 쥐었던 4명의 중국 공산당 지도자. 장칭江靑, 왕훙원王洪文, 장춘차오張春橋, 야오원위안姚文元을 일컫는다.

거대한 성장을 거치며 2010년 중국 GDP가 일본을 능가하여 G2의 경제체가 되기까지 세월이 쏜살처럼 흘렀다. 시간이 흐름에 따라 나이 든 전문가 학자들은 하나씩 퇴직하여 일자리를 떠났다. 그들이 거주하던 집도 점점 허름해졌다. 1990년대 말 복리방 제도가 끝날 무렵 집을 배분받은 1세대 동지들은 큰 집으로 이주할 기회가 있었다. 그러나 기존 집에 익숙해진 데다 집 주위 환경에 정이 들기도 했고 한편으로 추가 납부할 돈을 낼 능력도 없었다. 이런저런 이유로 많은 동지들이 이주를 하지 않고 여전히 판자위안의 낡은 거주지에 남았다. 그들은 기관에서 주는 일회성 주거보조금을 받고 상황을 마무리했다. 그렇게 어쩌다 보니 한평생을 이곳에 살게 되었다.

21세기 들어서 다시 10년이 지나자 문제가 생겼다. 판상형 건물에는 엘리베이터가 없었다. 일흔 넘어 몸이 아프거나 행동이 불편한 원로 동지들은 더 이상 계단을 내려올 수 없었다. 4, 5, 6층 모두 상황은 마찬가지였다. 어쩌다 심근경색 환자가 발생하면 구급차가 와도 6층까지 들 것을 들고 올라가기 힘들었고 더더구나 환자를 싣고 내려오기는 만만치 않았다. 그렇다면? 서둘러 엘리베이터가 있는 건물로 이사해야 한다. 효성이 지극한 데다 돈도 있는 자녀들은 큰 집을 사서 부모를 이주시켰다. 그러나 경제적 조건이 좋지 않은 집의 경우는 달리 방법이 없었다. 당시 베이징의 부동산 가격은 하늘 높은 줄 모르고 치솟아 예전에 비해 십수 아니 수십 배가 상승했다. 주택을 구매할 여력이 없는 이들은 부모를 높은 곳에 죽을 때까지 모셔둘 수밖에 없었다.

해마다 나이 든 동지들은 설에 집을 방문하는 현직 고위 간부들에게 이러한 어려움을 토로했다. 그러나 연구소 측 역시 이런 문제를 해결할 수 없었다. 이에 그들은 관할구에 이런 상황을 거듭해서 말하는 한편 기관의 정치협상위원에게 엘리베이터 설치 등 베이징시 노후 주택 보수작업을 서둘러 시행하여 고령화 사회에 현실적으로 대비해야 한다는 의견을 제출했다.

매년 이렇게 그들을 보러 갈 때마다 마오전은 심난했다. 구조와 채광이 엉망인 노후 주택, 너덜너덜한 소파, 한가득 쌓인 신문과 책더미, 집집마다 집의 거의 반 이상을 차지한 서재는 정리가 안 돼 뒤죽박죽이었다. 70, 80대 백발의 원로 연구원들은 어청어청한 발걸음, 당뇨병에 걸려 정맥이 툭 튀어나온 다리, 관절염으로 물이 찬 다리를 질질 끌며 대문을 열고 우리를 맞이했다.

마오전과 노인은 발도 딛기 힘든 거실에 서서 잠시 인사를 나눈 후 재빨리 그곳을 나왔다. 아래층으로 내려와 위를 올려다보니 백발성성한 노인이 여전히 입구에 서서 그들을 향해 손짓하고 있었다. 이미 보름 넘게 아래층으로 내려온 적이 없다는 노인의 말에 마오전은 왈칵 눈물을 쏟을 뻔했다. 노인의 힘겨운 생활에 마음이 아렸다. 바로 이런 이유 때문에 마오전은 베이징의 '주택 구매 제한령'을 적극 지지했다. 그래야 부동산 투기 열풍을 잠재워 가격이 낮아지고 이런 노인들이 주거지를 바꿀 가능성이 있기 때문이다. 판자위안의 노후한 주거지에는 이 같은 노인들 이외에 골동품 시장과 주위에 안경점을 열고 장사를 하는 임차인들뿐이었다. 테링의 쑨쯔양처럼 빈털터리로 위장 이혼과 결혼을 거듭하여 판자위안에 집을 구매한 세대는 그리 많지 않았다.

멍하니 앉아 있던 청텐텐은 역을 지나쳐 10호선 화웨이난리華威南里 역에서 내렸다. 역사 밖으로 나오니 어디가 어딘지 알 수가 없었다. 날은 완전히 어두워져 있었고 달도 보이지 않았다. 오고 가는 차량과 가게 불빛 아래 보름달만 환하게 비칠 뿐이었다. 그녀는 정신을 가다듬고 판자위안 골동품시장의 담벼락을 따라 앞으로 나아갔다. 몇 걸음 가다 보니 판자위안 북대문北大門의 대조벽大照壁이 보였다. 그곳에 도금으로 '판자위안 골동품시장'이란 글자가 크게 적혀 있었다. 그제야 텐텐은 안심이 되었다. 여기서 위치 설정을 다시 하면 길을 잃지 않으리라. 지난번에 쑨쯔양하고 왔을 때 일부러 이 편액 앞에 멈춰 '판자위안 골동품시장'을 눈여겨보았다. 당시 청톈톈은 1997년 9월이란 표시와 함께 안쉰성安訓生이 글을 썼다는 내용도 읽은 기억이 났다.

그날 쑨쯔양이 판자위안 새 집으로 그녀를 안내했다. 톈톈은 남자친구 집에서 베이징에 집을 구하려고 노력하고 있다는 것만 알았지 이렇게 빨리 실내장식까지 끝냈으리라고는 생각지 못했다. 물론 인테리어는 대충 간단하게 이루어져 있었다. 사방 벽을 허옇게 퍼티칠 한 후 옷장과 서가 몇 개를 들여놓은 게 다였다. 소파나 커튼은 없었다. 방 두 개, 거실 하나짜리 구식의 집이었다. 거실이라고는 하지만 사실 통로에 불과했다. 조금 큰 침실에 이인용 침대 하나, 그것도 딱딱한 목재판만 놓여있고 매트리스는 없었다. 작은 방 하나는 텅 비어있었다.

물건이 별로 없어서 방은 정갈하고 넓어 보였다. 겨울 햇살이 침실 창문을 통해 바닥을 훤히 비췄다. 먼지와 시장의 소음이 헐거운 창문 틈으로 날아들었다. 모든 것이 안온해 보였다. 두 사람은 두 방을 돌아보며 알콩달콩 소파나 책상 등을 어떻게 배치할지 의논했다. 방이 좀 추웠다. 두 사람은 포옹하고 키스를 하고 서로의 체온을 주고받았다. 그리고 딱딱한 목판 침대 위에서 사랑을 나눴다. 사실 딱히 사랑을 나눌 장소가 궁하지도 않았다. 호텔에 방 하나를 잡아 들어가면 그만이다. 게다가 호주 유학시절부터 그들은 캠퍼스 밖에서 집을 임대해 함께 동고동락했다. 법적 부부만 아니었지 그들은 실질적인 부부였다. 첫사랑, 첫 키스, 첫날밤은 치른 지 오래이다. 연습과정은 모두 거친 셈이다. 함께 유학했던 730일 동안 그들은 300일 넘게 사랑을 나눴다. 청춘의 열기, 청춘의 설렘과 사랑이었고, 이 모든 것은 순수하고 순결한 청춘의 욕망이었다. 그들의 사랑에는 하늘과 땅이 다할 때까지 백년해로를 하겠다는 진심이 담겨있었다. 둘은 이미 노부부나 다름없었다. 둘 사이에는 서로 비밀도 없었고 새로운 것도 없었다. 지금 그들에게 새로운 건 집과 일, 두 사람의 미래이다.

  그들은 흥분했다. 충동적이었다. 옷도 벗지 않고 허겁지겁 사랑을 나누었다. 쑨쯔양은 바지가 발까지 흘러내린 채 그 자리에 그대로 서서 톈톈의 치마를 걷어 올렸다. 그는 매트리스도 없는 침상을 향해 고개를 뒤로 젖히며 엎어졌다. 쑨쯔양은 사정까지 꽤나 시간이 걸렸다. 톈톈은 그의 행위에 정신이 어찔했지만 나름 이런 과정을 즐겼다. 현기증이 몰려드는 순간이 행복했다. 풋풋하게 젊은 청톈톈에게 오르가슴은 아직 낯설었다. 그보다는 키스와 포옹, 그의 강렬한 포옹이 더 좋았다. 자신이 사랑받고 있다는 느낌이었다.

나무판이 조금 딱딱해서 등이 불편했다. 하지만 이를 악물고 참았다. 그의 박자에 맞추며 조금만 참으면 끝나리라 생각했다. 텐텐은 언제나 의문이 들었다. 사랑을 나눌 때 왜 항상 남자가 끝을 내는 걸까? 역사서를 들춰봐도 이에 대한 답은 없었다.

인터넷 시대에 자란 이들은 모르는 것이 없다. 검색만 하면 모든 답안을 찾을 수 있다. 미궁을 뚫고 해결 못할 금기가 존재하지 않는다.

그런데 없다. 유일하게 이 부분은 답이 없다. 그녀는 더 이상 찾지 않았다. 어차피 그게 그거야, 항상 순서는 같아. 답을 찾았다고 해서 순서를 바꿀 방법은 없었다.

정오의 햇살을 받은 남자의 옆얼굴이 텐텐의 시야에 들어왔다. 둥베이 청년의 기백, 외까풀에 키가 큰 남자. 그의 육체와 머리카락에 빛이 퍼지면서 황금빛 햇살을 머금은 먼지들이 그의 온몸을 감싸 안았다. 그는 그저 그녀의 몸에 달구질을 하는데 열중할 뿐이었다.

정말이었다. 마치 달구질처럼 쿵쿵, 숫자를 헤아릴 필요도 없었다. 그의, 그녀의 몸에 내재된 박자, 심장 박동의 박자가 두 사람 모두 똑같았다. 두 사람의 뇌리에 감도는 대사도 마찬가지였다.

쿵쿵! 이제 베이징은 내 거야!

쿵쿵! 이제 이 집은 내 거야!

쿵쿵! 쯔양/텐텐은 내 거야!

두 사람 모두 달구질에 현기증이 일었고, 어쩔한 충격 속에 하늘을 향해 날아올랐다. 그들은 이렇게 새 집에 그들의 숨결을, 그들의 소리를, 사랑의 기억을 남겼다.

하지만 그들은 당시 이것이 곧 두 사람 사랑의 끝이란 사실을 알지 못했다. 사랑의 끝은 소리 없이 그들을 찾아들었다. 다시 만났을 때 그들은 마치 스쳐가는 행인이나 마찬가지였다.

베이징, 판자위안, 황금빛 광선과 대기 속을 떠다니는 먼지, 남자의 힘찬 달구질 자세, 그의 육체와 목소리가 그 후 오랫동안 텐텐의 기억 속에 남아있었다.

텐텐은 기억을 더듬으며 판자위안 구 주거지역을 돌아보았다. 신호등을 건너 세 번째 입구에서 돌아들어갔다. 아니네, 다시 돌아서 밖으로 나와 네 번째 입구에서 방향을 틀었다.

정월 대보름, 집집마다 등불이 켜지고 붉은 등롱이 거리를 장식했다. 중천에 뜬 달, 나뭇가지 그림자가 하늘거리며 하늘과 땅 가득하게 즐거운 기운이 넘쳐흘렀다. 이런 날에는 구양수의 시구처럼 버드나무 가지에 달이 걸리고 황혼 후 날이 저물면 만나자고 약속을 해야 하는 것 아닌가.

작년 원소절 밤에는 꽃 시장 등불이 대낮처럼 환하게 불을 밝혔다. 달이 버드나무 가지에 걸리고 황혼이 깃든 후 우리는 약속을 했었다. 올해 원소절 밤, 달과 등은 여전한데 작년의 그 사람은 보이지 않으니 눈물이 홑옷의 소매를 적신다. 2016년 정월 대보름 달빛 아래 스물네 살 아가씨가 암울한 표정으로 베이징 판자위안 후퉁 길을 쓸쓸히 걸어가 불안한 듯 파르르 떨리는 손가락으로 집 문을 살짝 두드렸다.

쑨쯔양 엄마 위펑셴于鳳仙이 문을 열었다. 어리둥절한 표정이었다. 톈톈? 어쩐 일이야? 쯔양의 아빠 쑨야오디孫耀第도 고개를 내밀었다. 그 역시 잠시 의아해하다가 바로 미소를 지으며 말했다. 들어오렴.

톈톈의 갑작스러운 등장에 쯔양의 부모는 깜짝 놀랐다! 쯔양 엄마는 실내용 패딩 차림으로 한쪽 손에 행주를 들고 있었다. 쯔양 아빠의 넓적하고 큰 얼굴에 수염이 삐죽삐죽 올라와 있었다. 그는 파란 구식 작업복을 입고 밥을 하다 나왔는지 주걱을 들고 있었다. 실내는 음식 연기가 가득하고 복도는 어지러웠다. 아직 정리 전인 짐 가방, 옷상자가 바닥에 널려있었다. 얼마 전 톈톈과 쯔양이 다녀갔던 곳과 완전히 다른 집처럼 보였다.

쯔양 부모는 행여 그녀가 앙탈을 부리러 오지 않았을까

극도로 경계하는 눈초리였다. 쯔양 아빠가 화장실에 숨어 재빨리 아들에게 문자를 보냈다. 쯔양, 어서 와. 네 여자친구 나타났어.

한편 그 시각, 베이징 사가호텔에는 마오전과 마오단이 근심 가득한 얼굴로 텐텐을 기다리고 있었다.

마오단이 말했다. 언니, 남자애 가족들이 텐텐을 어떻게 하진 않겠지?

마오전의 말투가 곱지 않았다. 위험한 걸 알면서 걔 하는 대로 내버려 둬?

그럼 어떻게 해야 하는데? 벌써 스물넷이야, 유학까지 다녀온 애를. 무슨 일이든 그 애 스스로 결정할 수 있는 나이야. 텐텐이 세 살이었을 때 나는 스물넷이었다고.

요즘 아이들을 어떻게 우리 때와 비교해? 지금 아이들은 달라. 지독한 이기주의자들이야, 덩치만 큰 무지한 존재들이라고. 텐텐은 해외를 다녀온 천진난만한 바보잖아. 애인하고 헤어졌는데 우리가 무슨 말을 할 거야? 이혼하는 거라 이혼수속 하고 재산을 분할해야 하는 것도 아니고. 이건 순전히 스스로 무덤을 판 것 아냐?

그럼 어떻게 해? 텐텐이 쯔양으로부터 직접 헤어지자는 소리를 듣지 않는 한 이 일은 해결되지 않아.

남자애가 직접 말한다고 해서 톈톈이 그러라고 수긍할 것 같아? 그렇지 않아. 그냥 더 마음만 아플 뿐이지. 사랑이 깊을수록 마음은 더 아파. 기다려봐, 톈톈이 스스로 천천히 마음을 가라앉힐 수 있도록 해.

그래도 언니는 경험이 있잖아. 천미쑹陳米松하고 이혼할 때 편지 한 통 던지고 헤어진 후에도 5, 6년이 지나서야 마음을 추스를 수 있지 않았어?

마오전은 불쾌했다. 톈톈 이야기하면서 왜 날 들먹거려?

마오전은 말을 마친 후 더 이상 동생을 상대하고 싶지 않았던지 화장실로 가버렸다.

쑨쯔양이 판자위안의 집으로 돌아온 건 이미 8시가 넘은 후였다. 쑨쯔양은 말로만 듣던 세계 '10대' 금융회사 업무가 이렇게 힘들 줄은 생각지도 못했다. 남자는 짐승처럼 부리고 여자는 남자처럼 부린다는 말이 괜한 소문이 아니었다. 원래 출근 첫날이 바로 원소절이라 출근 보고 후 부서에 가서 인사하면 끝일 줄 알았다. 그런데 이게 다 무슨 상황인가. 회계 감사 자료가 날아들었다. 그는 바로 업무에 투입되었다. 능력이 있든 없든, 알든 모르든 일단 자신에게 온 문제는 스스로 알아서 처리해야 했다. 인사부 팀장은 그에게 신입사원에 대한 훈화까지 늘어놓았다. 우리는 그래도 꽤나 인간적이야. 못 믿겠으면 세계 최고의 칩 생산 회사들을 알아봐, 입사할 때 스스로 알아서 군용 침대를 챙겨온대.

쑨쯔양은 팀장 말에 놀라서 입도 뻥긋하지 못했다. 도무지 적응이 되지 않았다. 그는 울적한 마음으로 자기 자리에서 고개를 푹 숙이고 자료를 살폈다. 다시 고개를 들었을 때는 이미 불이 대낮처럼 환하게 밝아있었다. 부서의 거의 모든 사람들이 남아있었다. 명절이라고 빠져나간 사람은 없었다. 모두 야근이었다. 할 수 없이 그도 다른 직원들을 따라 끝까지 야근할 수밖에 없었다.

입사 첫날, 세계적인 대기업은 신입풋내기에게 위엄을 과시했다. 대기업의 위풍당당함은 인정사정없이 그에게 본때를 보여주고 있었다.

8시가 되어서야 쑨쯔양은 귀가할 수 있었다. 옆에 있던 동료가 이건 그래도 빠른 거라고 했다. 쑨쯔양은 두려움이 몰려들었다. 하루 근무만으로 쑨쯔양은 이미 기진맥진했다. 지나친 긴장과 피로 후에 신경이 마비된 듯했다. 안면신경까지 모두 굳어버린 것 같았다.

집에 돌아와 톈톈을 본 그가 가까스로 피식 웃었다. 그가 말했다. 왔어?

그는 부모에게 인사한 후 톈톈을 끌고 작은 방으로 들어갔다. 문을 닫은 후 두 사람이 앉아 이야기를 나누었다.

앉자마자 톈톈은 울기만 할 뿐, 제대로 말을 잇지 못했다. 며칠 사이에 오빠 너무 말랐어, 얼굴이 더 까매졌네. 1미터 90이나 되는 사람이 등이 잔뜩 굽어 짜부라져 보였다.

긴 여정에 지친 데다 업무 강도도 세고 연애에도 문제가 생기자 온몸이 무너져 내린 듯했다.

쑨쯔양이 말했다. 우리 이별은 내게도 고통이야. 헤어지려는 가장 큰 이유가 뭔지 알아? 우리 둘 성격차이야. 생각해 봐, 넌 수학 안 좋아하지? 난 이제껏 수학과 항상 함께였어. 우린 공통의 언어가 없어.

톈톈이 말했다. 공통의 언어가 없다고? 그럼 왜 그렇게 오래 함께 했는데?

쑨쯔양이 안경을 벗어 닦으며 말했다. 사실대로 말하면 역시 이 집 문제가 가장 커, 이 집 때문에 우리 부모님 마음이 많이 상했거든. 너도 알잖아, 이 집을 사느라 두 분이 위장 이혼을 하고 다시 중개업체를 통해 엄마가 베이징 사람하고 위장 결혼을 한 것 말이야. 우리 큰아버지, 작은 아버지, 고모, 할아버지 것까지 돈을 다 긁어보았어. 앞으로 난 그 돈을 할부로 갚아야 해. 우리 할아버지 노후도 책임져야 하고.

톈톈이 마음을 가다듬은 후 말했다. 그건 날 탓할 수 없어! 양가에서 이미 상의한 일이야. 집을 사게 되면 반반씩 내자고 했고!

너희 집에서는 집을 사지 말자고 했잖아? 너희 엄마는 우선 집을 임대해 살라고 했었어. 우리 엄마는 도시 사람들에게 집 한 채는 마치 시골 사람들에게 땅이 있는 것과 같다고 했고. 집을 사야 진짜 베이징 사람이 될 수 있댔어. 너희 집에서는 집 구매를 반대했으니까 너희 집에서 그 돈의 반을 낼 필요는 없지.

우리 큰 이모가 그러는데 베이징 사람이 될 조건은 부동산 조건으로 결정되는 게 아니랬어.

너희 큰 이모 이야기 꺼내지 마. 우리 엄마는 원래 너희 큰 이모가 베이징에서 부청장급 자리에 있으니 힘을 실어줄 거라고 생각했었대. 그런데 아무 도움도 주지 않았잖아. 너희 집 사람들은 너무 매정해. 우리 양쪽 집안은 함께 어울릴 수가 없어. 그래서 아예 널 새 집으로 들이지 말라고……

톈톈이 고개를 들어 남자친구를 바라보았다. 느끼할 정도로 잘 생긴 얼굴이 유난히 눈에 거슬렸다.

베이징 사가호텔. 마오단이 자꾸만 휴대폰의 시간을 들여다보았다. 9시가 다 되어가고 있었다. 마오단이 안절부절 못하며 말했다. 텐텐은 왜 아직 안 와? 무슨 말을 하느라 이렇게 시간이 오래 걸리는 거야?

마오전이 말했다. 그럼 상황이 어떻게 돌아가는지 위챗을 보내보던지.

마오단이 텐텐에게 문자를 보냈다. 텐텐이 바로 답을 보냈다. 지하철이에요. 호텔에 거의 다 왔어요.

마오단이 지하철에 나가보려고 옷을 걸치자 마오전이 그 뒤를 따랐다. 지하철 입구에 서 있던 자매 두 사람은 에스컬레이터를 타고 올라오는 텐텐을 발견했다. 텐텐은 눈 사위가 벌겋게 달아올라 멍하니 베이징 3환의 밤바람을 온몸으로 맞으며 기계적으로 걸음을 옮기고 있었다.

정월 15일 베이징의 밤! 텐텐은 얼마나 오랫동안 이 순간을 기억할 수 있을까. 사랑하는 사람으로부터 결별 통보를 받은 텐텐은 가까스로 자신을 달래며 눈시울이 붉어진 채 지하철을 나와 홍등이 높이 걸리고 차량과 사람들 행렬이 분주히 오가는 베이징 3환을 걸었다. 보름달이 환하게 뜬 밤, 모든 것이 뒤바뀐 아득한 미래를 향해 걸었다.

하지만 큰 이모 마오전은 조카 대신 정확하게 그 순간을 기억했다. 무력하고 순진한 조카, 고집 센 조카, 바람에 흔들리며 고통 속에 성장한 조카를 기억했다.

3. 우주를 우러르다

거대한 하늘을 우러러보고, 대지의 수많은 만물을 내려다본다.

우주문화 및 디지털경제연구소 소장 쿵링젠孔令健은 매번 힘찬 목소리로 동진시대 왕희지王羲之가 쓴《난정집서蘭亭集序》[13]의 이 구절을 인용하며 회의를 시작했다.

2016년, 우주문화 및 디지털경제연구소 소장 쿵링젠은 멀지 않은 미래, '제14차 5개년 계획(2021~2025)'이 시작되는 해에 실제 우주와 평행한 우주, 메타버스가 탄생하리라고는 상상도 하지 못했다. 실재 세계와 평행한 세계, 디지털

13　353년, 왕희지가 지금의 저장浙江 사오싱紹興인 산인山陰 란팅蘭亭에서 문우들을 만나 시를 짓고 이를 시집으로 엮으며 쓴 서문이다.

세계가 다가오고 있었다.

5년 후인 2021년 메타버스 시대가 시작되었다. 디지털화된 사이버, 평행의 심오하고 거대한 세계, 만질 수도, 볼 수도 있는데 또한 만질 수도, 볼 수도 없는 메타버스가 탄생했다. 인류역사에 디지털화된 시대가 도래했다.

뛰어난 언변과 학식으로 과학계를 이끄는 쿵링젠에게 천리안이 있었다면 그는 2016년 베이징 장쯔중로張自忠路 3호 돤치루이段祺瑞[14] 집정부執政府 동쪽 마당의 청대 해군사령부에 위치한 우주문화 및 디지털경제연구소 사무실에 서서 시간의 흐름과 공간의 축을 더듬으며 '14차 5개년 계획'이 열리는 2021년을 전망했을 것이다. 당시 연구소는 이미 체제 개편 정책에 따라 기업으로 전환, '메타버스 및 디지털경제유한공사'로 거듭나있었다. 이 회사는 인공지능, 사이버 세계, 클라우드 컴퓨팅, 블록체인, AR, 5G, Web 3.0 등 기술을 보유한 기업과 연합하여 실생활에 도움이 되도록 이론을 현실화하는 작업이 주 업무다.

국가급 학술연구단체인 그들은 메타버스 시대에 '나는 누구인가', '나는 어디서 왔는가', '나는 어디로 갈 것인가' 등의

---

14 1865~1936. 민국 시기 환皖 계열의 군벌 지도자. 쑨중산孫中山 호법운동護法運動의 주요한 토벌 대상이었다.

철학적 명제를 새롭게 정리하고, 존재와 허무, 자유와 법치, 도덕과 질서, 정치와 경제, 혼인과 윤리 등 관계의 경계선, 최소한의 기준을 논증하는 임무를 띠고 있었다. 그들의 임무는 끝을 알 수 없는 메타버스의 광활한 공간에 영원히 인류 문명의 발전을 비춰 줄 등불을 내거는 일이었다.

쿵링젠의 설명에 따르면 국가 '5개년 계획'의 기준이 곧 연구소와 과학연구단체의 시간과 해를 기록하는 기준이 된다. 이런 계산법을 처음 내놓은 이는 중국의 작가 왕멍王蒙[15]이다. 그는 열아홉 살 당시, 자신의 소설에서 국가의 '5개년 계획'을 이용해 인생의 시간과 해를 기록하기 시작했다.

왕멍의 《청춘만세》 끝부분에 보면 1952년, 베이징 근교 도로에서 양창윈楊薔雲과 여학생들이 타고 가던 트럭과 장스췬張世群 등 자전거를 타고 가던 지질대학의 남학생들이 우연히 마주친다. 그들은 서로 축하인사를 나누며 졸업 후에 다시 만나자고 약속하면서 영원히 뜻깊은 학생 시절을 잊지 못할 거라고 말한다.

---

[15] 1934~. 중국의 작가. 1948년 중국 공산당에 입당, 1949년 중국 공산주의 청년단에 가입했다. 1950년대부터 작품 활동을 시작했다. 1986년부터 1989년까지 문화부 부장을 지냈다. 대표 작품으로 《청춘 만세》, 《나비》, 《변신 인형》 등이 있다.

양창원(손짓한다): 장스췬

장스췬: 양창원

양창원: 우리 곧 졸업이야!

장스췬: 축하해. 사회인이 된 걸 축하해!

양창원: 언제 다시 만나지?

장스췬: 대학생 환영회에서 보자.

양창원: 아니, 제1차 5개년 계획이 완성되는 축하모임에서 봐.

장스췬: 그러지 말고 건국 10주년 기념일에 봐.

양창원: 20주년.

장스췬: 30주년 기념회 어때?

뚱뚱한 여학생 우장푸吳長福가 옆에서 중얼거린다. 그때는 우리 다 할머니야.

사람들의 은방울 같은 웃음소리가 울려 퍼진다.

장스췬: 그때도 오늘을 기억할까?

양창원: 당연하지. 영원히 잊지 못할 거야.

쏴쏴 바람결에 흔들리는 백양나무 잎, 산뜻한 단체 깃발이 바람에 펄럭인다.

그들이 탄 차량이 멀어져 가고 은막에 다음과 같은 글 한 줄이 떠오른다.

모든 날은 흘러간다, 모두 흘러간다.

우리는 즐거이 앞을 향해 나아간다.

마오전은 1983년에 황수친黃蜀芹이 감독한 이 영화를 볼 때마다 왈칵 눈물이 쏟아진다. 한숨과 함께 미래에 대한 동경이 가득했던 청춘, 신 중국이 열리고 얼마 되지 않았던 격정의 시대, 당시 열아홉 살 작가 왕멍과 소련공산당 볼셰비키의 넘치는 활력과 벅찬 감동이 존재했던 시대다. 《청춘만세》는 지금 봐도 여전히 가슴이 두근거린다.

 이런 글은 그 시대를 따라 우리에게서 멀어져 갔다. 아주 멀리 멀어졌다. 시는 사람의 마음을 싣고 미지의 먼 곳으로 날아가 버렸다.

 마오전과 쿵젠링은 시간의 수레바퀴를 따라 자연의 박자대로 '11차', '12차', '13차' 5개년 계획의 시대를 거쳐 건국 60주년, 65주년에 이르렀고 이제 70주년을 향하고 있다.

 이런 기년紀年 방식에 마오전은 문득 그들이 양창원과 장스췬을 대신해 미래지향적인 삶을 살고 있다는 생각이 들었다. 1952년 베이징 근교의 자작나무 숲에서 헤어진 후 이제 다시 베이징 돤치루이 집정부 옛 터 싱크탱크 학술 화어話語 센터에 모인 사람들이 그들을 대신해 재회하여 서로 안부를 묻고, 그들 대신 학습, 업무, 건설을 서두르기 위해 열띤 토론을 벌이고 있다.

 물론 왕멍 역시 그들과 그의 책 속 등장인물을 대신해 미래를 향해 나아갔다. 그는 경기장에서 드리블과 슛, 구르기,

오버헤드 킥 등 할 수 있는 방법을 모두 동원하여 역사적 사명을 완성하고 경기장에서 물러나 코치가 되었다. 이제 연구소 사람들은 여전히 경기장에서 달리고, 돌파하고, 점프하고, 패스하며 거친 숏으로 일거에 득점을 노리고 세계 챔피언이 되고자 한다. 그들은 이들의 전생이고 이들은 그들의 환생이다. 사실 그들은 같은 무리이며 한 세대 사람이다. 이들이 그들이다. 근본적으로 이들이 그들 자신이다.

지금껏 변한 적이 없었다. 영원히 변하지 않을 것이다.

2016년 음력 정월 16일로 되돌아가자. 이른 봄 2월 어느 날이다.

오전에 우주문화 및 디지털경제연구소는 평소처럼 오전 업무를 시작해하여 기업형 체제 변화를 연구하느라 여념이 없었다. 부소장 마오전은 조카 텐텐과 동생 마오단 때문에 밤새도록 잠을 설친 후 일찍 4환 밖에 위치한 집에서 출발해 6시 50분 경 장쯔중로 3호 청대 해군사령부 자리에 있는 연구소 사무동에 도착했다. 그녀는 나무에서 멀리 떨어져 건물 가까운 곳에 차를 댔다. 그리고 일곱 시에 정확하게 컴퓨터 앞에 앉아 국내외 동종업계 소식을 검색하였다. 하루 업무가 이렇게 시작되었다.

장쯔중로 3호 길가에 위치한 돤치루이 집정부 옛터는 붉은빛기둥이 지붕을 받치고 있는 다섯 칸짜리 현산정懸山頂

(맞배지붕) 식 대문이다. 문을 들어서면 눈앞에 전목磚木 구조[16]의 유럽식 고전 건축물들이 보인다. 이탈리아 바로크 건축의 분위기가 느껴지는 화려한 조각 장식이 돋보이는 중국의 고전적인 들보가 겨울 아침 햇살 아래 아름답게 빛을 발한다. 순간 마치 타임슬립을 한 것처럼 자신이 지금 어디에 있는 건지 얼떨떨한 기분이 들기도 한다. 이 세 조組의 건물군은 1906년 영국 유학생 건축가인 선치沈琪가 설계했다. 자희慈禧태후는 해군 경비를 유용하여 이허위안을 짓고 남은 돈으로 이를 건설하여 청대 말기 육군부와 해군부를 이곳에 두었다. 1912년에는 위안스카이袁世凱[17]의 총통부였고, 1924년에는 돤치루이 집정부로 활용되었다. 1990년대 사회과학원의 국제연구소가 이곳으로 대거 이주하였다.

현재 돤치루이 집정부 옛터는 중국 싱크탱크 엘리트의 집산지이며, 초기의 런민人民대학이 남긴 기관이 있다. 대문을 들어서면 맞은편에 화려한 조각이 돋보이는 웅장한 본관이 바로 유명한 런민대학의 출판물자료센터로 다량의 논문을 보유하고 있다. 서쪽 배루配樓의 청대 육군부는 기숙

---

16 외벽은 벽돌조이고 내부는 목가구조로 구성하는 구조방식.
17 1859~1916. 중국 북양군벌의 수장, 중화민국 북양정부의 초대 총통이며 중화제국 처음이자 마지막 황제.

사와 거주지이다. 이외에 동쪽 건물의 청대 해군부는 과학연구원 연구소 십여 개의 사무공간으로 활용되고 있다.

마오전과 쿵링젠의 우주문화 및 디지털경제연구소는 후에 이주하였다. 싱크탱크 연구소는 국제 전략 요구와 지정학적 관계의 변화를 근거로 시대에 따라 직무를 통합 또는 개발하도록 조정하는 업무를 맡고 있다. 예를 들면 대학 전공 조정과 학과 재건 등이다. 기존의 동아시아연구소, 남아시아연구소는 아시아연구소, 아시아태평양연구소, 일대일로 연구소, 글로벌 연구소로 변경되었다. 우주문화 및 디지털경제연구소는 원래 동방문화연구소였는데 후에 인류문화연구소, 세계화문화전략연구소가 되었고, 2012년 국가 '12차 5개년' 계획 기간 동안 철학, 사회과학 혁신의 체계건설을 적극 추진하면서 세계화연구소를 기반으로 우주문화 및 디지털경제연구소를 설립했다. 이는 혁신공정 후 성립한 초超학문형, 종합형, 혁신형 학술사상뱅크와 신형 연구기관이다. 현대, 포스트모던, 컴퓨터, 계량분석, 인터넷안보 등 기관의 역량을 선발 배치하였으므로 중국 전체의 최강 브레인이 모여 있다고 할 수 있다.

처음 이주했을 당시, 그들은 기분이 별로 좋지 않았다. 겉보기만 화려하지 내부는 별로였다. 물론 그렇다고 형편없진 않았다. 베이징시는 고대건축물을 원형 그대로 보호하기 위해 정기적으로 보수를 하긴 하나 전체적으로 일관된 외형을 유지했기 때문에 옛 모습과 이후 보수된 부분의 구분이 잘 가지 않았다.

하지만 업무 효율로 보면 현대화된 빌딩과 비교가 되지 않는다. 인원이 분산되기 때문에 빌딩처럼 집중적으로 높은 소통 효율을 기대하지 못한다. 이곳은 사무실 크기도 작아 $10m^2$가 채 되지 않는다. 바닥 목재도 허름해서 걸어 다니면 끼익 끽소리가 난다. 동쪽 청대 해군건물에 위치한 사무실은 창문이 모두 서향이라 채광이 좋지 못하다. 석양에만 빛이 들어와 오전 내내 햇살을 느낄 수 없다. 특히 고대 건축물에서는 불을 사용할 수 없어서 흡연자들은 참다못해 화장실로 달려가고 그러다 다시 아래층이나 야외로 나가 겨우 흡연 중독을 해결한다. 등나무가 늘어진 아치형 입구에 서서 그들은 담배 연기를 뿜으며 조각이 화려한 본관 발코니를 바라보며 말한다. 이 건물 사람들 인내심이 대단하군. 저런 업무 조건에도 바로 사무실을 옮기지 않는 걸 보면 말이야.

얼마 후 열린 신년 다과회에서 나이 많은 소장 완신촨萬心川이 이런 불만을 일거에 해소시켰다.

완신촨은 아흔의 고령으로 '12·9 항일구국 학생운동'에 참가했으며 평생 군 생활을 한 혁명가이자 기개가 넘치는 원로 지식인이다. 설 전 원로동지 새해맞이 다과회 및 연구소 청년들과의 좌담회에 초청을 받은 그는 실내에 가득한 젊은이들을 보며 의미심장하게 말했다. 오늘 여러분이 청대 해군부 옛 터에서 우주를 연구하고 있다니 정말 의미가 깊습니다. 근대의 중국은 가난하고 빈약했습니다. 이제 여러분은 좋은 시절을 만나 중화민족의 부흥이라는 무거운 짐을 짊어지게 되었습니다!

우리는 그 순간 큰 깨달음을 얻었다. 그래, 청대 해군부 옛터에서 우주를 연구하다니, 정말 뜻깊은 일이다. 백 년의 변화, 지상의 강과 바다에서 드넓은 우주까지, 시공을 초월하는 건가? 정말 불가사의한 일인가? 하지만 이 모든 것이 실재한다.

발밑에 끽끽거리는 바닥도 실재한다. 하지만 이렇게 실재하는 환경에 확실히 뜨거운 꿈이 있다. 예를 들어 동양과 서양이 어우러진 건물 자체가 세계를 향하는 중국의 눈과 외래문화와 세계에 대한 중국의 태도를 보여준다.

감격하는 청년들을 바라보며 완신촨이 말을 이었다. 뒤떨어지면 대가를 치러야 합니다. 자, 정문에 나가보세요. 당시 돌사자가 아직도 있습니다. '3·18 참사'[18] 기념비도 여전

---

18 1926년 3월 18일, 돤치루이 집정부가 정부에 반대하는 시위에 나선 군

합니다. 당시 그 사건이 왜 일어났었나요? 애국주의입니다! 민족 진흥을 꾀하는 젊은 지식인들의 애국주의요. 지식인들은 세상을 위해 마음을 다지고, 백성을 위해 심신을 수양하여 천명을 받들며, 단절된 유가의 정신을 이어 태평성대의 사명을 실천해야 합니다! 이 말이 나오자 청년들은 순간 어리둥절한 표정을 지었다. 뭐라고?

'3·18 참사'? 루쉰이 쓴《류허전劉和珍을 기념하며》의 그 사건을 말하는 거야?

청년들은 충격을 받았다. 뭐야, '3·18 참사'가 바로 우리 발밑, 우리가 일하는 이곳에서 발생했다는 거야?

그들이 역사적 개념이 없다는 의미는 아니다. 이런 식으로 역사를 마주할 줄은, 실제 역사 속 참혹한 사건의 발생지와 마주할 줄은 꿈에도 몰랐다. 그들은 교과서를 통해 배운 루쉰의 저명한 문장을 자신들이 일하고 있는 장소와 연관시킬 수 없었다. 그 순간 그들은 정말 어리둥절했다.

평소 출근할 때면 손에 유타오油條(중국식 막대 모양 파이), 입에 더우장豆漿(중국식 두유)을 머금고 허겁지겁 지하철을 탄 후 또다시 허둥지둥 정문에서 출근카드를 찍는 청년들은 이주한 지 얼마 되지 않았기 때문에 주변을 살피거나 핫플

―

중을 향해 발포한 사건.

레이스로 꼽히는 음식점을 찾을 틈도 없었다. 설사 우연히 길을 가다 지나치더라도 정문 동쪽 돌사자 발아래 눈에도 잘 띄지 않는 작고 평범한 회색 비석을 눈여겨볼 여유도 없었다. 세월은 그렇게 흘러가고 거리는 태평하지만 수많은 풍경들을 눈에 담기에는 일상의 삶이 빡빡했다.

원로 소장의 말은 그들에게 남다른 반향을 불러일으켰다. 청년들이 모두 자리에서 일어나 소장을 모시고 돤치루이 집정부 옛터의 정문으로 나왔다.

주홍빛 정문 동쪽에 자리한 커다란 청회색 돌사자 옆에 소박하고 아담한 비석이 보였다. '3·18 참사'라는 글귀가 새겨진 한백옥漢白玉 비석 앞에 서자 루쉰이 90년 전《류허전을 기념하며》에 쓴 글이 귓가에 쩌렁쩌렁 울리는 듯했다.

> 진정한 용사가 참담한 삶에 과감히 맞서 홍건한 선혈을 직시하고 있다.
> 침묵, 침묵이여! 침묵 속에 폭발하거나 침묵 속에 멸망하거나.

글자 하나하나에 영혼을 재창조할 정신적 역량이 가득 담겨있었다.

그들은 청대 해군부를 등지고 숙연한 자세로 서서 묵념을 올리며 '3·18'을 애도하였다. 근대 중국의 고통이 발아래, 눈앞에 펼쳐져있었다. 가슴이 뭉클했다. 무슨 말을 할 것인가. 시대가 부여한 사명이라고 생각하니 책임감이 느껴졌다.

쿵링젠은 연구소 소장이자 맏형으로 '12차 5개년' 시기 세계화의 물결 속에 연구원들을 이끌어 국가사회과학기금, 청년 중점 과학연구기금을 지원 받았으며 과학연구 성과로 표창을 받았다. 마오전의 선배인 쿵 소장은 문화 혁명 시기 지식청년으로 시골로 하방 되어 깊은 산골에서 벌목 노동을 하는 등 기층민의 고된 생활을 경험했다. 9척 장신에 대춧빛 얼굴, 위엄이 넘치는 당당한 모습은 관운장이 무색할 정도이다. 부족한 부분이 있다면 적토마와 청룡언월도가 없다 뿐이리라.

금테 안경을 쓰는 순간, 그는 또 다른 분위기로 변신하면서 송대 80만 금군의 교관이었던 임충林衝이 된다. 용맹스러운 눈빛과 호랑이수염, 자연 곱슬머리의 그의 모습에서 범접하기 힘든 위용이 느껴진다. 그는 남다른 외모의 소유자이다. 그보다 거의 스무 살 정도 연하로 TV방송국 PD인 아내가 그의 차림에 각별히 신경을 써주기 때문에 언제나 참신하고 반듯한 인상을 준다. 안에 흰 셔츠를 받쳐 입는 그의 캐주얼 슈트 차림은 울이든 폴리와 실크 혼방이든 간에 세련된 멋을 풍긴다. 쿵링젠은 자신에 대한 요구가 엄격한 사람이다. 매일 조깅과 냉수욕을 통해 단련한 그의 몸매는 뱃살을 찾아볼 수 없으며, 평소 성큼성큼 발걸음을 내딛으며 박력 있게 일을 처리했다. 그는 연구원들을 이끌고 예전에 회시會試 시험장이었던 궁위안貢院에서 성장했다. 애초 동방연구소 시절, 쿵링젠은 연구실 주임이었고 마오전은 그곳에 들어온 지 얼마 되지 않은 신입이었다. 그는 열정적으로 마오전 등 연구원을 이끌며 분투노력하였다. 매일 웃음이 끊이지 않는 연구소의 분위기 덕분에 출근길이 고역이었던 적은 없었으며, 항상 연구실로 출근할 필요도 없었다. 연구 장소는 자유로웠다. 매주 화요일 연구소에 모이는 날은 마치 명절 같았다. 마오전은 가장 마음에 드는 옷을 예쁘게 차려입었다. 기분이 정말 좋았다. 연구소 주변 궁위안의 작은 식당은 안 가본 곳이 없다. 이과두二鍋頭협회, 궁위안 노압탕老鴨湯 등에서 열띤 논의가 이루어졌고 회의실에서 장시간 토론이 벌어졌다. 알코올 거품 위로 수많은 의견이 오고 갔다.

쿵링젠은 오랜 시간 엄격하게 학술적 단련을 거친 사람이다. 그가 목소리를 내면 많은 이들이 그의 주위로 몰려들어 토론을 벌였는데 그중에는 쿵링젠의 구식 학술에 불만을 품고 있던 어린 청년들도 있었다. 그들은 마치 하이에나처럼 몰려들어 그를 비판했다. 물론 학술적 토론의 범위에서 논리적인 이치로 이루어졌기 때문에 좌중은 이를 받아들일 수밖에 없었다. 그 후 '쌍타단대雙打團隊', '장장삼인행鏘鏘三人行', '사인소분대四人小分隊' 등 토론장에 뛰어난 청년 비평가들이 등장했으며 그들의 이름은 수년 후에도 시대와 함께 거론되며 추앙을 받았다.

이제 쿵링젠은 원숙한 중견인, 관리자로서 연구팀의 전략과 방향을 파악하고 정책 결정을 내려야 한다. 거침없는 인터넷사회에서 '인터넷+', '+what', 'how+'는 기술뿐만 아니라 사상적인 난제다. 그는 이러한 문제를 해결하는데 능했기 때문에 각 측의 기술을 정합, 조직하고 올바른 가치관을 향해 나아갈 수 있도록 연구소를 이끌어갈 수 있었다. 그러나 새로운 방향에는 새로운 조직이 필요하고, 새로운 조직에는 새로운 체계가 필요하다. 기존의 연구소 체제는 당연히 바꿔야 한다.

이번에 시행되는 기업형 체제변화는 그런 의미에서 매우 특별하다. 마치 이식수술처럼 사회과학의 성과를 그대로 사회에 응용하여 과학연구학술 체계의 가시덤불 속에서 혈로를 찾아내야 한다. 여기에는 수많은 이익이 결부되어 있다. 오랫동안 폐쇄적이었던 학술 체제, 해묵은 과학연구단체, 수십 년 동안 공무원법에 따라 관리되었던 사업단위의 체제를 어떻게 전환할 것인가? 어떤 방식으로 분류해야 하는가? 체제를 바꾼 후 완벽하게 회계 독립을 해야 하는데 또한 새로운 재원財源은 어디서 마련해야 하는가?

　마오전은 오랫동안 기억에 남는 일이 있다. 바로 천미쑹과 이혼 절차를 밟을 때였다. 그녀가 울고불고 쿵링젠을 찾아가 남편이 편지 한 통만 달랑 남긴 채 자신과의 이별을 통보하고 사라졌다고 했다. 쿵링젠이 잠시 멍하니 그녀를 바라보다가 물었다. 평소 집에서 제멋대로 생활했던 건 아닌가? 마오전이 억울한 표정을 지었다. 제멋대로라니요. 남편 의견이 우선이었는데요, 우린 말다툼도 한 적이 없어요. 쿵링젠이 다시 깊은 한숨을 내쉰 후 말했다. 너무 조급하게 생각하지 말고. 아마 남편에게 말 못 할 고민이 있을지도 몰라. 내가 한 마디 조언을 하지. 그가 종이 한 장을 가져다 쓱쓱 몇 글자를 써 내려갔다. 마오전이 살펴보니 '도광양회韜光養晦'[19]라 적혀있었다.

　마오전은 내심 불만스러웠다. 남은 고통스러워 죽겠는데, 무슨 고사성어야! 지도자들이나 쓰는 이런 표현은 왜 들이대는 거야. 하지만 쿵링젠이 엄숙한 표정으로 종이를 내밀자 그녀는 조심스럽게 받을 수밖에 없었다.

19　자신의 재능을 숨기고 인내하며 때를 기다린다.

마오전은 그 종이쪽지를 항상 들고 다니는 공책에 끼워놓고 매번 난관에 부딪칠 때마다 꺼내보았다. 혼인의 늪에서 헤어 나와 안개가 걷히고 다시 마음에 태양이 떠올랐을 때에야 그녀는 비로소 감탄이 흘러나왔다. 연구진의 정신적인 지도자다워, 정말 남달라! 그의 정신세계나 기질, 기백, 태도를 비롯해 마오전의 능력에 대한 그의 판단은 이후 사실로 입증되었다. 도광양회가 적절한 말이었다. 쿵링젠의 학술적 수준이나 인간됨 모두 본받아 마땅하다는 생각이 들었다.

 쿵링젠은 그만의 독특한 언어가 있다. 일반적으로 사람들은 모두 잘 살아보라고 하지 이혼을 권하진 않는다. 초조해하지 말고 그 사람이 어떻게 나오는지 기다려봐. 됐어, 이혼하면 하는 거지 뭐. 남자는 한 번 가면 다시는 돌아오지 않아 등등. 사람들은 대개 평범한 말로 상대를 위로한다. 하지만 쿵링젠은 다르다. 그는 '도광양회'라고 했다. 이 네 글자는 의미심장한 표현으로 영원히 마오전의 마음에 남았다.

 마오전은 쿵링젠이 '도광양회'라고 쪽지를 적을 때 마침 옆 사무실의 황 선생이 서명을 받으러 왔던 일을 기억하고 있다. 황 선생이 고개를 내밀어 쪽지를 보더니 말했었다. 글씨 잘 쓰시네. 한눈에 봐도 어려서부터 붓글씨를 배운 거군. 안진경顏眞卿, 유공권柳公權, 왕희지, 조맹趙孟을 모두 합쳐놓은 것 같아. 그런 자네가 남서방南書房[20]으로 가지 않다니 정말 재주가 아깝군!

쿵링젠이 고개를 들고 입을 열었다. 남서방? 난 서상방西廂房으로 장생張生과 최앵앵崔鶯鶯[21]을 찾아가고 싶네.

울상을 하고 있던 마오전이 그 말에 고개를 숙이고 키득거렸다. 쿵링젠은 황 선생이 나가자 콧방귀를 뀌었다. 어디서 그런 약한 수를! 그런 식으로 날 놀린다고 내가 못 알아들을 줄 알아?

정월 16일 오후, 부소장인 마오전이 사회과학부에서 보낸 문서를 전달하러 사무실로 쿵링젠 소장을 찾아갔다. 전화벨이 울렸다. 알고 보니 쿵링젠의 휴대폰 수신음이 뜻밖에도 애니메이션《이집트 왕자》의 OST인《when you believe》이었다. 머라이어 캐리와 휘트니 휴스턴이 노래하였고 1999년 오스카 주제가상을 수상했다.

마오전이 깜짝 놀라서 말했다. 이 노래도 알아요? 정말 신세대 같아요. 쿵링젠이 소리 내어 웃었다. 신세대는 무슨, 아내가 바꿔 놓은 거야. 자기네 예능프로그램 로고송이라

---

[20] 청대 황제의 문학 시종이 당직을 서던 곳. 강희 16년(1677년)에 설립되었다. 베이징 쯔진청 서남쪽에 위치.
[21] 《서상기西廂記》. 장생과 최앵앵의 사랑 이야기를 담은 희곡.

면서 꼭 이 노래로 수신음을 해야 된다는 거야.

내가 가장 좋아하는 노래 중 하나예요. 몇 년 동안 계속 이 노래만 들었던 적도 있어요.

사실 이 노래는 천미쑹과 이혼 후 우울한 날을 보내던 그녀에게 에너지를 주었던 곡이다. 두 톱 가수 모두 그녀가 정말 좋아한다. 특히 휘트니 휴스턴의 남다른 삶, 그녀가 주연한 《보디 가드》와 짜릿하고 신비한 느낌의 OST 《I will always love you》를 좋아한다. 가성의 고음이 한참 동안 허공을 맴돌다 음을 떨구며 영혼을 관통하는 노래, 마오전이 휴대폰을 열어 자신의 음악파일 중 이 노래를 틀며 말했다. 이것 봐요. 내가 가장 좋아하는 노래 목록에 저장해 뒀어요. 너무 멋진 곡이에요!

> when you believe
> many nights we've prayed
> with no proof anyone could hear
> and our hearts' a hopeful song
> we barely understood
>
> now we are not afraid
> although we know there's much to fear

we were moving mountains long

before we knew we could

there can be miracles when you believe

though hope is frail

……

hope is still a resilient voice

Says love is very near

 두 사람이 조용히 노래에 귀를 기울였다. 노래가 끝나자 쿵링젠이 고개를 들고 마오전에게 말했다. 고마워.

 복습하게 해 줘서. 너무 피곤해서 더 이상 일을 할 수가 없을 때 이 노래를 듣고 나면 힘이 솟아.

 마오전이 말했다. 황 선생이 '남서방으로 가라'는 말이 오라버니 무시한 것처럼 느껴져요? 설마 우리의 모세가 되어 지팡이로 홍해를 가르고 우리에게 활로를 열어줘야 한다고 생각하는 거예요?

 쿵링젠이 말했다. 그만해. 비위는 그런 식으로 맞추는 게 아냐.

 환하게 웃는 그의 모습이 살짝 우쭐해 보였다. 자신의 존재감이 느껴지는 모양이었다.

연구소 체재 개편은 한 치 앞을 볼 수 없는 험난한 상황이었지만 단 하나 명확한 것이 있었다. 바로 모든 불확실성 속에서 확실한 존재, 쿵링젠이었다.

4. 허우사위后沙峪의 밤

 정월 16일 밤, 차가운 공기가 유입되면서 베이징의 기온이 갑자기 떨어지고 눈발이 날리기 시작했다. 정월 대보름, 눈보라가 등불을 감쌌다. 어젯밤에 내리지 않은 눈까지 모두 쏟아지는지 눈 내리는 풍경이 장관이었다. 가로등 아래 눈꽃이 날리며 새로 단장을 한 세상 모습에 문득 정신이 바짝 났다.

 마오전은 연구소의 임무 때문에 순이顺義 허우사위后沙峪에 있는 친구 구웨이웨이顧薇薇의 별장으로 차를 몰았다. 기업형 체제 개편에 관한 법률문제로 자문을 구할 생각이었다. 물론 조카딸 약혼자 집안의 위장이혼과 결혼에 관한 법적 해석에 대해서도 물어볼 생각이었다.

 출발 전, 그녀는 틈을 내 베이징 SKP 백화점에 들러 구顧

씨 일가에게 줄 선물을 샀다. SKP백화점의 이전 이름은 신광천지新光天地로 타이완 사람이 경영했었다. 그다지 호사스러운 느낌은 아니고 조금 고급스러운 쇼핑가 정도였다. 마오전은 전에 근처를 지나가다가 몇 번 아이쇼핑을 한 적이 있었다. 그런데 지금 이곳은 완전히 새로운 모습으로 탈바꿈했다. 화롄華聯이 접수한 후 베이징 최대의 초호화 백화점이 되었다. 주머니가 두둑하지 않은 한 성큼 들어가지지 않는 곳이다. 최근 몇 년 동안 마오전은 이곳을 여러 차례 방문했다. 쇼핑 때문이 아니라 4층 카페에서 신예작가들의 신간 홍보를 무료로 들을 수 있었기 때문이다.

 매번 이곳에 올 때마다 마오전은 사실 좀 답답한 심정이었다. 이렇게 커다란 베이징에 다른 건물도 많은데 재정적으로 넉넉하지도 않은 작가나 출판사는 왜 하필 가장 사치스러운 이곳에서 홍보 행사를 하는 걸까? 진한 향수와 커피 향이 풍기는 공간, 사치품이 늘어선 곳을 지나 가까스로 조용한 4층 카페에 이르면 한꺼번에 피곤이 몰려왔다. 신간 안내와 이 공간은 영 조합이 어울리지 않는다는 생각이 들었다. 눈앞의 사치품을 마주하며 모두 정신승리법으로 평정심을 유지하는 걸까? 후에 마오전은 이에 대해 쿵링젠에게 물어본 적이 있다. 그가 코웃음을 쳤다. 뭘 모르는군. 이런 걸 두고 자원의 재구성이라고 하는 거야. 우리 시대는 파편화된 것들이 너무 많아서 이를 매우 힘들게 생각하는 사람들이 있어. 그런가 하면 누군가는 기선을 잡아 파편의 가치를 모아서 플랫폼을 만들지. 플랫폼에서 모든 파편들이 서로를 비춰 새로운 빛을 내는 거야. 고급 쇼핑센터가 왜 금싸라기 땅에 서점을 여는지 생각해 봤어? 핫한 곳이니까 소비가 활발하게 이루어지기 때문이야. 모조리 다 사치품이면 너무 경박하잖아, 정적인 우아함도 없고. 그럴 때 책은 균형을 맞추는 도구가 돼. 우리가 왜 체계를 바꾸려 하는 것 같아? 사실 정적인 물건으로 열띤 삶의 경박함을 상쇄하려는 거야. 생각해 보니 확실히 그럴듯한 말이었다.

베이징 대형로펌 공동출자자인 구웨이웨이에게 어울리는 선물을 사야 한다. 명품을 모두 합쳐도 수년간 절친하게 지낸 웨이웨이의 미모와 재능을 생각하면 그 정도 선물은 전혀 손색이 없다.

> 아! 동방미녀
> 아! 잠자는 사자와 밤을 지배하는 온순한 왕
> 단풍처럼 불타오르는 네 나이에 위안밍위안圓明園, 천고마비의 가을
> 두 개의 복숭아가 네 품을 향한 내 어깨를 누르네.
> 아! 동방미녀

아! 비단과 비취 같은 고귀한 왕

흰 초처럼 타오르는 너의 육체에, 위안밍위안, 황홀하도록 황량한 곳

대리석 기둥 같은 다리를 감싸는 불꽃같은 치파오의 옆트임

동방미녀, 시인 헤이다춘黑大春의 시이다. 두 사람은 어린 시절, 시에 흠뻑 매료되었다. 둘은 이 시를 무척 좋아했고 마오전은 바로 웨이웨이에게 동양미인이란 호를 지어주었다. 고귀하다, 온순하다, 매혹적이다, 황홀하다 등 오직 이 시에 나오는 문자로만 해석할 수 있는 사람, 이 모든 표현이 웨이웨이를 위해 만들어진 듯했다. 그녀의 전생, 현생, 미래의 모습이다.

맑은 눈과 하얀 치아, 늘씬하면서도 풍만하고 백옥 같은 모습이 정말 빼어나다. 아무리 많은 사람들이 몰려있어도 웨이웨이의 미모는 바로 눈에 띄었다. 그녀는 당시 베이징대 법학과의 꽃이었다. 아름답고 요염한 그녀를 보는 순간, 사람들은 중앙희극학원이나 전영학원電影學院(영화대학)에 잘못 온 건 아닌가 착각했다. 게다가 웨이웨이는 전형적인 베이징 여성이다. 대담하고 의로우며 마음이 넓다. 마오전과 웨이웨이는 이런 성격이 찰떡궁합이다. 두 사람은 구태여 서로 말하지 않아도 속 좁은 여자애들처럼 자질구레한 일

에 신경을 쓰지 않았다. 그들은 자신들만의 소우주를 만들어 문예와 영화를 사랑하고 고양이와 개를 좋아하며 책에서 나오는 사랑 이야기에 도취되었다. 먹고 마시고 잠자는 그런 일상에는 별 흥미가 없었다. 두 사람은 끈끈한 유대감을 형성했다. 그들은 문화예술을 사랑하는 청년을 중심으로 사회과학원에서 주최한 기층민중 체험단 사업에서 알게 되었다. 같은 해 기층업무에 대한 경력이 없는 수십 명의 신입사원들이 함께 농촌으로 내려갔다. 산시陝西에도, 허베이에도 갔다. 마오전과 구웨이웨이 팀 십여 명은 허베이성 룽청현容城縣으로 파견되었다. 마오전은 조장으로 공산청년단 현위원회에, 구웨이웨이는 부조장으로 현의 여성연합회에 참가했다. 일 년 동안 농촌 기층민중의 삶을 체험하면서 둘의 우정은 돈독해졌다. 고난과 함께 즐거움도 많이 누렸다. 세월이 흐르면서 그간의 괴로움은 모두 잊고 바이양뎬白洋淀, 바이거우白溝, 쥐마허拒馬河, 예싼포野三坡, 정딩正定 고성古城, 슝현雄縣 온천에서 보냈던 왁자지껄하고 행복했던 청춘의 기쁨만 추억으로 남았다. 베이징으로 돌아온 후 두 사람은 각자 발전 방향을 정하여 한 사람은 문화발전 연구자, 또 한 사람은 변호사가 되어 남다른 발전을 이루었다.

몇 년 지나 구웨이웨이는 과감하게 사표를 내고 선배 한 사람과 로펌을 열었다. 이제 그녀는 베이징의 저명한 변호사가 되어 주로 중국기업의 대외무역 관련 지적재산권 문제를 담당하고 있다. 두 사람 모두 바쁘기 때문에 오랜만에 만날 때면 바이양딩의 추억을 떠올리며 이야기를 시작했다. 두 사람은 어쩌다 자신들이 아줌마들처럼 옛 추억이나 떠올리며 수다를 떨게 되었는지 모르겠다고 헛웃음을 지었다. 구웨이웨이는 마오전의 머리가 복잡할 때 이에 대한 법률 고문 및 행동 가이드라인을 제시해 주었다. 마오전은 그럴 때마다 체제 내의 공적인 이야기를 늘어놓았고 구웨이웨이는 이를 경청한 후 분석과 함께 정보를 정리하였다. 하지만 겉으로는 문제가 있는 대상을 야유하며 농담처럼 이야기를 주고받았다. 그녀는 고양이 두 마리를 키웠다. 젖소냥이 나오나오와 범무늬 고양이 피카가 쫓고 쫓기며 놀고 있었다.

눈꽃이 날리는 가운데 멀리 구웨이웨이 집 담장이 눈에 들어왔다. 담장에는 오랜 등나무 넝쿨이 늘어져있고 주황 불빛이 환하게 대문을 밝히고 있었다. 마오전은 저런 풍경이야말로 바로 '집', '온기'의 상징이라고 생각했다.

일하는 아주머니가 마오전이 정원에 주차 자리를 봐주며 말했다. 사모님하고 도련님은 안에서 식사 준비하고 있어요. 마오전은 웃음이 터질 뻔했다. 구웨이웨이 부부를 이런 식으로 부르다니, 처음 듣는 호칭이었다. 마오전이 구웨이웨이를 등 뒤에서 쿡 찌르며 물었다. 항렬이 어떻게 돌아가는 거야? 구웨이웨이가 말했다. 됐어! 그럼 뭐라고 불러? 마님, 부인? 아니면 아주버님, 마님? 언니, 오빠도 그렇고. 전부 어색해. 마오전이 말했다. 그것도 그렇네. 연상연하 커플이니. 딱히 친족 명칭을 붙이기에는 알맞은 호칭이 없고, 이름을 부르기도 그렇고. 사모님하고 도련님이 낫겠네.

구웨이웨이가 마오전을 툭 쳤다. 너까지 그렇게 부르지는 말고!

마오전이 이것저것 물건을 들고 안으로 들어갔다. 식탁을 차리고 있던 구웨이웨이가 고개를 돌려 거실 입구에서 슬리퍼를 갈아 신고 있던 마오전을 불렀다. 친구야! 우리 설 지나고 못 만났지?

마오전이 채 대답을 하기도 전에 작은 동물들이 우르르 몰려나왔다. 아키타견 베이베이가 제일 앞서 달려왔다. 베이베이가 미소를 지으며 고개를 흔들었다. 반갑다고 흔드는 꼬리가 마치 꽃송이 같았다. 이어 나오나오가, 그 뒤를 피카가 뒤따랐다. 고양이 두 마리는 마치 강아지처럼 달려왔다. 높은 곳에 오르는 본능을 살려 나오나오가 마오전 옷을 잡아당기면서 어깨로 폴짝 뛰어올랐다. 피카는 다리가 짧아 발 근처만 빙빙 돌다가 폴짝거리며 몸을 일으켰다. 마오전이 한 손을 뻗어 나오나오를 안고 다른 손으로 피카를 쓰다듬었다.

　고양이 둘이 마오전 집에서 반년 넘게 생활한 적이 있어 마오전은 고양이들과 꽤나 친했다. 구웨이웨이가 해외 연수를 갔던 해, 나오나오와 피카 그리고 마오전이 구웨이웨이로부터 입양했던 니니까지 고양이 세 마리가 집안을 들쑤시며 매일 난장판을 피웠다. 마오전은 고양이들을 다루느라 두뇌를 풀가동했었다. '냥이 대전'이란 영화 한 편을 찍을 수 있을 것만 같았다. 다른 사람이라면 이런 상황을 견디지 못했을 수도 있다. 더 이전이었다면 마오전 역시 감당이 안 되었을 수도 있다. 하지만 당시 마오전은 이런 상황을 즐겼다. 거대한 도시에 혼자 사는 여자는 마치 우아하고 아름다운 피아노 한 대와 같다. 갑자기 귀찮게 달려드는 고양이나 강아지는 마치 살아있는 모차르트나 베토벤 같은 존재가 아닌가? 고양이 세 마리는 마오전에게 그녀의 심장을 뛰게 하는 따뜻한 시간을 안겨주었다.

　고양이들이 마오전 품을 파고들자 구웨이웨이가 다급하게 소리를 질렀다. 내려와, 어서. 온몸에 털투성이네. 마오전이 말했다. 괜찮아, 반갑다고 하는 거잖아. 그래도 잠시나마 함께 있었던 고양이들인데. 구웨이웨이는 마오전이 그러든 말든 고개를 돌려 목청을 높였다. 샤오민小敏, 어서 이리 와서 애들 좀 데려가. 샤오민이 이층에서 후다닥 내려오며 신이 나서 외쳤다. 이모, 새해 복 많이 받으세요! 마오전이 말했다. 그래! 너도 복 많이 받고! 또 키가 컸네. 그녀가 이렇게 말하며 나오나오를 내려놓고 주머니에서 훙바오紅包(빨간 봉투)를 꺼냈다. 세뱃돈이야. 공부 열심히 해서 올해 좋은 중학교 들어가길 바랄게! 샤오민이 훙바오를 받아 들었다. 고맙습니다, 이모! 구웨이웨이가 말했다. 애들 버릇 나빠지게 돈은 왜 줘? 마오전이 말했다. 그렇게 말하면 안 돼. 설인데 세뱃돈은 줘야 할 것 아냐. 그런 풍속은 지켜야지.

일흔 살이 넘은 구웨이웨이의 엄마가 방에서 나오며 환하게 웃었다. 마오전 왔어? 마오전이 재빨리 인사했다. 이모, 안녕하세요? 새해 복 많이 받으세요! 어쩌면 그렇게 혈색이 좋으세요! 마오전이 가져온 선물 꾸러미에서 대춧빛 양모 카디건을 꺼내 구웨이웨이 엄마에게 드렸다. 마오전이 말했다. 이모, 평소 수수하게 입으시잖아요. 새해에 좋은 일 많이 생기시라는 의미에서 특별히 대춧빛을 골랐어요.

부인이 웃었다. 역시 내 마음을 알아주는 건 마오전뿐이구나. 벌써부터 카디건 하나 새로 사고 싶었는데.

구웨이웨이 어머니는 퇴직 전에 문학예술계연합회에서 일했고, 아버지는 국무원 소속 기관의 국장이었다. 아버지가 돌아가신 후 구웨이웨이가 어머니를 모셔와 허우사위에서 함께 생활했다.

웨이웨이가 말했다. 그만, 회포는 천천히 푸시고. 어서 손 씻고 밥부터 먹어. 마오전이 말했다. 잠깐만, 네 것도 있어. 그녀가 웨이웨이에게 주황색 선물을 건넸다. 2016년 신상이야, 네가 가장 좋아하는 것! 웨이웨이가 말했다. 고마워. 잘 쓸게. 돈 많이 썼네!

마오전이 다시 넥타이 상자를 꺼내 주위를 둘러보며 물었다. 남편은?

여기 있어요.

소리를 나는 쪽을 바라보았다. 구웨이웨이의 남편 싸즈산薩志山이 앞치마 차림에 오븐용 장갑을 낀 채 향긋한 치즈 매쉬드포테이토를 들고 종종걸음으로 다가왔다. 1미터 80의 키에 등은 약간 굽은 모습이다. 안경에 기름이 방울방울 튀어있었다.

마오전이 넥타이 상자를 건넸다. 선물!

싸즈산이 음식을 식탁에 내려놓았다. 마오 소장, 나도 있어요? 고마워요!

마오전이 말했다. 집에서까지 마오 소장이라고 불러? 누나라고 해야지!

구웨이웨이가 말했다. 같은 곳에서 일하며 매일 보는데 무슨 선물이야! 정말! 어서, 밥 먹자! 다 식어.

마오전이 그제야 손을 씻고 식탁으로 다가왔다. 와~ 너무 훌륭한 것 아냐?

색, 향, 맛을 고루 갖춘 음식이 하나 가득이었다.

레몬연어구이, 버터마늘새우, 새송이갈비볶음, 양갈비, 치즈 매쉬드포테이토 등이 상에 한가득 차려졌다. 크리스털 잔에 와인이 담겼다. 솔향이 섞인 로즈마리향의 맑고 달콤한 냄새가 공간을 메우자 마오전은 머릿속이 온통 음식으로 가득 찼다. 그녀가 눈을 감고 깊이 숨을 들이켠 후 와인을 한 모금 마셨다.

저것 좀 봐! 구웨이웨이가 말했다. 좋아할 줄 알았어. 멀쩡한 사람이 어떻게 한 가지 식물성 향료에만 매료되겠어?

아직도 두리안에 목숨 거는 사람이 그런 말을 해? 마오전이 웃으며 반격했다.

그것도 그렇네. 웨이웨이가 말했다. 사람마다 상극인 음식이 있잖아. 우리 집 주방장인 이이는 정말 매운 걸 좋아해. 매운 걸 먹어야 기분이 좋아지는 사람이야.

그런데 구웨이웨이, 우리 동지를 이렇게 주방장으로 단련을 시키다니, 청년 인재를 너무 혹사시킬 수 없는 것 아냐? 싸즈산은 우리 연구소 간부 후보자야. 새롭게 조직을 이끌어가야 할 사람이라고, 이런 인재를 요나나 시키다니. 집에서 너무 모진 노동을 삼가 주세요!

웨이웨이가 말했다. 마오 동지, 그거 너무 억지 아닌가? 모진 노동을 시키다니. 너야말로 이이 상급자잖아, 노동은 네가 시키고 있지. 조직에서 이런 인재를 활용하지 않으니까 내가 다른 부분에서 빛을 발하도록 갈고닦는 거야!

싸즈산이 민망한 듯 웃으며 말했다. 어서 식사해요. 다 식겠어요.

마오전이 말했다. 그래, 그래. 재료만 해도 준비하느라 하루 종일 걸렸지?

구웨이웨이가 말했다. 말이라고? 갑자기 들이닥쳐서 그렇잖아. 너 와서 밥 먹는다는 말 듣고 이이가 싼위안차오三元橋 대사관로 근처 시장에 다녀왔어.

마오전이 말했다. 고생했네. 애썼어. 고마워, 정말이야.

싸즈산이 술을 따르는 사이, 어머니와 딸도 식탁에 합류했다. 온 가족이 둘러앉아 마오전이 베이징에 온 후 건너뛴 섣달그믐밤 식사를 함께해 주었다.

구웨이웨이 남편인 싸즈산은 짙은 눈썹에 커다란 눈을 가진 미남이다. 말수가 별로 없고 구웨이웨이보다 연하이다. 후베이 출신으로 대입 시험에서 최고점수를 얻었으며 칭화淸華대학에 입학한 후 석사, 박사를 모두 마친 후 연구소에 입사했다. 처음에는 인터넷 보안처에서 일하다가 부서가 통합되면서 마오전 연구소에서 함께 일하게 되었다.

당시 구웨이웨이가 마오전 연구소에 놀러 왔다가 지금의 남편을 만났다. 싸즈산은 여신의 외모에 마음을 빼앗겨 구웨이웨이를 졸졸 좇아다니다가 결국 소원대로 미인을 얻었다.

마오전은 얼마나 기뻐했는지 모른다. 어쩌다 내가 이런 인연을 맺어줬지? 그녀는 기쁜 반면 조금 이상한 생각도 들어 슬쩍 구웨이웨이에게 물었다. 너 좇아 다니던 남자가 줄을 섰었잖아, 도도하기 이를 데 없던 애가 그 나이에 어쩌다 저런 애송이한테 마음을 빼앗겼어?

구웨이웨이가 말했다. 사실 말이지, 변호사 생활이 오래되다 보니 직업병인지 사람을 잘 못 믿게 되더라고. 그이는 솔직하고 착해. 그이의 말이나 행동은 믿음이 가거든.

마오전이 말했다. 게다가 젊고 잘 생기고?

웨이웨이가 마오전을 흘끗 보고 말했다. 맞아!

마오전이 낄낄 웃었다. 너도 '얼빠'인 줄 몰랐네.

구웨이웨이가 말했다. 됐어, 다 네 덕분이잖아.

마오전이 말했다. 제 속셈은 다 차리고 이제 와서 무슨 소리야.

웨이웨이가 말했다. 그이야 솔직하고 착한 데다 똑똑하잖아. 일단 배우면 못 하는 게 없어.

마오전이 말했다. 좋아, 네 손에 들어간 혁명 청년 한 번 잘 키워봐.

싸즈산은 확실히 훌륭한 혁명 청년이자 탁월한 과학연구자이다. 그는 정규 과정을 통해 든든한 과학연구의 기반을 갖춘 데다 무엇보다도 근면성실하다. 매년 그가 발표하는 논문과 학술 저서의 수량은 언제나 최고이다. 다만 빠른 성장을 위한 더 큰 플랫폼이 없어서 아쉬울 뿐이다. 서열을 중시하는 중견 과학연구기관은 여러 가지 제약이 많다. 젊은 그에게 선임연구원 자리는 차례가 오지 않는다. 매년 연구소에 자리가 났지만 일반적으로 이런 자리는 퇴직이 임박한 원로 동지에게 돌아갔다. 그렇지 않을 경우, 원로 동지들이 울고불고 난리를 치다가 자살 운운하니 걸어서 들어갔다가 들 것에 실려 나오면 큰일이다. 경쟁이 얼마나 치열한지 모른다.

경력, 능력으로 보면 그 역시 부소장 감이다. 하지만 낙하산으로 내려온 필립이 그 자리를 차지했다. 요즘에는 이동이 잦기 때문에 간부의 경우 외부로부터 들어오는 이들이 많다. 그렇기 때문에 기관의 시스템에 적합한 인재라고 해서 반드시 바로 발탁되진 않는다. 그러니 대부분 교류를 통해 자리에 들어가야 한다. 하지만 교류 기회가 어디 그리 쉬운가? 싸즈산은 현재 부연구원으로 혁신 프로젝트 팀장을 맡고 있다. 기관에서 정신적인 강조만으로 젊은이들의 의

욕을 북돋우고 행정명령만으로 그들의 역량을 발휘하라고 하긴 쉽지 않다. 과학 연구 및 혁신에 대한 직원들의 열정을 장려하기 위해서는 이에 상응하는 보상 및 피드백 체계가 있어야 한다. 이번에 사회과학 분야의 과학연구기관이 제도를 바꾸기로 결정한 이유 중 하나는 기업으로 전환한 후 직급과 인원 제한을 풀어 인재의 승진 통로를 열어줌으로써 인재가 두각을 나타낼 수 있도록 하기 위함이다. 동시에 인재나 재정에 대해 기업이 자율성을 발휘하여 과학 연구자의 노동과 급여가 비례할 수 있도록 조치하기 위해서이다.

사회적으로 능력 발휘를 하지 못하고 가사 일에 충실한 삶을 살게 된 싸즈산은 이제 준수한 청년이라기보다는 좀 움츠러든 느낌이다. 그는 구기자차를 끓이고 자료를 보고 논문을 쓰는 것 이외에 아이 등하교를 시키고 집을 꾸미고 장을 보고 정원에 꽃과 야채를 심으며 훌륭한 주방장으로 단련되었다.

마지막으로 버섯크림수프를 먹고 나자 구웨이웨이 엄마는 방으로 들어가고 샤오민은 TV를 보다가 숙제를 하러 위층으로 올라갔고 싸즈산은 밖으로 눈을 치우러 갔다. 일하는 아주머니가 그릇을 치우고 새로 끓인 홍차를 내왔다. 두 친구는 그제야 본론으로 들어갈 수 있었다.

마오전은 쿵링젠이 내 준 소임을 잊지 않고 먼저 기업형 체제전환에 대해 물었다. 체제전환이라고는 하지만 사실 재정의 출처, 인적 자원에 대한 문제가 중요했다. 마오전이 우선 싸즈산에 대해 말했다. 싸즈산이 기관에서 조금 의기소침해. 이런 인재라면 집에서도 어느 정도 '위치'를 줘야지. 구웨이웨이가 일고의 가치도 없다는 듯 손을 내저었다. 그이 집안 일로 바빠. 식구들의 일상을 다 책임지잖아. 아이 등하교 문제까지 다 신경을 써야 하거든. 완벽한 내무대신이야.

마오전은 구웨이웨이의 생각을 바꿔주고 싶었다. 싸즈산은 어쨌거나 남자야. 남자는 자존감을 높여줘야지. 하지만 막상 이런 말을 입 밖으로 꺼내지 못했다.

마오전은 싸즈산에 대해 말한 후 투덜투덜 어젯밤 톈톈의 일을 털어놓았다.

마오전이 말했다. 정말 못돼 처먹은 가족 아냐? 엄마 위장이혼을 시켜 아들 집을 사주다니 말이 돼?

구웨이웨이가 말했다. 걔 아빠 밖에서 바람난 것 아냐?

마오전이 흥미롭다는 듯 말했다. 변호사 뇌는 구조가 정말 남다르네!

우리 로펌 이혼 담당 부서 통계에 따르면 집 구매를 위해 위장이혼한 사람 99%가 모두 진짜 이혼한대. 집을 산 후 다시 합치는 부부는 1%가 채 안 된다는 거야. 게다가 위장이혼 안건 중 99%는 남자가 개판이야. 일찍부터 밖에 다른 여자가 있었다는 거지, 그래서 그 기회에 와이프를 버린 거야.

뭐야, 정말이야? 근데 남자 부모 사이가 좋다고 들었어. 아버지는 제약회사 공장장이래. 어머니는 예전에 이인전 배우로 예술적 소양이 풍부하고.

기꺼이 감수하겠다는 거야, 엄마니까. 물불 안 가리고 오직 아들에게 집을 사주겠다는 일념이지.

걔 아버지 생각이 어떤지는 알 필요 없고. 남자애가 비양심적인 거지. 부모 등골을 빼먹어도 이렇게 빼먹는 애는 본 적이 없어. 자기 집 사겠다고 엄마를 이혼시켜? 정말 인간 쓰레기지!

구웨이웨이가 다시 입을 열었다. 그렇게 애한테 욕만 퍼붓는다고 뭐가 달라져? 아이가 무슨 선택을 할 수 있겠어? 솔직하게 말해 이건 다 부모가 제멋대로 행동한 거야.

마오젠이 말했다. 대학 졸업에 유학까지 마치고 돌아온 성인이야. 자기의식과 주장이 있어야지.

어떻게 자기주장을 해? 경제적 능력이 없는 전형적인 마마보이인데. 네 말을 들어보니까 그 앤 가족의 기대를 한 몸에 모으고 있는 외동아들이야. 모든 가족이 부추긴 결과라고. 그렇게 몰아붙이는데 그 애가 어떻게 입을 열겠어?

네 말을 들으니 그 애 마치 바진巴金의 작품《집家》에 나오는 가오씨 집안 외아들 가오줴신高覺新처럼 피해자가 된 것 같네? 이런 식으로 아들 결혼을 위해 위장 이혼해서 집을 사는 일에 대해 너희 법조계에서는 뭐라고 해?

웨이웨이가 답했다. 결혼과 주택 문제가 연결되는 건 지금에야 시작된 일이 아니야. 계획경제시대에 도시에서는 결혼을 해야 집이 배분되었어. 시장경제시대에 들어서고 나서야 자기 능력으로 집을 샀지. 그런데 너 생각해 봐. 집을 사는 시기는 항상 결혼과 관련이 있잖아. 결혼이 주택에 정신적 의미가 되다 보니 집은 종종 결혼의 징표가 돼. 하지만 최근 들어 집값이 너무 비싸지면서 결혼도 불안한 일이 되었어. 수많은 비극이 이렇게 일어나지.

그럼 해결 방법이 없다는 거야?

방법이야 있지. 하지만 아직은 완전치가 않아. 기억하지? 개혁개방초기에 젊은 여성들이 외국인과 결혼해서 미국, 영국, 일본에 가는 꿈을 이룬 이야기 말이야. 처음에는 그저 놀라웠는데 자주 듣다 보니 대수롭지 않더라고. 지금은 러시아여성, 아프리카여성들이 중국 청년들과 결혼해서 중국에서의 삶을 꿈꾸기도 하잖아. 최근 몇 년 동안 국내 각지에 주택구매 제한령이 발표된 후 부부가 위장이혼해서 두 번째 주택에 대한 중도금을 줄이고 세 번째 주택을 사는 사람도 적지 않다는 말 들어봤잖아. 이런 건 어떻게 해야 하는데? 법에 저촉되는 건 아니고 다만 비도덕적인 거지. 그 사람들도 바보야. 시야가 좁아서 주택구매 제한령이 가져올 긍정적인 변화를 살피지 못하는 거야. 지금 주택 가격에 이렇게 거품이 많이 낀 상황에서 구매 제한령을 발표한 이유가 뭘까? 집이란 원래 주거가 목적인데 최근 몇 년 사이 투기가 되어버렸어. 그래서 집값에 거품이 낀 거야. 예를 들면 내 별장 말이야. 너도 알다시피 저렴하게 샀잖아. 지금은 열 배가 넘게 뛰었어. 시간이 흐르면 감가상각해서 가격이 내려야 하는데 지금은 반대야. 구매 제한령은 잠시 극한 처방을 내린 거야. 집값이 합리적인 가격으로 하락해서 부동산 투기로 돈을 벌지 못하는 상황이 되면 그때는 구매 제한을 할 필요가 없겠지? 국내에 집에 모자란 것도 아니야. 빈 집이 널리고 널렸는데. 부동산업자랑 부동산투기꾼들이 울상이 될 때가 있을 거야.

마오전이 깊이 한숨을 내쉬었다. 주택 때문에 그렇게 쉽게 이혼하고, 젊은 한 쌍이 헤어지다니, 그런 결혼이 무슨 의미가 있어?

웨이웨이가 말했다. 요즘 결혼은 정말 이해가 잘 안 돼. 우리 이혼부에서 접수한 안건만 봐도 가지각색이야. 난 원래 가십거리에 넌더리를 내는 편인데 이혼부에서 들은 괴이한 이유들이 자꾸만 귓가에 윙윙거려. 평생 잘 살아온 노부부가 있어. 나이가 일흔다섯이 넘었는데 한사코 이혼을 하겠다는 거야. 쉰 된 아들이 와서 말려도 할머니가 막무가내야. 별 다른 이유가 아니라 혼자 조용히 보내고 싶다고 하더라고. 다시 할아버지에게 물어보니까 정말 아내가 이혼을 하고 싶다면 해주겠대. 단 이혼을 해도 집을 나가진 않겠다고 하더라고. 할머니가 자꾸 깜빡깜빡하니까 이혼을 하고도 아내를 더 잘 돌봐줘야지, 아니면 혼자 밖에 나갔다가 길을 잃을 거라고 했어.

그런 일도 있었어? 마오전이 말했다. 할아버지가 정말 좋으시네. 도무지 이해가 안 돼. 톈톈이 그러는데 쑨쯔양이 헤어지자는 이유가 두 개래. 하나는 주택, 하나는 톈톈이 수학을 싫어해서라고. 헤어지는데 수학 핑계를 대다니 그것도 핑계라고……

정말 수학하고 관계가 있는지도 모르지. 구웨이웨이가 피식 웃었다. 내가 당시 그 말을 듣고 어땠는지 알아? 정말 어이가 없었어. 결혼의 패인은 정말 가지가지야. 결혼과 사랑 이런 변화무쌍한 것을 위해 위험에 대비할 만한 등가물을 찾아야 한다는 생각이 들었어. 우리 집은 이곳의 풀 하나, 나무 한 그루, 고양이, 개까지 모두 그이에게 주고 그를 꼼짝 못 하게 해야겠어.

등가물, 그 단어 참신한데? 사랑의 등가물은 뭐지? 그냥 얽어매면 되는 거야? 구웨이웨이를 보니 농담은 아닌 것 같았다. 매우 진지하고 엄숙하고 단호했다. 마오전이 재빨리 웃으며 끼어들었다. 너희 집 남자는 네 꿀통에 살고 있잖아. 걱정할 게 뭐 있어? 그래, 무슨 걱정이야? 마오전은 마음속으로 밥도, 술도 다 먹고 이야기도 다 했다고 생각했다. 마오전이 일어나 떠나려 했다. 구웨이웨이가 말했다. 날도 어둡고 눈도 많이 내리네. 그이더러 바래다주라고 할게.

됐어. 그냥 대리 부르면 돼.

집에 기사 뒀다 뭐 하게. 대리는 무슨, 안전하지도 않고. 그녀가 고개를 돌려 큰 소리로 외쳤다. 여보, 수고 좀 해줘! 그러게 왜 술도 못 마셔서! 천생 기사, 대리기사 감이야.

싸즈산이 위층에서 내려오며 미소를 머금은 채 조용히 외투를 입고 머플러를 둘렀다. 그가 먼저 내려가 열쇠를 들고 마오전의 차를 예열했다.

가족 모두 입구까지 나와 뜨겁게 그녀를 배웅했다. 마오전이 차에서 손을 휘둘렀다. 들어가, 어서. 이모님, 나오지 마세요. 밖에 추워요. 나중에 시간 내서 뵈러 올게요. 차문이 닫히고 싸즈산이 천천히 차를 출발시켰다. 가는 내내 싸즈산은 아무 말도 하지 않았다. 마오전은 약간 취기가 도는 가운데 흩날리는 눈, 스쳐 지나가는 백양나무를 바라보았다. 웨이웨이 집에 올 때보다 기분이 한결 나아졌다. 구웨이웨이와 나눈 대화에서 약간의 해답을 찾을 수 있을 것 같았다. 아직 구체적인 해결방법은 찾지 못했지만. 분명히 길이 있을 거야, 톈톈 역시 실연의 아픔을 조만간 이겨낼 거고.

혁신사업은 어떻게 됐어? 마오전이 말을 걸었다.

아직 그대로예요.

프로젝트도 거의 마감이지?

마오전이 계속 이야기를 리드했다. 이 사람, 정말 말수가 적어. 그렇게 오랫동안 같이 일했는데 말하는 것을 본 적이 정말 드물었다. 마오전은 문득 조금 당혹스러웠다. 동료가 된 지 오래되었는데 대체 난 이 사람에 대해 얼마나 알고 있지? 구웨이웨이는 또 얼마나 이 사람을 이해하고 있을까?

싸즈산은 대답이 없었다. 전조등이 길 위에 쌓인 눈을 비췄다. 마오전은 눈이 시렸다. 다시 얼마 시간이 흐른 후 마침내 싸즈산이 입을 열었다. 뭔가 결심을 한 듯했다. 아내와 말하는 것 들었어요. 연구소 일 그만둘래요.

마오전이 어리둥절해서 말했다. 뭐라고?

싸즈산이 말했다. 연구소를 나가고 싶어요.

왜?

재미없어요.

알아. 연구소 대우가 정말 부족하지. 하지만 지금은 당장 달리 좋은 방법이 없어.

조금만 기다려봐.

싸즈산이 말했다. 오래 생각했어요. 더 기다릴 것 없어요.

마오전이 그의 말뜻을 곰곰이 생각했다. 하지만……내가 보기에 지금은 시기가 적절하지 않아……잠시 조용히 있는 편이 나은데.

싸즈산이 말했다. 계속 조용히 기다렸어요……너무 오랫동안, 너무 조용히 있다 보니 이제 나 자신조차 내 존재가 느껴지지 않아요.

마오전은 깜짝 놀랐다. 너무 조용해서 자신이 느껴지지 않는다고? 그건 어떤 느낌이지?

사실 예전에 오랫동안 그녀 역시 이런 기분이었던 적이 있다. 분노도 억울함도 아니었고 희망이나 절망과도 관계가 없었다. 그건 심장이 죽은 느낌이었다. 그녀가 차창을 열고 고개를 내밀었다. 시린 한기가 가슴으로 밀려들어왔다. 거위털 같은 굵은 눈발이 휘날렸다.

천지가 고요하고 세상이 모두 순백색이다.

거대한 하늘을 우러러보고 대지의 만물을 굽어본다.

쿵링젠이 항상 입에 달고 사는 말이다. 마오전이 중얼거렸다.

시야를 넓히고 마음을 열어 보고 들은 것을 한껏 즐기는 거야.

쿵링젠의 말을 생각하며 그녀는 이렇게 되뇌었다.

5. 판자위안의 연기

 판자위안 지역주민위원회에서 전화가 걸려왔다. 베이징 출신으로 '파오싼얼炮三兒'[22]라는 별명을 가진 나윈차오那雲橋는 국제무역빌딩 근처 다런헬스장에서 회원들에게 근력운동을 시키고 있었다. 일대일 트레이닝이라 비용도 만만치 않았다. 그가 회원에게 주의사항을 말하고 있을 때 전화가 울렸다.

 중년 아주머니 목소리가 들렸다. 여보세요? 나윈차오씨 되나요?

 네. 전데요.

---

22 쓰촨과 충칭 등 서남지역 방언에서 이는 견식이 짧고 아둔하거나 경솔하고 무모한 사람을 일컫는다.

이제야 연락이 되었네요. 어서 집으로 와요. 집에 불이 났어요. 지금 검은 연기가 올라오고 있다고요.

그게 무슨 말이에요? 누구시죠?

판자위안 주민위원회 사람이에요. 그 댁 집에서 검은 연기가 새어 나오고 있다니까. 불은 안 보이고 그냥 연기가 나와요. 윗집에서 신고가 들어왔어요. 문을 두드려도 반응이 없대요. 어서요. 겨우 세대주 정보와 전화번호를 찾아 전화하는 겁니다. 늦어지면 우리가 119에 연락해서 문을 따고 들어갈 수밖에 없어요.

네. 기다리세요. 금방 가지요.

그가 전화를 끊고 바로 부동산중개소에 전화를 걸었다. 상대가 서비스구역에 있지 않은지 아무리 해도 전화가 연결되지 않았다. 그가 다시 저장된 연락처에서 '위펑셴于鳳仙'을 눌렀지만 상대방은 전화를 받지 않았다. 그는 짜증이 밀려왔다.

그는 자신과 혼인신고를 하고 집을 구매한 '아내' 위펑셴에 대해 아는 바가 전혀 없었다. 그저 중개소 부탁대로 절차에 따라 혼인증서를 받고 수속을 처리했다. 모든 과정이 거래 일 뿐, 어떤 감정도 없었다. 남녀 모두 상대방이 누구인지, 직업은 뭔지도 몰랐고 오고 가야하는 번거로운 과정도 없었다. 해외 상황과는 딴판이다. 듣자 하니 미국은 국제결혼을 통해 영주권을 취득하려고 할 경우 이민국에서 매우 엄격하게 조사를 한다고 들었다. 그들은 모든 부분을 꼼꼼하게 조사하여 신청자의 혼인 여부를 대조한다. 불시에 가정 방문을 하고 다짜고짜 이웃을 찾아가고 부부의 공동 은행계좌, 휴대폰, 부부간의 전화 통화기록, 대화기록, 부부의 일상생활을 담은 사진 등을 조사한다. 영주권을 취득하는 일이 정말 어렵다. 하지만 중국은 구매 제한령이 시행된 지 얼마 되지 않아서인지 위장 이혼 및 결혼에 의한 주택 구매가 아직은 불법처럼 보이지 않는다. 이러한 은밀한 지하산업사슬을 누가 통제하고 조사하는 건지, 왜 근거도 없이 통제와 조사를 하는 건지 아는 바가 없다.

베이징 토박이 파오쌴얼은 건장한 체격의 소유자이다. 젊을 때 권투선수로 활약하다가 은퇴 후 헬스장에서 코치를 하며 쉬엄쉬엄 돈을 번다. 그는 돈이 궁하지 않다. 살던 곳이 철거되면서 거의 천만 위안의 보상금을 받은 데다 후이룽관回龍觀에 집을 세 채나 불하받았다. 그는 한 채는 전처, 한 채는 자기가 살고 나머지 한 채는 노모 명의로 세를 주고 있다. 위장결혼은 모두 친구가 부추겼기 때문이다. 친구가 말했다. 조건이 이렇게 좋은데 두 손 놓고 있다니 정말 안타깝군. 자, 들어봐. 손 하나 까딱하지 않고 돈을 벌 방법이 있어. 전혀 힘이 들지 않는데 왜 안 해?

실제 주택 거래금액에 따라 거래가 이루어지며 이렇게 얻는 수익도 꽤나 높다. 베이징은 주택 가격이 비싸다. 위장결혼이란 방법으로 주택을 구매하고 싶은 외지인들은 대개 대가를 아끼지 않고 기꺼이 큰돈을 쓴다. 매번 거래마다 적어도 수십만 위안이 입금된다.

파오싼얼은 이름에 '셋째'라는 의미가 들어가지만 아들로는 큰아들로, 위에 누나 두 명이 있다. 이런 일을 하는 건 돈을 위해서가 아니다. 그저 취미 정도에 불과하다. 이 정도 돈이라면 마작 할 때 친구들에게 심심풀이로 던져줄 수 있는 액수이다. 맏형으로서 자주 일부러 패를 내주기도 한다. 맏형이 뭔가. 맏형이라면 모름지기 돈을 써야 한다. 의리를 위해 재물은 기꺼이 써야 한다. 그렇지 않으면 누가 자신을 맏형이라고 인정해 주겠는가. 누가 자신을 보호해 주겠는가.

그런데 지금 파오싼얼에게 성가신 일이 생겼다. 오늘 얼굴을 드러내야 한다. 집에 불이 났다고 한다. 불이 번지면 큰일이다. 이 자식들은 모두 어디 간 거야!

파오싼얼은 수강생과 헬스장 사장에게 사과한 후 옷을 챙겨 입고 황급히 판자위안을 향해 차를 몰았다. 그는 휴대폰에서 위챗 기록을 찾아내 집 주소를 검색한 후 내비게이션에 입력했다. 길이 막혀 한참 만에 가까스로 판자위안에 도착했다.

다행히 판자위안은 국제무역빌딩에서 가까웠다. 그렇지 않았다면 그가 도착하기 전에 집은 완전히 잿더미가 되었을 것이다.

그는 목적지에 도착하기 한참 전부터 속도를 낮춰 주차할 자리를 찾으면서 하늘을 살폈다. 그래도 큰 화재는 아닌가 보네. 하늘이나 건물 위로 불길이 벌겋게 보이진 않아. 파오쌴얼은 슬쩍 안도의 한숨을 쉬었다. 그는 길가에 빽빽하게 들어찬 차들 사이로 겨우 주차를 한 후 재빨리 세 번째 동 입구에 이르렀다. 중년의 아주머니와 할머니 두 사람이 입구 앞에 서서 웅성거리며 손으로 위를 가리키고 있었다. 보아하니 그중 한 아주머니가 주민위원회 주임 같았다. 사람들이 모두 그녀를 중심으로 빙 둘러있었기 때문이다. 그가 종종걸음으로 다가가자 아주머니가 먼저 그를 불렀다.

그쪽이 나원차오 씨?

네. 그렇습니다.

어서 문 좀 열어봐요. 이게 무슨 일이래요.

아주머니가 가리키는 방향을 따라 고개를 들어보니 과연 4층 창문 위쪽으로 5층, 6층을 향해 검은 연기가 잇달아 뿜어져 나오고 있었다.

파오쌴얼이 허둥지둥 물었다. 노크해봤어요? 아무도 없어요?

주임이 말했다. 이 사람 좀 봐, 사람이 있는지 없는지도 모릅니까? 대체 이 집주인이 맞긴 한 거요?

파오싼얼이 재빨리 대답했다. 죄송합니다. 이 집에 친척이 살고 있어서요. 구체적인 상황은 저도 잘 모릅니다.

아주머니가 손뼉을 치며 말했다. 어쨌거나 이 집 세대주로 당신 이름이 적혀있어요, 이렇게 수수방관할 수는 없는 일 아닙니까?

옆에 있던 노부부도 끼어들었다. 대체 이웃에서 뭘 하는지! 검은 여기가 매일 뿜어 나오는데 무슨 일인지 원! 주민위원회에서 수수방관할 일이 아니야.

파오싼얼이 재빨리 휴대폰을 꺼내 '위펑셴'이라는 이름을 눌렀다.

두세 번 벨이 울린 후 고개를 들어보니 멀리 한 노인을 부축하고 천천히 걸어오는 분홍색 슬림 다운패딩의 늘씬한 여자가 보였다. 여자는 얼굴이 작고 눈매가 청초했다. 3월 봄바람에 귀밑머리를 나부끼며 생각에 잠긴 듯 마치 아무것도 안 보이는 사람처럼 멍한 표정으로 천천히 걸어오고 있었다.

넋 놓고 걸어오던 위펑셴이 갑작스러운 휴대폰 소리에 깜짝 놀라 재빨리 정신을 가다듬은 후 고개를 숙여 주머니에서 폰을 꺼냈다. 나원차오의 전화였다. 그녀가 눈살을 찌푸리며 휴대폰을 귀에 댔다. 그리고 미처 입을 열기도 전에 고개를 들어보니 맞은편에 전화를 건 상대방이 보였다.

한 무리의 노인들 사이에 장년의 남자가 서 있었다. 늘씬한 키, 짙은 눈썹, 가늘고 긴 눈, 높은 콧대, 얇은 입술, 초록의 가죽재킷 안에 검은 터틀넥 스웨터를 받쳐 있고 아래는 회색 코듀로이 캐주얼 바지에 황색부츠 차림이다. 단단한 근육질의 몸이 돋보였다. 겨드랑이에 검은 클러치백을 낀 모습이 오전 10시 반 햇살을 받아 유난히 더 단단하고 젊게 느껴졌다.

위펑셴이 의아한 눈초리로 휴대폰을 귀에 댄 채 파오싼얼을 빤히 바라보았다. 어디선가 봤는데, 어디서 봤는지 잘 생각이 나지 않았다. 파오싼얼도 마찬가지 자세로 고개를 숙여 다가오는 위펑셴을 물끄러미 바라보았다.

사람들이 바라보는 가운데 둘의 눈이 마주쳤다. 멍하니 두 사람 모두 잠시 말이 없었다.

눈치 빠른 이웃 노인 부부가 말했다. 저 여자네. 맞아. 저 여자 집에서 연기가 나는 거야.

이웃 할머니가 말했다. 빨리 좀 와요. 우리 두 늙은이가 집에서 연기에 숨이 막혀 죽을 뻔했다니까.

파오싼얼이 그제야 입을 열었다. 그쪽이 위펑셴?

위펑셴이 그를 향해 고개를 들었다. 아, 그러니까, 나……

위펑셴은 그제야 생각이 났다. 두 사람이 접수처에서 잠깐 만난 적이 있었다.

파오쌴얼이 말했다. 쓸데없는 말 하지 말고 어서 올라가 문 열어요.

위펑셴이 노인을 끌고 안으로 들어가고 사람들이 그 뒤를 따랐다. 파오쌴얼 역시 앞으로 다가가 노인을 부축하고 계단을 올라갔다. 4층 402호, 문을 열자 실내를 가득 채운 매캐한 연기에 사람들은 제대로 눈조차 뜰 수 없었다.

위펑셴이 '에구머니나'라고 외치고 먼저 뛰어 들어갔다. 그녀가 컥컥거리며 재빨리 창문을 열어 연기를 밖으로 내보냈다. 다른 사람들은 모두 코와 입을 틀어막은 채 입구에 서 있었다.

주민위원회 주임이 말했다. 무슨 일이래? 이게 사람 사는 집이야? 집에 웬 연기가 이렇게 가득 찼어? 대체 안에서 뭘 한 거요?

위펑셴이 입을 틀어막고 창문을 열면서 말했다. 죄송해요. 난로 불 피우기가 힘이 드네요. 오늘 동남풍이 불어서 연기가 역류했나 봐요.

이웃 할머니가 버럭 소리를 질렀다. 대체 이 사람이 정신이 있나! 건물에서 난로를 피다니 이게 다 무슨 일이야!

위펑셴이 재빨리 변명을 늘어놓았다. 아버지께서 허리가

좋지 않으세요. 차가운 침상에서는 잠을 잘 못 주무셔서 구들을 덥히려다 보니 그랬어요. 죄송합니다. 모두 죄송해요.

주민위원회 주임이 말했다. 어디 사람들이요? 베이징은 스모그, 대기오염을 방지하느라 천연가스로 바꾼 지가 언젠데. 아직도 탄을 땐다니 말이 됩니까? 건물 안에 구들이라고요? 정말 웃기지도 않군!

위펑셴은 얼굴이 벌겋게 달아올라 계속 기침을 하며 제대로 말을 잇지 못했다.

이를 지켜보던 파오쌴얼이 두말 않고 성큼 안으로 들어가서 손으로 코와 입을 막은 채 주변을 살폈다. 북쪽 벽에 만들어놓은 석탄 화로가 눈에 들어왔다. 화로 위에는 커다란 물주전자가 놓여있었다. 물주전자에서 김이 칙칙 올라왔다. 그가 다가가 재빨리 물주전자를 옆에 내려놓은 후 꼬챙이로 뚜껑을 걷어내고 삽으로 아래쪽 재를 퍼내 화로 안에 뿌렸다. 한 삽, 두 삽, 세 삽 드디어 화로의 불이 완전히 꺼졌다. 그가 그제야 도구를 내려놓고 입구로 다가가 사람들을 향해 두 손을 모으며 말했다.

죄송합니다. 소란을 피워 정말 죄송합니다. 화로의 불은 다 꺼졌어요. 더 이상 연기가 나지 않습니다. 모두 안심하세요. 위펑셴은 일사천리로 상황을 처리한 그의 모습에 그저 어안이 벙벙할 뿐이었다.

그녀가 끼어들기도 전에 주민위원회 주임이 입을 열었다. 미안하다면 다예요? 실내에서 석탄 화로를 떼는 건 불법이라고요. 알아요, 몰라요?

위펑셴이 고개를 숙이고 허리를 굽실거리며 말했다. 죄송합니다. 정말 몰랐어요. 이제야 막 이사를 와서요.

주민위원회 주임이 물었다. 어디서 왔소?

위펑셴이 대답했다. 톄링입니다.

주임이 대꾸했다. 어이고, 대도시네. 둥베이 사람이구만, 어쩐지!

그녀가 파오싼에게 고개를 돌렸다. 둘이 무슨 관계요? 어째 누가 사는지도 모르고, 한 사람은 둥베이에서 왔다고 하고. 외지인 입주 세대신고는 하셨나?

너무 신경 쓰지 마십시오. 저희 고향 누이인데요. 아버지 모시고 베이징에 진찰을 받으러 왔습니다. 온 지 얼마 안 돼서 이곳 규정을 모릅니다.

주민위원회 주임은 자기 임무에 충실한 사람이다. 법규를 위반한 사람들을 그냥 놓아줄 리가 없었다. 주임이 파오싼얼을 향해 호통을 쳤다. 당신은 베이징 사람 아니요? 베이징 전체 연료가 가스로 바뀐 것 모릅니까? 공기오염이 이렇게 심각한데 아직도 석탄을 떼고 그것도 모자라 연통으로 연기를 내보내요? 대체 석탄은 어디서 가져온 거요? 시에서는 살 수도 없는 것을.

위펑셴이 바짝 긴장한 모습으로 말했다. 우리 고향인 톄링에서……

파오싼얼이 재빨리 그녀의 말을 가로막았다. 그게, 팡산房山에서 구했습니다. 팡산에 있는 친척이 좀 구해줬어요. 떼지 말라고 하시면 떼지 않겠습니다.

주임이 말했다. 내가 떼지 말라는 것이 아니라 베이징시의 일관된 정책이오. 어서, 구들 철거하세요. 사흘 주겠소.

파오싼얼이 고개를 끄덕이며 허리를 굽실거렸다. 바로 철거하겠습니다. 사흘 안에 다 철거하지요. 다시는 번거로운 일이 생기지 않도록 하겠습니다.

주임이 그를 흘겨보았다. 책임질 수 있소?

파오싼얼이 가슴을 두드리며 말했다. 네. 제가 약속하겠습니다. 안심하십시오. 성함이 어떻게 되십니까? 처리 후에 바로 보고를 하려고요.

위于 씨요, 이곳 주민위원회 주임이오.

네, 네. 위 주임님, 정말 감사합니다. 죄송해요, 이렇게 소란을 피워서. 이틀 후에 다 철거하고 바로 보고하겠습니다. 어서 가서 일 보십시오. 모든 건 제가 알아서 처리하겠습니다.

상황이 정리되고 연기도 더 이상 나오지 않자 사람들이 구시렁거리며 흩어졌다.

위펑셴이 재빨리 입구로 나가 노인을 안으로 모셨다. 노인은 귀가 어두워 사람들이 무슨 말을 하는지 잘 듣지 못했다. 그저 사람들이 입구에서 떠들어대는 것만 보였기에 심리적으로 별 영향을 받지 않았다. 그가 안으로 들어간 후 위펑셴에게 물었다. 이 분은 누구시냐?

위펑셴이 말했다. 인테리어 기사님이세요.

할아버지가 말했다. 아이고, 기사님 수고하십니다. 앉으세요.

파오싼얼이 말했다. 안녕하세요? 연세가 어떻게 되십니까? 혈색도 좋으시고 건장하시네요.

쑨孫 씨 할아버지가 껄껄 웃었다. 여든이 넘었소. 아들, 며느리, 손자가 모두 효성이 지극해서. 내가 이렇게 애들을 따라 베이징에 와서 살게 되었소이다. 사실 말이지, 영 습관이 되질 않는데 말이오. 늙으면 괜히 아이들에게 폐만 끼치지.

할아버님, 그건 당연한 거지요. 부모님에 효도하는 건 자식들의 책임입니다.

기사님이 정말 좋으시네. 말씀도 잘하시고, 교양도 있으시고. 할아버지가 이렇게 말하며 엄지를 들어 올렸다.

위펑셴이 말했다. 어서 방에 들어가 쉬세요. 물 따라놓았으니 이따가 약도 드시고요.

위펑셴이 노인을 모시고 북쪽 방으로 들어가자 파오싼얼

이 주위를 둘러보았다. 방 2개, 거실 하나짜리 크지 않은 집이 말끔히 정리되어 있었다. 창가에는 파리취와 월계꽃이 분홍빛으로 피어있었고, 벽에는 위펑셴의 젊은 시절 공연 사진이 걸려있었다. 아름다웠다. 파오싼얼은 어떤 영화배우 사진일 거라고 생각했을 뿐, 상대방이 바로 사진 속 주인공임을 알아보지 못했다. 텔레비전에 이인전 공연에서 쓰는 자홍색 커다란 손수건이 덮여있었다. 커다란 모란꽃이 수 놓인 수건이다. 소파와 탁자 곳곳이 코바늘로 짠 꽃무늬 편직물로 장식되어 있는 것을 보니 여주인의 솜씨와 더불어 따뜻한 기운이 느껴졌다.

위펑셴이 노인을 방으로 모신 후 약을 먹이고 거실로 나와 파오싼얼에게 인사했다. 파오싼얼과 위펑셴은 그제야 정식으로 가까이서 서로를 마주 보았.

그 순간, 그들은 상대방을 바라보며 아무 말도 하지 못했다.

파오싼얼은 상대방이 이처럼 아름다운 둥베이 미인일 거라고 생각지 못했다. 배우 출신인 위펑셴은 붉은 입술에 하얀 치아, 빼어난 미모의 소유자였다. 몸매도 관리를 잘해서인지 바람에 흩날리는 버들가지처럼 허리가 나긋나긋했다. 중년이 다 되어가는 나이지만 언뜻 30대 초반처럼 보였다. 특히 눈웃음이 매력적인 쌍꺼풀 진 눈매는 그 눈길 한 번에 가슴이 녹아내릴 것 같았다. 파오싼얼은 자기도 모르게 가슴이 쿵쾅거렸다.

위펑셴 역시 가슴이 두근거리긴 마찬가지였다. 영화에 등장하는 베이징 건달들은 하나같이 삐딱한 고갯짓에 고르지 못한 치아, 뒤룩뒤룩 살이 찐 모습이다. 하지만 눈앞의 베이징 사람은 매우 준수하고 건장한 중년 남자다. 짧은 머리에 넓적한 얼굴, 긴 다리, 근육질 가슴, 점잖은 말투, 빠르고도 정확한 베이징 말까지 정말 매력이 넘쳤다. 특히 조금 전 들어와 화롯불을 끌 때 입구에서는 주임을 향해, 들어와서는 노인에게 말을 거는 솜씨가 보통이 아니었다. 유난스럽지 않게 상황을 자연스럽게 정리하는 모습이 바른 가정에서 자란 남자 같았다. 그녀는 순간, 조금 의아한 생각이 들었다. 입성에 외모, 행동거지까지 바른, 이런 남자가 왜 위장결혼으로 돈을 벌까?

사실 파오싼얼 역시 속으로 계속 의문이 맴돌았다. 외모나 차림이 범상치 않은데 왜 굳이 위장결혼을 한 걸까?

두 사람은 잠시 서로를 말없이 마주 보았다. 위펑셴이 먼저 입을 열었다.

그, 그러니까, 오빠라고 해야 하나……

파오싼얼이 말했다. 신경 쓰지 마세요. 집에서 셋째이니 그냥 싼거(셋째 오빠)라고 부르시죠.

위펑셴이 말했다. 쌴거, 정말 미안해요. 처음 집에 오신 건데 이 모양……

파오쌴얼이 말했다. 괜찮습니다. 다만 생각지……

그는 더 이상 뒷말을 하지 않았다.

확실히 생각지도 못하던 일이었다. 이런 상황에서 위펑셴을 만나다니. 게다가 위펑셴은 생각보다 젊어 보이고 미모도 뛰어났다. 둥베이 사람들은 공동주택에 살면서도 아직까지 구들을 깔고 화로를 피운다는 것도 처음 알게 되었다. 이 모든 것이 예상치 못하던 일이었다.

그쪽은 직업이?

전에 이인전 극단에서 일했어요. 극단이 해체된 후 작은 토산품 가게를 열었습니다.

아, 좋네요. 좋아요.

그럼 '쌴거'는 뭐 하시는 분이세요? 어……이런 질문을 해도 되는 건지.

괜찮습니다. 전에 운동선수였어요.

운동선수요?

네. 권투를 했죠. 전국대회에도 출전을 했었고요. 지금은 은퇴해서 아무 일도 안 하고 집에 있습니다. 이따금 헬스장에 나가 코치를 해주기도 하고요.

운동선수라니, 정말 대단해요!

위펑셴은 진심으로 감탄했다. 전국대회에 참가하다니 큰 세상을 본 사람이 아닌가.

그런데 왜 그렇게 급하게 집을 샀습니까? 파오싼얼이 무심코 물었다.

그게……아들에게 주려고요. 유학 가 있던 아들이 돌아와 혼자 힘으로 글로벌 '10대' 금융사에 취업을 했어요. 혼자 베이징에서 세를 내어 살면 불편할까 봐 집을 사 주고 싶었습니다. 직장 근처에서 살면 출근하기도 편할 것 같고요.

그렇군요. 그럼 할아버님은……

저희 시아버지세요. 베이징에 진찰을 받으러……

시아버지요? 파오싼얼이 그녀의 말을 되풀이했다.

위펑셴은 문득 해서는 안 될 말을 했다고 느꼈지만 달리 말을 바꿀 수 없었다. 그녀가 잠시 멈칫하다가 말을 이었다. 네. 그러니까 아이 할아버지요. 베이징에 진찰을 받으러 오셨거든요. 베이징에 오셨으니 손자 집에 모셔야죠. 그래서 제가 따라온 거예요. 두 사람 세탁도 하고 식사도 챙기려고요. 조금 전 시아버지……어, 그러니까 아이 할아버지를 모시고 병원에 약을 타러 갔었어요. 화로에 탄을 잘못 넣었는지 연기가 역류했네요. 주민위원회 사람들이 놀라는 바람에 이렇게 폐를 끼쳤어요. 전부 제 잘못입니다. 번거롭게 해 드려서 너무 죄송해요.

파오쌴얼이 말했다. 괜찮아요. 하지만 사실대로 말해 이제 이 화로는 더 이상 사용할 수 없어요. 철거해야 합니다.

위펑셴이 울먹거렸다. 그럼 어떡해요? 어떻게 철거를, 저 혼자서.

내일 일군들을 데려와서 처리할게요.

위펑셴이 말했다. 죄송해서 어떻게 해요.

파오쌴얼이 바로 대답했다. 우리 사이에 그런 말은 필요 없습니다.

다음 날 파오쌴얼이 작업자들을 데려와 구들을 드러내고 모든 일을 말끔하게 처리했다. 게다가 이케아에서 침대를 하나 배달시키면서 할아버지가 사용할 전기담요도 함께 가져왔다.

위펑셴이 돈을 주려하자 파오쌴얼이 이를 거부했다.

위펑셴의 두 눈에 눈물이 그렁그렁 맺혔다. 두 사람은 위챗에 상대방을 친구로 추가했다.

파오쌴얼이 말했다. 누이, 앞으로 무슨 일 있으면 이 오빠에게 말해요.

위펑셴이 딸꾹질을 했다.

그녀는 딸꾹질 소리에 자기 자신이 놀랐다. 재빨리 시선을 올리자 역시 놀란 눈으로 자신을 바라보는 파오쌴얼의 표정이 눈에 들어왔다. 그녀의 얼굴이 벌겋게 달아올랐다.

6. 쏜살같던 그해

청텐텐과 쑨쯔양은 2016년 정월 15일에 헤어져 각자의 길을 가게 되었다. 청텐텐은 실연의 충격으로 슬픔에 허덕이며 괴로운 나날을 보냈고, 쑨쯔양은 새내기 화이트칼라로 직장에서 바닥을 헤매고 있었다.

쏜살같던 그 해
우리는 세상을 너무 몰랐어.
그저 한 사람만 보고 싶었는 걸
그렇게 아무 이유도 없이
그토록 사랑스러운데
싸웠다 하면 또 너무 미웠어

서로 사랑하던 그 해

쏜살같이 세월이 지난 것도 당연해

고집스러운 약속이

다만 이별의 전주였음을 몰랐네

그 날은 너무 추웠어.

눈물이 언 것도 당연했던 거야

봄바람 역시

딱딱하게 굳어버린 사진 안에 숨결을 불어넣을 수 없으니

누구나 완벽한 사랑을 이루지 못했다고 원망하진 않아

세월은 좋은 뜻으로 상처 난 생각을 남겨주니까

헤어지며 눈시울을 붉힐 수 없다면 얼굴을 붉힐 수는 없는지

왕페이王菲의 《쏜살같던 그해匆匆那年》는 두 사람이 열렬히 연애할 때 휴대폰 벨소리였다. 청톈톈은 이 노래를 들을 때마다 가슴이 타들어갈 듯 슬프게 울었다. 방년 스물넷의 청톈톈은 실연의 아픔 속에 선양 집에서 눈물로 시간을 보냈다. 정월 15일 베이징으로 쫓아가 쑨쯔양에게 상황을 따져 물었던 날부터 그녀의 청춘과 생명은 행복의 절정에서 슬픔의 구렁텅이로 곤두박질쳤다. 그녀의 온몸이 부서져 상

처투성이가 되었고 영혼은 까맣게 타들어갔다. 이후 청톈톈은 어둡고 긴 터널을 지났다. 한 점의 빛도 들어오지 못했다. 그녀는 어떤 빛도 거부했다. 어둠 속에 웅크려 앉아 날아드는 기억이 조각조각 춤을 추며 허공에 날리는 모습을 지켜볼 뿐이었다. 조각 하나하나가 모두 쑨쯔양이었고, 대학부터 호주까지 이어진 두 사람의 짧고도 긴 아름다운 시절이었다. 그들은 서로 사랑을 하고 서로를 의지했다. 두 사람은 절대 분리될 수 없는 하나라고 생각했다.

이제 그들은 또다시 두 개의 개체가 되었다. 청톈톈은 원래의 자리로 돌아갈 수 없다는 생각이 들었다. 연애하기 전의 자신으로 되돌릴 수 없었다. 마치 어린 시절 가지고 놀던 블록 같았다. 힘들지만 신이 나서 오색의 높은 건물을 쌓아 올렸는데 무너지고 나자 조각들만 바닥에 한가득이었다. 영혼이 없는 파편이었다. 아무리 해도 주울 수가 없었다. 다시 주울 힘이 없었다. 그저 조각조각 바닥에 흩어져있도록 내버려 둘 수밖에 없었다.

실연과 함께 청톈톈의 혼도 사라져 버렸다.

음력 2월 2일, 청톈톈의 엄마 마오단이 하루 종일 잠에 빠져있는 딸을 깨운 후 선허취沈河區의 외가로 데려가 어른들에게 인사를 시켰다. 마오단은 부모에게 청톈톈의 일을 알렸다. 여든 노인 두 사람은 처음에 이 말을 듣고 깜짝 놀랐다. 설에 집에 와서 가족과 함께 식사도 하고 그 자리에서 젊은 한 쌍의 새로운 베이징 생활을 축하했는데, 며칠이나 지났다고 상황이 이렇게 급변했단 말인가.

정월 16일에 딸을 데리고 베이징에서 돌아온 후 마오단은 두 사람의 이별 소식을 부모에게 알리지 않았었다. 그저 톈톈이 선양에서 처리할 일이 있어서 잠시 쑨쯔양과 베이징에서 지내지 않고 돌아왔다고 말했을 뿐이다. 두 노인 역시 더 이상 묻지 않았었다.

두 사람이 헤어졌다는 소식을 듣자 원로 엔지니어 마오바오지毛寶吉, 중학교 선생님이었던 허풍메이赫紅梅, 이 두 퇴직 노인은 잠시 묵묵히 마음을 진정시켰다. 허풍메이가 손녀에게 물었다.

아가, 네 부모가 위장이혼을 해서 집을 사주겠다면 넌 그렇게 하고 싶어?

계속 눈물을 훔치던 청톈톈이 손을 내린 후 벌건 눈으로 단호하게 말했다.

아뇨, 절대 생각할 수도 없는 일이에요. 생각만 해도 속이 뒤집힐 것 같아요!

할머니가 톈톈을 껴안았다.

착한 내 손녀, 정말 착해!

할아버지가 말했다. 세상에 남자는 널려있어. 그런 가정이라면 일찌감치 관계를 끊어야 해.

할머니가 말했다. 그럼, 할아버지 말이 맞아. 너무 슬퍼하지 마라, 할머니 마음이 아파. 젊은 사람들이 연애하고 헤어지는 일은 흔한 일이야.

마오단이 말했다. 누가 아니래요. 하지만 아무리 말해도 쇠귀에 경 읽기예요.

청텐텐은 작은 방으로 들어가 자신의 SNS에 남아있는 두 사람의 모든 내용을 삭제하며 울고 또 울었다. 눈물이 앞을 가려 아무것도 보이지 않았다. 쑨쯔양과 연애한 몇 년 동안의 기록, 대학부터 유학시절까지, 선양에서 호주까지, 시드니에서 멜버른, 캔버라까지, 톄링에서 베이징까지, 자신의 모든 청춘의 기억, 첫 키스, 첫사랑의 흔적……

울다 지친 청텐텐이 마침내 자리에서 일어났다. 3월 말, 그녀는 엄마에게 베이징으로 아르바이트를 하러 간다고 했다. 이미 업체와 이야기도 끝냈다고 했다. 행여 쑨쯔양을 만날 수 있을까 기대한다는 말은 하지 않았다. 하지만 꼭 말을 해야 아는 일인가. 마오단은 이런 딸을 말릴 재간이 없었다. 그녀가 할 수 없이 마오전에게 전화를 걸었다.

언니, 텐텐이 또 베이징에 가겠대. 나도 따라가야 할까?

마오전이 말했다. 너 출근 안 해?

마오단이 대답했다. 하지.

그러면서 뭘 따라간다는 거야? 톈톈이 어린애도 아니고. 해외여행에 유학까지 다녀온 애한테. 그 애 하이구이 인재야. 아직도 중고등학생인 줄 알아?

어떻게 못 본 척 해?

구해둔 인턴도 안 한다고 하고. 이렇게 계속 헛짓만 되풀이하면서. 너 걔한테 용돈 줘?

그럼 안 줘? 우리 부부가 매달 5천 위안씩 줘. 이 힘든 시기를 잘 버티라는 마음으로.

어구 그래. 너희 돈 많다. 그렇게 계속 헛수고하서.

언니는 아이가 없어서 몰라. 요즘 아이들은 하나같이 나약해. 걸핏하면 우울증으로 투신이나 하고……

마오전이 버럭 소리를 질렀다. 아이 없다는 그 말 좀 작작할래? 그걸 꼭 겪어봐야만 아는 줄 알아?

언니한테 괜한 소리 하는 게 아냐. 우리 기관 부국장 딸이 고등학교 때 미국으로 유학을 갔는데 사람들과 잘 어울리지 못했었대. 결국 우울증에 걸려서 그 애 엄마가 사직하고 미국으로 건너가 함께 있었는데도 소용이 없었어. 이제 돌아오긴 했는데 하루 종일 집에만 있어. 누군가 자기를 괴롭히려 한다는 망상에 시달린대. 잘 나가던 집안이었거든. 아빠는 원래 국장급으로 승진할 수 있었는데 지금은 아이 때문에 하룻밤 사이에 흰머리가 가득 생기고 허리가 잔뜩 굽었어. 그 애 엄마는 마치 루쉰의 작품《축복》에 나오는 샹린祥林 아줌마처럼 그저 사람만 만났다 하면 해외에 나가 우울증에 걸릴 줄 알았다면 어떻게 해서든지 아이를 외국에 내보내지 않았을 거라고……

마오전이 말했다. 좀 정상적이고 건강한 아이랑 비교하지 않을래? 톈톈이 이렇게 나약하게 자란 건 다 네 탓이야. 평범한 집에서 공주를 키운 거지. 대학 가서도 그래. 아무리 거주지가 가깝다고 하지만 빨래도 스스로 안 했잖아. 매주 집에 돌아와 자기 빨래를 맡기고. 얼마나 그랬으면 엄마까지 나한테 전화를 해서 너 좀 말리라고 잔소리를 했겠니.

그게 뭐. 아이가 학교 공부하느라 힘든데 빨래할 시간이 어디 있어? 가지고 와서 내가 세탁기 돌릴 때 같이 해주면 되는 걸.

빨래 문제가 아니잖아. 아이의 독립성을 키워줘야 한다는 말이야. 그렇게 의존적이다 보니 어디에 가도 자기가 스스로 생각하고 움직일 생각은 하지 않고 의지할 사람을 찾잖아. 선양을 떠나 호주에 유학 가서는 쑨쯔양에게 의지한 것 아냐? 엄마 말을 들으니 두 사람이 유학 가서 함께 살았다며. 톈톈 매달 생활비를 전부 그 남자애한테 줘서 관리하게 하고. 톈톈 용돈도 그 애가 관리하고. 밥도 남자애가 하고, 중고차 산 것도 그 애가 몰고. 톈톈이 아무것도 신경을 안

쓰면 그게 좋은 건 줄 알아? 그 결과가 뭐야? 결국 아무것도 배우질 못했잖아. 아무것도 남은 게 없어. 텐텐은 그러면서 기분이 좋았겠지. 누군가 자신을 위해 비바람을 다 막아주고 책임을 다 짊어져준다고. 그 결과가 이거야. 쉽게 내팽개쳐지고 아무것도 남지 않았어.

그걸 왜 날 원망해? 아무것도 책임질 필요가 없어서 행복하다고 느끼면 좋은 거 아냐?

퍽이나 좋겠다. 딸한테 자립심을 키워줘야지. 언제든지 자신이 주도권을 잡아야 하는 거야. 걘 모든 일에 수동적이잖아. 언제나 그래. 상대방한테 잡혀 지냈어. 그러다 상대방이 헤어지자고 하니 헤어지게 된 것 아냐?

자립, 자립! 언니는 그렇게 자주적인 인간인데도 결과는 마찬가지 아냐? 어쨌거나 천미쑹하고 헤어졌잖아!

마오전이 말했다. 꺼져!

3월 말, 청텐텐이 드디어 처음으로 베이징에 일자리를 찾으러 갔다. 그녀는 더 이상 큰 이모에게 부탁을 하지 않고 혼자 힘으로 해결하리라 마음먹었다. 그녀는 온라인에서 구인광고를 보고 융허궁雍和宮 옆에 있는 한 베이커리 가게 알바를 하기로 했다. 호주에 있을 때 호기심에 친구와 함께 세 달 동안 베이커리 가게에서 알바를 한 적이 있다. 따끈하고 향긋한 향에 매료되어 베이킹을 좋아하게 되었다. 졸업 후 선양으로 돌아온 후 청톈톈은 집에서 몇 번 베이킹에 도전했다. 약간의 밀가루와 수십 근의 파인애플을 버린 끝에 결국 완벽한 펑리쑤를 만들었다. 후에 말차나 꿀을 넣은 케이크와 간식을 완성했다. 맛도 상당히 좋았다. 마오단은 신이 나서 모멘텀에 이를 자랑했다. 우리 딸 솜씨 좀 봐요! 지금껏 집안일 한 번 해본 적이 없는데 대번에 디저트를 만들었네요. 정말 그럴싸해요. 정식 베이커리가게보다 낫다니까요.

친구들부터 다른 사람들까지 댓글을 달며 좋아했다. 언니 딸 정말 멋있다. 예쁘고, 공부도 잘하는데 솜씨도 좋아. 뭐든지 잘하네! 언니 집에 이런 딸 또 있어요? 있으면 나 좀 줘봐!

사람들 반응에 마오단은 기분이 달아올라 이를 딸에게 전했다. 청톈톈 역시 그 순간 자신이 베이킹이라는 탄탄대로에서 약진할 수 있을 거라고 생각했다.

쑨쯔양이 사방으로 입사지원서, 회계사자격증, 구직사무소 일로 바쁘던 시기, 청톈톈은 동업으로 베이커리 가게를 열기 위해 사방으로 장소를 물색하러 다녔다. 그녀는 타이위안가太原街의 한 가게를 찾았다. 여사장이 고향으로 내려가려고 급하게 가게를 넘긴다고 했다. 청톈톈은 가게가 마음에 들었다. 마침 큰 이모 마오전이 선양으로 설을 쇠러 온다고 하자 이에 대한 의견을 물었다.

큰 이모가 말했다. 베이커리 가게 낼 거였으면 유학까지 갈 필요 있었어? 너희 부모가 아끼고 아껴 매년 수십만 위안의 학비를 댔잖아. 이제 힘들게 졸업했으니 이에 맞는 직업을 찾아서 내 삶을 꾸려야 하는 것 아냐?

큰 이모, 전 정말 숫자 싫어요. 숫자만 봤다 하면 머리가 지끈거려요.

거 참, 이상하네. 숫자 싫어하는 애가 왜 금융 공부를 했어?

엄마가 부추겨서 제 전공을 바꿨잖아요. 금융 전공하면 외국에 나가기 쉽다고. 원래 전 영문과 지원했었어요. 사람들이 영어 전공으로는 직업을 찾기 힘들다며 다른 전공을 더해야 외국에 나가기 쉽다고 말해서 엄마가 그렇게 한 거예요.

큰 이모가 한숨을 쉬었다. 네 엄마도! 이렇게 해서 아이를 망치는 거야!

어쨌거나 가장이 자녀의 전공을 좌지우지 바꾼 결과가 이것이다. 텐텐은 정말 어렵사리 졸업을 해서 학위를 받았다. 하지만 금융 관련 업무, 숫자를 보는 업무는 거부감이 들었다. 전공이 맞질 않아 어중간한 상황이 되어버렸다.

졸업 후 귀국한 청톈톈의 공백을 베이킹에 대한 열정이 채워주었다. 융허궁 옆 프랜차이즈 베이커리 가게에서 일할 사람을 찾는다는 소식에 청톈톈은 생각할 것도 없이 바로 그곳을 찾아갔다.

가게는 규모가 컸다. 베이징에서 상위 프랜차이즈에 속했다. 위치도 좋았다. 융허궁에 참배나 관람을 오는 사람들이 구경하다 지치면 들어와 디저트를 먹고 꿀 유자차를 마시기도 했다. 숙식은 제공하지 않으며 기본급 2천 위안에 판매실적에 따라 인센티브를 줬다.

청톈톈에게 보수는 중요하지 않았다. 이곳이 마음에 든 이유는 융허궁에서 판자위안까지 10km, 매일 저녁 퇴근 후 택시를 타면 15분이면 갈 수 있는 거리 때문이었다. 퇴근 후 15분이면 판자위안 CBD에 가서 쑨쯔양을 볼 수 있었다.

쑨쯔양을 다시 만나기 위해 아침 8시 반에서 저녁 8시 반까지 기꺼이 일했다. $10m^2$도 안 되는 단층집에 살면서 매일 아침 일어나 골목 입구 공중화장실에 가서 요강을 비우는 일도 참을 수 있었다. 임금은 방세를 내기도 부족했다. 여기에 1천 위안을 더 보태도 항상 절약해야 했다. 하지만 한 달이 지나고도 톈톈은 쑨쯔양을 볼 수 없었고 그녀는 낙담했다. 밤 8시 반에 퇴근한 후 정리를 마치고 가게 문을 닫으면 거의 9시에 CBD 금융 빌딩에 갈 수 있었다. 그녀는 정문 밖 어두운 구석을 슬그머니 배회하며 이따금 고개를 들어 불빛이 반짝이는 창문을 바라보았다. 그 찬란한 불빛 속 한 창문 너머에 쑨쯔양이 있겠지.

매일 그녀는 반드시 밤 10시 전에 다시 택시를 타고 돌아가야 했다. 집주인 노인 부부의 규정은 엄격했다. 밤 10시 반이 넘으면 대문을 닫았다.

융허궁에서 판자위안 CBD를 배회한 한 달 내내 그녀는 그리운 쯔양 오빠를 단 한 번도 마주치지 못했다. 더 이상 버틸 수가 없었다. 한 달 월급을 정산한 후 그녀는 집으로 돌아갔다.

괴로웠던 시간, 비록 오빠를 만날 수 없었지만 베이징이란 도시에 그의 숨결이 있었다. 이런 식으로라도 그리움을 채우자 상처받은 마음이 조금은 치유가 되었다.

선양으로 돌아온 후 청톈톈은 엄마가 사람들에게 부탁해 구한 한 은행에 출근했다. 1층 창구에서 고객 접대를 하지 않도록 배려하는 차원에서 그녀는 바로 2층 사무실에 자리를 잡았다. 입사하자마자 2층으로 올라간 청톈톈은 바로 말 많은 동료들의 시선을 집중시켰다. 동료들이 뒤에서 소곤거렸다. 그들은 청톈톈의 배경을 뒤지기 시작했다. 부모의 직업과 출신학교 등 샅샅이 톈톈의 신상을 파헤쳤다. 사람들은 정말 대단하다. 구체적으로 누구를 통했는지 모르겠지만 그들은 호주 유학생들로부터 청톈톈이 같은 과 학우인 쑨쯔양과 함께였으며 남자가 베이징에서 취업을 한 후 청톈톈을 차버렸고, 그렇게 청톈톈은 선양에 남게 되었다는 사실을 알아냈다. 청톈톈의 배경을 알게 된 사람들, 그녀를 질투했던 사람들은 바로 그녀를 괴롭히기 시작했다. 일만 생기면 그들은 말했다. 2층에 걔, 해외유학하고 돌아온 하이구이한테 가 봐요.

청톈톈은 자신의 학력으로 인해 뭇사람의 비난을 받게 될 줄은 몰랐다. 실연이라는 상처에 누군가 소금을 뿌릴 거란 생각은 더더욱 하지 못했다. 은행 2층에서 근무한 지 한 달도 지나지 않아 그녀는 동료들 간의 알력, 등 뒤에서 자신을 향한 동료들의 손가락질에 혐오감이 일었다.

청톈톈은 이런 업무 환경을 견디지 못하고 한 달이 채 안 돼 사표를 냈다. 하지만 그대로 가만히 있을 수는 없었다. 그녀는 다시 채용사이트에 이력서를 냈다. 자신의 힘으로 베이징에서 일을 찾고 싶었다. 판자위안 근처에 있는 회사를 선택했다.

그해 여름, 그녀는 두 번째로 베이징에 일을 하러 갔다. 이번에는 판자위안에서 막 창업한 문화 관련 기업에 채용되었다. 경험이 생긴 그녀는 징쑹勁松 근처에 세를 얻었다. 월세가 4천 위안이고 월급은 3천 위안이었다. 하지만 쑨쯔양으로부터 가까운 거리였다. 지하철 한 정거장이면 판자위안과 CBD 금융가에 갈 수 있었다.

청텐텐이 출근하는 작은 회사는 이제 갓 대학을 졸업한 청년들이 대부분이었다. 모두 창업 인큐베이팅 시기를 지내고 있었다. 그녀의 업무는 잡다했다.

이번에야말로 그녀는 베이징의 가장 밑바닥 사원을 경험했다. 세 명이 함께 사는 낡은 집, 주방과 화장실은 매우 더러웠고, 룸메이트가 종종 한밤중에 남자친구를 데려와 떠드는 바람에 잠을 잘 수 없었다. 새벽에 회사에 도착해 프런트와 문서, 행정 업무를 했다. 그녀를 지탱해 준 건 매일 저녁 퇴근 후 CBD 금융가와 판자위안에 있는 쑨쯔양의 집 근처를 몇 시간 동안 배회하는 것이었다.

지난번과 마찬가지로 이번에도 그녀는 쑨쯔양을 단 한 번도 만나지 못했다. 단 한 번도. 그녀는 끈덕지게 주위를 맴돌며 기대하는 한편 만나면 또 어떻게 하지? 설마 오빠를 사랑해, 언제나 오빠를 생각했어라고 말할 수 있을까 생각했다. 판자위안 그의 집에 불이 켜져 있으면 어떻게 하지? 집으로 들어가 인사를 해야 하나?

이번에는 제법 오랫동안, 두 달 동안 버텼다. 두 달 후 청텐텐은 가진 돈을 모두 쓰고 나자 다시 선양으로 돌아갈 수밖에 없었다. 떠나기 전, 청텐텐은 큰 이모에게 전화를 걸었다. 큰 이모, 제가 식사 대접할게요.

큰 이모가 좋다고 했다. 네 엄마가 너 또 왔다고 해서 계속 기다리고 있었어.

청톈톈은 큰 이모 연구소로 갔다. 이렇게 웅장한 건물이라니, 이런 옛 건물에서도 일을 할 수 있다는 사실이 뜻밖이었다. 조카를 맞이하러 나온 큰 이모가 일부러 입구에 서서 정문 동쪽에 있는 돌사자 아래 비석을 가리키며 말했다. '3·18 참사'가 일어났던 곳이야. 《류허전을 기리며》배웠지?

톈톈은 어안이 벙벙했다. 류허전요? 군경에게 맞아 죽은 사대 여대생에 대해 루쉰이 쓴 글이잖아요?

큰 이모가 말했다. 맞아. 네가 방금 나온 이 건물이 청대 옛 해군부야. 참사가 일어났을 때는 돤치루이 집정부였고.

청톈톈이 생각에 잠겨 고개를 끄덕였다. 베이징은 곳곳에 모두 역사문화가 자리하고 있네요.

큰 이모는 조카가 그런 말을 할 줄 몰랐다.

식사를 마치고 큰 이모가 조카를 데리고 싼리툰三里屯으로 갔다. 나른한 베이징의 밤, 청톈톈은 허심탄회하게 학창 시절 쑨쯔양을 만나 연애한 이야기, 해외에 간 후 그를 어떻게 의지했고 돌아온 후 어떻게 헤어졌는지 이야기했다. 쑨쯔양이 그렇게 독한 사람이라고 생각하지 않는다며 언젠가 다시 자신에게 돌아올지도 모른다고 했다.

큰 이모가 말했다. 더 이상 환상을 품지 마. 남자는 이별하면 다시는 돌아보지 않아. 게다가 너희 둘은 이제 한 길에 서 있지도 않잖아. 너는 선양 집에서 그를 그리워하지만 그 애는 베이징 CBD에서 일하며 더 높은 곳을 향해 올라가려고 하고 있어. 베이징은 바다와 같고, 옛 일은 연기 같은 거야. 사람의 감정은 바람과 같아서 쉽게 흩어져버려. 누구든지 베이징에 오는 순간 모래 같은 존재가 되지. 순식간에 묻혀서 보이지 않아. 2천 만이 사는 이런 대도시에서 두 사람이 함께 가다가 흩어지면 영원히 흩어지는 거야. 더 이상 만날 수 없어. 우연히 만날 일도 드물어. 전 이모부와 이혼한 후 십 년이 넘도록 만난 적이 없어. 둘 다 베이징에 살고 있는데도. 그것도 분야도 같아. 그런데도 단 한 번도 만난 적이 없어. 사적으로 우연히 만난 적도, 어떤 회의에서 마주친 적도 없어. 십여 년 동안 그랬어. 이상하지 않아? 헤어지면 그렇게 그냥 헤어지는 거야. 다시 합쳐질 거라는 환상은 갖지 마. 네 휴대폰에서 울려 퍼지는 《쏜살같은 그해》처럼, 모든 것이 쏜살같아.

큰 이모와 톈톈은 함께 후자러우呼家樓 지하철역 입구까지 걸었다. 3 환에 차량의 물결이 가득했다. 멀리 CCTV, FFC 빌딩의 불빛이 휘황찬란했다. 늦가을 베이징의 밤거리에서 청톈톈은 조용히 고층빌딩의 불빛을, 보이지 않는 연인을 응시했다. 밤바람이 그녀의 머리카락을 흩어놓았다. 스물넷 아가씨가 굳은 얼굴로 오랫동안 한 자리에 서 있었다.

그녀는 이별을 하고 있었다. 그러면서 마음속으로 결심했다. 베이징! 언젠가 다시 돌아올 거야. 가장 성대한 모습으로 다시 돌아올 거야.

7. 신입

　청톈톈이 매일 눈물로 실연의 고통을 겪고 있을 때 쑨쯔양은 신입사원으로 또 다른 힘든 시간을 보내고 있었다. 직장 내에서 그의 삶은 완전히 밑바닥이었다.

　수도 베이징에는 엘리트가 넘쳐난다. "경성은 한 몸 숨어 살기 가장 좋은 곳이니, 바다처럼 수많은 사람이 있기 때문이라"는 소식蘇軾의 시에 나오는 경성이 비록 베이징은 아니지만 '경성에 숨어 사는' 이치는 서로 상통하는 바가 있다. 일단 어떤 명분, 어떤 신분으로 베이징에 오든 세상 이치를 아는 외지인이라면 조신하게 일을 행하고 힘써 정진하면서 목표를 세우고 성실한 태도로 꿈을 실현하기 위해 노력한다. 하지만 역사적인 감각도 없고, 세상 돌아가는 이치도 알지 못한다면 좌충우돌 소란만 피우다가 손해를 입기 마련이다.

쑨쯔양의 영어 이름은 Jackson이다. 그는 아쉽게도 아무 것도 모르는 좌충우돌 인간형이다. 이제 막 졸업한 청년이 베이징의 경제활동 중심지, 전 세계 '10대' 금융사로 출근을 하게 되었다. 마치 단번에 최고의 자리에 오른 듯한 기분이었다. 세상은 드넓고 뭘 하든 여유가 있을 것 같았는데 모래알 하나가 바다에 들어간 것처럼 실은 모든 것이 역부족이어서 헛손질만 하고 있었다.

Jackson은 둥베이 사람답게 기질이 데면데면하고 핵가족시대에 성장한 사람이라 제 잘난 맛에 살았다. 그는 걸핏하면 '내가 호주에 있을 때'란 말을 입에 달고 살았다. 처음 이런 말을 들었을 때 사무실 중견 직원들은 그가 자신을 비하하거나 농담을 하고 있다고 생각했다. 하지만 그의 표정을 보니 농담이 아니었다. 정말 자신이 자랑스러운 듯 진지해 보였다. 선배들은 속으로 어디 저런 바보 같은 청년이 있을까 생각했다. 인사부에서는 면접할 때 EQ는 보지 않는 걸까?

베이징 CBD 센터의 글로벌한 금융사에는 엘리트들이 운집해 있다. 기본적으로 모두 옥스퍼드, 하버드, 베이징대학, 칭화대학, 푸단대학을 졸업한 이들이다. 하지만 쑨쯔양 Jackson이 졸업한 학교는 호주 어디에 있는 거지? 그가 학사를 딴 베이팡北方대학은 또 어딘가? 기껏해야 그는 금융 사무소의 가장 낮은 레벨에 속했다. 직장 선배들은 배경이 가장 떨어지는데도 자꾸 거들먹거리며 호주 유학 이야기를 하는 그를 보며 정말 이해가 가지 않았다.

얼마 후 쑨쯔양이 일하는 부서의 주임 리처드Richard가 씩씩 거리며 왕汪 대표를 찾아와 말했다.

왕 대표님, Jackson은 정신적으로 문제가 있는 것 같습니다. 몇 가지 상황으로 볼 때 아무래도 정신이 온전하지 못하다는 생각이 듭니다.

왕 대표가 말했다. 신입사원 일까지 내게 말할 필요 없네. 자오焦 팀장에게 말하게나.

리처드가 말했다. 자오 팀장님도 몇 번이나 경고를 했는데 그의 태도가 여전합니다. 환자를 한 사람 채용한 기분입니다. 편집광, 피해망상증에 걸린 것 같아요. 사무소 전체로 볼 때 큰 손실입니다.

그렇게 문제가 심각한가?

우리 세무 분과의 기능은 고객에서 전문적인 지침을 주고, 기업에 세무 관련 자문, 세무 자료 신고, 세무 회계, 리스크 자문서비스를 제공해서 기업이 합리적으로 세금을 줄일 수 있도록 하는 것입니다. 당연히 고객이 신뢰할 수 있는 고문이 되어야 합니다. 하지만 Jackson은 고객이 제공한 자료 통계가 정확하지 않다며 고객의 데이터를 고치려 해요. 오랫동안 협력관계를 유지해 겨우 따 낸 계약 사항으로 저희 큰 고객이었습니다. 이미 2년 정도 함께 하는 동안 별 다른 문제가 없었습니다. 그런데 Jackson이 한사코 관련 서류를 수정해야 한다는 겁니다. 결국 제가 자오 팀장님을 찾아갔습니다. 팀장님이 그가 고친 내용을 보더니 다른 직원에게 업무를 인계하고 그를 이 일에서 배제했습니다.

신입이니 많이 가르쳐주고 이끌어 주게.

문제는요, 대표님. 그가 말을 안 듣는다는 겁니다. 누구의 말도 안 듣습니다. 자오 팀장이 그의 잘못을 지적해도 그는 계속 자기가 한 수정이 옳다는 것을 입증하기 위해 계속 다른 사람들을 찾아다닙니다. 가장 이해가 안 되는 부분은 그가 다시 고객을 찾아가 자기 수정이 맞다고 주장한 겁니다. 결국 그 고객을 잃었습니다.

왕 대표가 그제야 보고 있던 자료에서 시선을 떼고 그를 바라보며 물었다. 그런 일이 있었다고? Jackson이 일은 잘하나? 인간성에 문제는 없고? 성실한가?

사실 Jackson은 영어도 잘하고 일도 열심히 합니다. 매일 야근까지 하며 부지런히 일합니다.

그럼 대체 어디에 문제가 있는 거지?

조금 전에 말씀하신 부분에 문제가 없다는 것이 오히려

더 걱정스럽습니다. 도무지 소통이 되지 않습니다. 열심히 노력을 하긴 하는데 그럴수록 정말 겁이 납니다. 정말 신기한 사람입니다. 무슨 일이든 그의 손에만 넘어가면 일이 복잡해지거든요.

이렇게 말하며 리처드가 종이 한 장을 내밀었다. 대표님, 오늘 아침에 이번 주 그의 업무를 조정했는데 이것 좀 보십시오. Jackson이 우리 부서 업무 단체방에 이렇게 글을 올렸습니다.

> Richard 주임님, 주임께서 월요일 아침 회의 시간에 직원들의 업무 관리를 제도화하겠다고 말하셨습니다. 메일을 읽은 후 정말 반가웠습니다. 정말 합리적인 일이라 생각했으니까요. 그런데 오늘 아침 구두 지시를 통해 제게 원래 계획 대신 다른 안건의 통계를 맡으라고 했습니다. 원래는 심사표준을 업무 메일을 통해 작성해도 좋다고 하고선 이제 또 이를 번복하고 구두 지시에서는 또 다른 말을 하고 계십니다. 그럼 대체 어떤 기준에 따라 상급자가 지시한 업무를 완성해야 합니까?
> 업무 메일을 수정하여 메일과 구두 지시를 통일해 주십시오. 그렇게 해야 임의성을 배제하고 관리의 제도화를 통해 진정한 기업의 현대화된 관리를 실천할 수 있습니다.

추신에 메일 지시 사항 중 제 원래 업무계획이 적혀있습니다. 제가 이틀 일을 하고 난 후 오늘 다시 주임님의 구두 지시가 내려왔는데 이전 메일 대신 다음 지시를 따르라고 하셨습니다. 저는 대체 어떤 메일 내용을 따라 일을 해야 합니까? 앞으로 일일보고는 어떻게 작성해야 합니까? 주임님의 메일에 따라야 하나요, 구두 지시에 맞춰야 하나요? 앞으로 책임자 분들 역시 언행에 신중을 기해 조속히 규범화된 관리를 실현해 주십시오. 아침과 저녁의 지시가 달라지면 어떤 지시를 따라야 할지 난감합니다.

왕 대표가 말했다. 대체 무슨 말인지 모르겠군. 표현도 거칠고.

리처드가 말했다. 너무 화가 나서 손이 다 부들부들 떨립니다……대표님, 그가 하는 일을 모두 중지시킬까 합니다.

왕 대표가 그를 말렸다. 잠시 진정하게. 내가 자오 팀장에게 말해보라고 할 테니. 어쨌거나 신입이니 너그럽게 대해야지.

썩은 나무는 조각을 할 수가 없다고 했습니다. 이 자는 병적이에요. 편집광이고, 자기가 괴롭힘을 당하고 있다는 망상에 시달려요. 분명히 정신적으로 문제가 있습니다. 이제 겨우 스물다섯이에요. 앞길이 구만리니 제대로 된 심리 치료를 받아야 합니다. 아니면 그는 앞으로 희망이 없습니다.

그 정도로 심각한 건 아닐 걸세.

리처드가 반박했다. 정말 그와는 어떤 것도 함께 하기 싫습니다. Jackson 때문에 팀의 분위기가 엉망입니다. 평소 일을 하든, 사람을 상대하든 마치 이 세계 사람이 아닌 것 같습니다. 정말 멍청한지 아니면 멍청한 척하는 건지 모르겠어요.

자네가 좀 더 참게.

리처드는 강경했다. 죄송합니다. 대표님. 제 속이 좁아서요. 대표님의 신뢰에 제대로 보답을 할 수가 없네요. 정말 참을 수가 없습니다.

왕 대표가 다시 그를 달랬다. 이렇게 하지. 우선 그를 도와줄 직원 한 사람을 골라보게. 가능한 한 여자 직원을 붙여 천천히 가르치도록 하면 어떨까.

리처드가 말했다. 네.

리처드는 대표실을 나가다말고 다시 사건 하나가 생각났다.

참, 대표님, 그가 야근할 때 어머니가 탕을 끓여온 적이 있습니다. 그 어머니에게 Jackson이 대인관계에 문제가 있고 성격이 너무 강하다고 하면서 혹시 어렸을 때부터 정신적으로 상처를 받을 만한 일이 없었는지 물었습니다. 그의 어머니 말이 어려서부터 착해서 어른들에게 대든 적이 없었다고 하더군요. 학교 성적도 좋아서 선생님들이 모두 칭찬했다고요. 아마도 최근 연인과 헤어져서 정신적 충격을 받은 것 같다고 했습니다. 대학도, 유학도 함께 했었는데 결국 헤어졌다고 합니다. 그의 어머니에게 아들이 아직 젊으니 하루 빨리 우울증에서 벗어나야 한다고 당부했어요. 그런 성격이면 사회생활에서 손해를 보니까요.

8. 톄링의 날벼락

고향으로부터 날벼락 같은 소식이 날아들었다.

위펑셴은 위장이혼의 여파가 그렇게 빨리 몰려 올 줄은 몰랐다.

베이징은 9월 날씨도 엄청 더웠다. 이른 아침부터 판자위안 일대는 시끌벅적 사람들로 들끓었다. 소음이 창문으로 날아들었다. 위펑셴은 부지런한 사람이다. 그녀가 일찍부터 일어나 청소를 시작했다. 그때 톄링에 있는 시누이에게서 전화가 왔다. 언니, 어서 집에 와요. 오빠 일 났어요. 위펑셴이 들고 있던 걸레가 '탁'하고 바닥에 떨어졌다. 다리가 후들거렸다. 그녀가 재빨리 냉장고에 기대서서 부들부들 떨며 말했다. 무슨 일인데요?

시누이가 말했다. 다른 게 아니고, 오빠가 200만 위안을 횡령했대요. 지금 감옥에 들어갔어요.

위펑셴은 깜짝 놀랐다. 뭐라고요!

그녀가 바닥에 털썩 주저앉아 휴대폰을 든 채 아무 말도 하지 못하고 두 눈만 뻐끔거렸다.

휴대폰 너머로 시누이가 큰 소리로 외쳤다. 언니, 왜 아무 말도 없어요! 어서 빨리 돌아와요. 오빠 이러다 큰일 난다고요!

위펑셴은 떨리는 몸을 추스르려 애를 쓰며 가까스로 짐을 정리한 후 직장에 있는 아들에게 위챗을 보냈다. 갑자기 급한 일이 생겨 톄링에 며칠 다녀와야 한다고 했다. 그러면서 냉장고에 고기 반찬도 넣어두었으니 잘 차려 먹고 그 사이 잘 지내고 있어야 한다고 당부했다. 그녀는 다시 휘청거리며 문을 나서 택시를 잡아탄 후 곧장 고속철 역으로 향했다.

베이징에서 톄링까지는 고속철로 네 시간이 조금 더 걸린다. 일단 기차에 타자 마음이 조금 안정되었다. 그녀는 시누이에게 전화를 걸어 일정을 알린 후 다시 다그쳐 물었다. 대체 무슨 상황인데요? 왜 200만 위안이나 횡령을 했어요? 누가 그러던가요? 누가 봤대요? 돈은 어디에 있고요? 그 돈을 누구에게 줬대요? 난 왜 그런 사실을 몰랐죠? 말을 하다 보니 건너편에 앉은 남자가 자신을 바라보고 있었다. 그제야 위펑셴은 자기 목청이 조금 높았다는 생각이 들었다. 다행히 3인 좌석인 자기 자리에는 자기 혼자밖에 없었다. 그녀가 다시 휴대폰을 움켜쥔 후 귀에 바짝 대고 계속해서 물었다.

시누이가 우물우물 대답했다. 언니, 전화로는 정확하게 말 못 해요. 일단 집에 와서 이야기해요.

말 못 할 게 뭐 있어요? 횡령을 하면 한 거고, 아니면 아닌 거지. 그걸 왜 정확하게 말을 못 해요? 정말 그 돈이 있었다면 아들이 집 살 때 모두 돈을 추렴할 필요도 없었잖아요?

에고, 언니. 그렇게 정색할 것 없어요. 증거가 있겠지. 어서 집에 와요. 일단 와서 말해요.

아뇨! 분명히 누군가 오빠를 질투한 거예요. 현모양처에 하이구이 아들이 '10대' 금융회사에 취업해서 베이징에 집까지 얻고 일을 하니까! 그래서 질투심에 무고한 거라고요! 안 되겠어요! 내가 그 사람들을 찾아가 봐야지!

언니, 찾아가긴 뭘 찾아가요? 누굴 찾아가요? 누구에게 물어보냐고요! 우리라고 가만히 있었겠어요? 마냥 언니만 기다렸겠냐고요. 빨리 오기나 해요. 가족 모두 모여 상의하자고요.

위펑셴은 초조한 마음을 달랠 길이 없었다. 기차에서 점심도 먹지 않았다. 오후 두 시, 기차에서 내려 바로 쑨야오디 공장으로 달려갔다. 테링의 회춘回春제약회사는 테링 개발구역 샤쫭쯔霞莊子 부근에 있다. 원래 황량한 교외지역이었는데 이후 집중적으로 개발되면서 많은 제약회사가 입주했고 곧바로 차량과 사람들로 가득 차면서 큰 이윤을 창출하며 거대한 과세 단지가 되었다.

위펑셴이 수위실로 들어섰다. 새로 온 경비원이라 그녀를 알지 못했다. 그가 물었다. 누구 찾아오셨어요? 위펑셴이 말했다. 여기 공장주임 추이崔 씨 좀 만나려고요. 경비원이 잠시 어리둥절한 표정을 짓더니 경계의 눈빛으로 말했다. 추이 씨 없어요. 잡혀갔어요. 위펑셴은 깜짝 놀랐다. 전혀 예상치 못하던 상황이었다. 잠시 생각을 정리한 후 그녀가 말했다. 부공장장 팡龐 씨에게 위펑셴이 찾아왔다고 전해주세요. 경비가 한쪽 옆으로 가서 휴대폰을 걸었다. 여보세요? 팡 공장장님, 여기 정문인데요. 위펑셴이라는 여성분이 찾아오셨어요.

잠시 후 부공장장 팡커좡龐客莊이 성큼성큼 밖으로 나왔다. 그가 다가와 위펑셴의 손을 잡으며 말했다. 아이고, 형……형수님, 그, 어, 누님, 어떻게 오셨습니까! 위펑셴이 그를 힐끗 바라보았다. 명절도 아닌데 양복에 넥타이까지 매고 있었다. 셔츠가 어찌나 하얀지 눈이 부실 정도였다. 슬픈 듯 말은 하지만 왠지 남의 불행을 즐기는 듯했다. 그는 줄곧 남편과 대립각을 세우며 좋지 않은 사이였음을 위펑센도 잘 알고 있었다.

팡커챵은 사무실로 들어가 앉자는 말도 없었다. 위펑셴이 말했다. 지금 막 베이징에서 오는 길이에요. 아들이 '10대' 금융사에 출근하기 시작했거든요. 남편한테 일이 생겼다는 소식을 듣고 서둘러 돌아왔어요.

팡커챵의 표정이 묘했다. 제 생각이지만, 누님. 사실 이렇게 누님이 오시면 안 될 것 같은데. 최소한 쑨 씨 직계가족이 나타나야 하는 거 아닌가 생각합니다만.

그게 무슨 소리예요? 내가 왜 직계가족이 아니에요?

그건, 그렇게 말할 수 없는……

그게 무슨 말이냐고요. 내가 본처예요, 그 사람 아들 친엄마고요!

아들한테는 친엄마인 건 맞지요. 하지만 이미 이혼하시지 않았습니까? 이혼했으니 법적 부부가 아닙니다. 그러니 직계가족이라고 할 수 없지요.

듣기 거북하군요. 이혼은 우리 두 부부간의 일입니다. 다른 사람과는 상관없어요.

다른 사람하고 관계가 없다니요? 이혼했으면 가족이 아니지요, 안 그래요? 지금 쑨 씨와 관계가 있는 사람은 현재 아내와 아이라고요.

위펑셴은 어리둥절했다. 지금 아내와 아이라니요?

정말 모르는 거예요, 아니면 모르는 척하는 거예요? 지금 아내가 우리 공장 회계인 멍샤오후이孟小惠잖아요. 벌써 딸이 돌이 지났는데.

위펑셴의 입에서 탄성이 흘러나왔다. 그녀가 비틀거렸다. 눈앞이 노래졌다. 눈부신 태양이 머리 위에서 빙글빙글 돌았다. 그녀가 벽을 짚고 가까스로 몸의 균형을 잡았다. 그 말 정말이에요?

내가 왜 거짓말을 합니까? 조사팀에서 벌써 조사를 마쳤어요. 두 사람이 공모해서 횡령을 했다고요. 지금 둘이 같이 체포되었습니다. 위펑셴이 휘청거리며 가슴을 움켜쥐었다. 그만해요, 아무 말도 하지 말아요.

누님, 우리가 안 지 벌써 몇 년입니까. 그래도 그간 정이 있지요. 내가 그래서 누님이라고 부르는 것 아닙니까. 조사팀에서 누님을 찾아가지 않은 건 누님은 이 사건에 관련이 없다는 증거예요. 그러지 말고 어서 돌아가 그저 누님 자신이 평안하길 기원하세요.

위펑셴은 어떻게 공장에서 집으로 돌아왔는지 모른다. 제정신이 아니었다. 꽝커창은 그래도 양심이 있었다. 아마도 위펑셴이 정말 아무것도 모르는 피해자라고 생각했는지 공장 차로 그녀를 데려다주었다.

집에 도착했다. 서양 느낌이 물씬 나는 자신의 자랑거리,

쑨야오디와 십수 년을 함께 했던 맨해튼의 국제장원 단지에 돌아왔다. 그녀는 다시 현기증을 느꼈다. 남편과 온 재산을 다 털어 구입한 대저택이었다. 대출도 십 년 만에 다 상환했다. 이 집을 사고 나서야 톄링에서 그래도 체면이 있는 사람처럼 느껴졌다. 집은 도시민들의 체면과 같은 것이다. 돈도 없고, 집도 없었을 때 두 사람은 계속 톄링 구시가지에 살았다. 체면이 말이 아니었다. 밖에 나가면 톄링 사람이란 말도 하지 못했다. 그저 시펑西豊, 칭위안淸源 시골 사람이라고 말하고 다녔다. 여러 해 동안 힘들게 노력한 끝에 이처럼 커다란 집에 살게 되고 나서야 삶이 든든해졌다는 느낌이 들었다. 누구 앞에서도 어디에서도 당당했다.

위펑셴은 맨해튼의 국제장원 주인이 되자 자신이 귀부인이 된 것 같았다.

그런데 이제 귀부인 같은 기분은 완전히 사라져 버렸다. 팡커좡의 말에 기분이 엉망진창이었다. 그녀는 두근거리는 가슴을 안고 엘리베이터를 타고 올라가 덜덜 떨리는 손으로 문을 열었다. 마치 폭약을 터트릴 준비를 하는 것 같았다. 순식간에 모든 것이 무너지면서 눈앞에 상상도 못 했던 벼락이 내리칠 것 같았다.

문을 열고 들어서자 쑨씨 일가가 모두 자신을 기다리고 있었다. 마지막 결판이라도 준비하는 듯한 모습이었다. 위펑셴을 바라보는 사람들의 표정이 조금 난처해 보일 뿐, 미안해하는 느낌은 전혀 엿볼 수 없었다. 그렇다, 전혀 없었다. 자신에게 양심의 가책을 느끼고 있다는 느낌은 전혀 없었다.

다녀간 지 겨우 반년이 지났을 뿐인데. 집안 모습은 예전과 다름이 없었다. 아무런 변화도 느껴지지 않는 집인데 왠지 모든 것이 달라진 것 같았다. 분위기가 영 아니었다. 전혀 온정이 느껴지지 않았다.

언니, 왔어요?

먼저 입을 연 사람은 그래도 막내 시누이였다. 위펑셴이 간단하게 대답한 후 곧장 자기 침실로 들어갔다. 사방을 둘러보았다. 침대 시트도 반듯했다. 최근에 누가 이곳에서 잠을 잔 것 같지 않았다. 침대 헤드를 쓸어내렸다. 얇게 먼지가 덮여있었다. 옷장 문을 열었다. 실내복이 가지런하게 걸려있었다. 없는 건 남편의 존재뿐인 듯했다. 다시 욕실을 둘러보았다. 물기가 하나도 없고 물 나오는 부분에 물때가 올라와 있었다. 최근에 사용한 흔적은 없었다.

그녀가 자기 침대에 앉아 백팩 안에 있는 시짱西藏의 차디찬 생수를 꺼냈다. 기차에서 준 증정품이다. 생수병을 열고 천천히 물 한 모금을 마시며 생각을 정리했다. 보아하니 남편은 다른 곳에 살림을 차린 듯했다. 아침에 받은 전화에 혼이 달아난 데다 오후에 공장에 들려 꽝커좡으로부터 슬쩍 의도가 느껴지는 비밀을 듣고 나니 대충 진상을 파악할 것 같았다. 처음부터 끝까지 모두 남편이 오랫동안 꾸민 사기극이었다. 남편은 벌써부터 밖에 내연녀를 두고 아기까지 낳았다. 그리고 베이징에 아들 집을 사준다는 명목으로 자신을 속여 이혼을 한 후 자신이 떠나자 몰래 내연녀와 결혼했다. 두 사람이 공금을 횡령한 일로 체포되지 않았다면 얼마나 더 자신을 속였을지 모른다.

심장이 얼어붙었다. 차가운 생수 때문이 아니라 세상의 거짓, 교활함, 배신 때문이다. 온몸이 차디찼다. 혈관이 다 굳어버려 식물인간, 냉동인간이 된 것 같았다. 죽느니만 못했다. 죽는 것보다 더 괴로웠다.

위펑셴이 굳은 표정으로 거실로 나와 원형 소파 한가운데, 쑨씨 집안사람들 중간에 앉았다. 그들이 마련해 둔 자리였다. 자신이 입장해 그 자리에 앉기만 하면 그들이 입을 열고 연기를 시작할 것이다.

이런 일이 일어나리라고는 우리도 전혀 생각지 못했어.

처음 입을 연 사람은 큰 시누이였다.

큰딸은 어머니와 같다고 했다. 쑨씨 부인이 세상을 떠난 후 모든 일은 큰 시누이가 결정했다. 큰 시누이는 담배를 피웠고 외모가 어머니를 닮았다. 둥베이 출신의 몸집이 건장한 60대 여성으로 몸이 반듯하고 목이 길며 원숭이처럼 말랐다. 담배와 술을 가까이하는 바람에 목소리가 거칠었다.

집안 어른인 쑨훙쉬안孫洪軒이 한가운데 말없이 앉아있었다. 판자위안의 구들을 철거한 후 그는 톄링으로 돌아왔다. 시아버지는 집에서 말수가 없었지만 그래도 이 집안의 기둥이다. 그의 본적은 산둥으로 그의 선조들은 청나라 당시 관둥 지역으로 들어왔다. 그는 군대에서 젊은 시절을 보냈으며 예의를 중히 여겨 가풍이 엄격하였으니 자녀 교육에 한 치의 소홀함이 없었다. 그는 몽둥이에서 효자가 나온다고 굳게 믿는 사람이다. 아들은 어릴 적부터 장난기가 많아 혁대로 매를 맞고 자랐고, 어머니는 딸들이 잘못할 경우 떨이개로 때렸다. 이렇게 두 노부부는 일곱 명의 자녀를 혹독하게 키웠다. 그런데 그다음 세대인 쑨쯔양이 태어나자 어른들의 분위기가 달라졌다. 시아버지는 손자에게 그 누구도 손가락 하나 까딱하지 못하게 했다. 쑨쯔양은 쑨씨 집안의 유일한 손자로 최고의 사랑을 받았다.

시아버지는 예순이 되어서도 건장하여 가족을 모두 직접 통솔했다. 자녀들의 결혼도 자신이 결정을 내렸고 걸핏하면 수염을 쓸며 눈을 부라렸다. 하지만 아내가 병으로 세상을 떠난 후 변화가 생겼다. 아내가 가고 나자 자식들이 아버지를 두고 머리를 굴리기 시작했다. 시아버지의 인생 최대

실책은 바로 자식들의 종용에 일찌감치 두 노부부의 집을 팔아 자녀들에게 분배한 것이다. 시아버지는 분가 후에도 '어머니가 돌아가시고 우리 아버지는 오직 자식들만을 생각하십니다. 우리가 더 효도할게요. 돌아가며 아버지를 모시겠습니다'라는 아들 둘의 말을 믿었다. 사실 자식들은 행여 아버지가 새 아내를 맞이해 $100m^2$ 조금 넘는 집을 차지할까 봐 걱정이었다. 가정부가 계모가 되는 일이 주변에서 종종 발생하지 않는가. 일찌감치 균등하게 상속을 받아야 안심이 될 것 같았다.

가련한 세상 부모의 마음! 나이 든 사람들을 불쌍히 여기소서!

며느리 위펑셴만이 그에게 가장 큰 관심을 가졌다. 돈이 있든 없든, 어디를 가든 며느리는 시아버지를 편안하게 모셨다. 큰 손자가 베이징에서 좋은 일자리를 구했다. 당연히 행복한 시간을 보내야 하건만 이런 변고를 당하다니. 아들이 끌려갔다.

노인은 상황을 모르고 있었다. 사람들이 모두 입을 다물고 있기 때문이다. 아들이 감옥에 갇힌 사실도, 아들 부부가 이미 위장이혼을 했다는 사실도 몰랐다. 며느리가 다른 남자와 위장결혼을 해서 베이징에 손자를 위해 집을 샀다는 것도 몰랐다. 수백만 위안을 쓰고도 아직 베이징 집이 손자가 아니라 다른 사람의 명의라는 것도 알지 못했다. 위장이 혼 한 아들이 다시 결혼을 해서 손녀까지 낳았다는 사실은 더더욱 알 리가 없었다. 그의 아들이 새로 결혼한 여자와 공금을 횡령하는 바람에 두 사람 모두 체포되었다.

그는 최근 귀가 더 어두워졌다. 가족들이 한자리에 모이자 뭔가 큰일이 일어난 것 같았다.

위펑셴이 큰 시누이에게 물었다. 말해보세요. 어찌 된 일인지.

쑨씨 집안사람들은 위펑셴이 다른 집 이야기를 하듯 차분하고 담담하게 말하자 순간 조금 당황했다. 그들은 갑자기 기분이 오싹해지며 어떻게 답을 해야 할지 갈피를 잡지 못했다.

펑셴……

그래도 큰사람이라고 큰 시누이가 먼저 입을 열었다. 큰 시누이는 '올케'가 아니라 '펑셴'이라고 그녀를 불렀다. 펑셴, 우리 집 사람이 된 지 그동안 세월이 얼마야. 우리는 자기를 정말 친자매처럼 생각했는데. 이런 큰일이 벌어졌으니 우리 형제자매가 똘똘 뭉쳐 같이 해결해야지.

위펑셴은 큰 시누이의 말에도 전혀 표정의 변화가 없었다.

큰 시누이가 계속해서 말했다. 야오디(위펑셴의 남편)도 너무 경솔했어. 부하직원 말을 곧이곧대로 믿다니, 그 사람한테 당한 거야. 우리가 돈을 구해서 그 애를 구해줘야지.

둘째 시누이가 말을 이었다. 둘째 시누이는 형제자매 가운데 제일 착하고 바보처럼 솔직하다. 50대 전업주부이며 항상 진실을 말한다. 맞아, 돈을 많이 토해낼수록 형기가 줄어든대.

큰 시누이가 말했다. 펑셴, 자기도 무슨 말 좀 해봐.

위펑셴이 말했다. 무슨 말이요? 내가 무슨 말을 해요?

셋째 시누이가 말했다. 돈 구해서 오빠 구해야 하잖아요!

위펑셴이 말했다. 난 대체 무슨 말들을 하는 건지 모르겠네요. 쑨야오디가 대체 무슨 범죄를 저지른 거예요? 누구에게 당했어요? 무슨 일로 당했는데요? 그 부하직원이라는 사람은 왜 야오디에게 그런 짓을 했는데요?

둘째 시누이가 초조하게 말했다. 올케, 지금 그런 말을 할 때야? 사람부터 구하고 봐야지!

막내시누이도 끼어들었다. 무슨 잘못이겠어요? 누가 고발을 했대요, 200만 위안을 횡령했다고.

위펑셴이 말했다. 200만 위안이라고요? 그 돈 어디에 있는데요? 난 본 적이 없는데?

둘째 시누이가 말했다. 검찰원에서 200만 위안이라고……

위펑셴이 말했다. 난 그런 돈 몰라요. 200만 위안 받아간 사람에게 가서 말해보세요.

큰 시누이가 말했다. 대체 무슨 말이 그래? 그게 가족끼리 할 말이야?

위펑셴이 자리에서 벌떡 일어났다. 가족이라고요? 내가 아직도 여러분 가족이에요? 난 벌써 이혼했어요, 한 가족이 아니라고요.

막내 시누이가 그녀를 달랬다. 언니, 화내지 말아요. 오빠랑 위장이혼을 했지만 우리 마음속에 언니는 여전히 한 가족이에요. 우리 조카 엄마이기도 하고요. 오빠가 어려움에 처했으니 가만히 두고 볼 수만은 없잖아요?

위펑셴이 말했다. 내가 어떻게 구해요? 무슨 수로요?

큰 시누이가 말했다. 그래서 자네랑 상의를 하려고 오라고 한 거야. 우리 이 집 팔아서 야오디 빼낼 돈을 마련해 보자고.

이게 무슨 날벼락 같은 소리야! 위펑셴은 기가 막혔다. 맨해튼 집을 팔자고요?

시동생이 말했다. 네. 우리가 돈이 어디 있어요? 이 집을 팔아야만 형의 형기 줄일 돈을 마련할 수 있다고요.

위펑셴이 소파에 털썩 앉아 가슴을 움켜쥐었다. 화가 나서 심장이 오그라들고 온몸이 부들부들 떨렸다. 당신들……

그녀가 두 눈을 꼭 감고 거친 숨을 몰아쉬었다. 말이 나오지 않았다. 그녀의 모습에 시누이들은 걱정이 앞섰다. 이러다 사람 죽는 거 아냐? 여자들이 재빨리 다가와 위펑셴을 부축하며 등을 두드리고 물과 약을 가져왔다. 초산감유편硝酸甘油片[23]을 가져오는 사람, 속효구심단速效救心丹[24]을 가져오는 사람 등 야단법석이었다.

위펑셴이 속효구심단 열 알을 입안에 머금은 채 눈을 감고 소파에 기댔다. 그녀가 말없이 눈물을 흘렸다. 쑨씨 집안, 이 교활한 인간들!

등기부등본에 자기 이름이 없었다면 쑨씨 가족은 자기를 부르지도 않은 채 벌써 집을 팔아 쑨야오디 밑구멍에 집어넣었을 것이다.

당초 위펑셴은 베이징 주택 구매가 시급했기 때문에 급히 민정국民政局에 가서 쑨야오디와 합의이혼을 한 후 결혼증을 이혼증으로 교체했다. 이에 위펑셴은 싱글이 되었다.

증명서를 교체한 후 위펑셴은 바로 중개소를 통해 베이징의 파오쌴얼로부터 빨간색 결혼증을 받았다. 주택 구매를 위한 조건을 마련하자 그녀는 전액을 내고 판자위안의 중

---

23 중국 생약의 일종. 관상동맥 질환 치료제.
24 중국 생약의 일종. 협심증 치료제.

고주택을 매입했다.

위펑셴은 다른 일을 생각할 겨를이 없었다. 모든 것이 허겁지겁 순식간에 이루어졌다. 쑨야오디와의 합의이혼에 자산이나 자녀양육에 대한 분쟁은 없었다. 모두 쑨야오디 본인이 직접 서류를 기입했다. 위펑셴은 별다른 생각이 없었기 때문에 서류를 보지도 않고 쑨야오디에게 말했다. 당신이 쓰고 싶은 대로 써요. 다른 사람이 보기에 위장이혼이란 느낌이 들지 않게만 작성하면 돼요.

심지어 그녀는 바보처럼 이렇게 물었다. 합의이혼 수속할 때 슬픈 척해야 하나?

쑨야오디가 말했다. 슬픈 척은 무슨! 내가 죽은 것도 아닌데.

위펑셴이 말했다. 직원 눈에 내가 기뻐하는 것처럼 보이면 위장이혼이라고 생각할 것 아닌가? 그러다 처리 안 해주면요? 그럼 베이징 집을 바로 살 수 없을지도 모르잖아요, 그럼 어떻게 해요?

쑨야오디가 말했다. 걱정 마. 혼인은 자유야. 누가 당신한테 신경 쓴다고 그래!

그래. 혼인의 자유. 혼인의 자유로 쑨야오디는 완벽하게 자유가 되었다.

불쌍한 위펑셴은 아무것도 몰랐던 것이다.

그는 횡령한 200만 위안으로 밖에서 멍샤오후이와 새 살림을 차렸다. 원래 내연녀와 일을 꾸몄으니 쥐도 새도 모르게 일을 성사시킬 줄 알았는데 뜻밖에 법망은 그들을 피해가지 않았다. 결국 범죄 사실이 밝혀지고 두 사람이 함께 감옥에 갔다. 수습이 어려운 상황이었다.

큰 시누이가 말했다. 올케, 집안에 돈이 없어. 이 집을 팔아야 횡령금을 물어내고 그래야 동생 형기가 줄어들어.

위펑셴이 가까스로 숨을 내쉰 후 말했다. 왜 내 집을 팔아 그이를 구해요? 왜 그 여우 같은 년 집을 팔지 않고요? 그거야말로 착복한 재산이잖아요.

큰 시누이의 표정이 멍했다. 자네도 알아?

위펑셴이 말했다. 그이가 잡혀가지 않았다면 절 언제까지 속일 생각이었어요?

큰 시누이가 말했다. 정말 속일 생각은 없었어……

둘째 시누이가 말했다. 그런 일을 어떻게 자네에게 말하겠나……

큰 시누이가 다시 말했다. 상황이 이 지경이 되었는데 집이 대수야? 일단 사람을 구하고 봐야지. 집을 팔고 올케는 베이징에 가서 조카랑 살고 아버지는 우리들이 돌아가며 모시면 되지.

위펑셴이 말했다. 당신들이 뭔데 날더러 집을 팔라고 해요? 그이가 날 기만하고 위장이혼을 했어요. 뻔뻔하게 바람을 피운 사람을 위해 내 집을 팔라니요. 이건 사기예요! 난 절대 그렇게 못해요! 절대 안 돼요! 어림 반 푼도 없어요!

쑨 영감은 가족들이 시끄럽게 떠들자 재빨리 독일제 보청기를 착용했다. 평소 그는 보청기를 잘 쓰지 않았다.

음성안정기에서 나는 웅웅 소리가 싫었다. 보청기를 끼자 '위장이혼', '합의서' 등의 단어가 귀에 들어왔다. 노인이 말했다. 뭐라고? 위장이혼이라니? 합의서는 또 뭐고?

막내 시누이가 재빨리 해명했다. 아버지, 오빠 부부가 베이징의 쯔양 집을 사느라고 위장이혼을 했어요. 언니가 베이징 호구를 가진 사람과 위장결혼을 해야 베이징에 아버지 큰손자 집을 살 수 있는 자격을 얻거든요.

노인이 딸의 말에 가슴을 쳤다. 그가 손을 부들부들 떨며 자식들을 가리켰다. 너……너희들! 지금 무슨 짓들을 한 거냐!

큰 시누이는 아버지가 화를 내든 말든 계속 펑셴을 설득하느라 정신이 없었다. 올케, 계속 그렇게 야박하게 나오진 않을 거지?

막내 시누이가 말했다. 우리가 언니한테 얼마나 잘했어요? 우리도 베이징 집 사는데 조금씩 돈을 보탰잖아요. 우리 아버지까지도요. 모두 30, 40만 위안을 모아 집 사는데 도움을 줬어요. 넉넉한 집이 어디 있어요? 모두 애들 학교도 보내야 하고, 시부모님들에게도 돈이 들어가고요. 우리에게 서운했던 일이 있으면 말해 봐요.

시동생이 말했다. 형수, 고집부리지 마시고요. 저 역시 여전히 형수라고 부르잖아요. 지금도 형수는 우리 가족이에요. 집 팔아서 형 좀 구해줘요.

위펑셴은 얼굴이 시뻘겋게 달아오르며 펄펄 뛰었다. 그녀가 목에 핏대를 세우며 시집 식구들을 향해 고함을 질렀다. 형수라고요? 모두 이러고도 내 가족이에요? 입만 열었다 하면 올케니, 형수니! 그러면서 그이가 그 년 하고 바람을 피울 때는요? 그이가 날 속이고 위장이혼을 할 때는 왜 날 가족이라고 생각하지 않았는데요? 이 집에 시집온 지 20년이 넘었어요. 시집 식구들 돌보고 어머님 장례도 내가 치렀어요. 시누이들 결혼할 때도 돈을 보탰고요. 그런데 그 결과가 이거예요? 날 속여요? 아들을 위해 위장이혼을 하고, 이제는 남편을 위해 집까지 팔라니, 날 사지로 몰아넣는 것이 아니고 뭐……

막내 시누이가 말했다. 언니도 손해는 아니잖아요. 베이징 집이 언니 거 되는 거 아니에요?

위펑셴이 막내 시누이에게 바짝 다가왔다. 베이징이 내 집이라고요? 5년 후에 그 베이징 남자하고 이혼을 해야 집이 내 명의가 돼요. 이 집안과 뭐라고 계약했어요? 수속을 마치고 쯔양에게 그 집을 물려주면 그때는 각자 빌려준 돈을 줘야 한다고. 이 집 식구 모두 손해 보는 것 없다고 안 그랬나? 난? 난 아무것도 없어! 베이징 집은 아들 것이 될 거고, 톈링 집은 당신들이 팔라고 하고 있고, 게다가 내 남편……남편은 다른 사람 남편이 되었고!

여기까지 말한 위펑셴이 주르르 눈물을 흘리면서 시아버지 앞에 무릎을 꿇고 다리를 껴안은 채 대성통곡했다. 아버님! 시시비비를 가려주세요. 이제 전 돌아갈 집도 없어요. 여기서 뛰어내려 죽어버리겠어요.

이렇게 말하며 위펑셴이 몸을 일으켜 창문으로 달려갔다. 시누이들이 다급히 뒤에서 위펑셴의 허리를 껴안았다. 위펑셴이 울며불며 몸부림을 쳤다. 사람들이 모두 한데 엉켜 일대 소란이 벌어졌다.

쑨씨 영감이 가슴을 내리쳤다. 업보야, 업보! 너희가 쑨씨 가문을 망쳤어!

그가 가슴을 움켜쥐고 휘청하더니 바닥에 쓰러졌다. 큰 시누이가 다급하게 아버지를 부르며 다가가 그를 부축했다. 다른 사람들도 노인에게 달려가 그를 에워싸고 고함을 질렀다. 시동생이 바로 구급차를 불렀다.

잠시 후 구급차가 사이렌을 울리며 달려왔다. 노인을 태운 구급차는 바로 톄링 제3의원에 도착하여 노인을 응급실로 실어 날랐다.

큰 시누이, 둘째 시누이는 구급차에 동승했고 다른 가족들도 급히 병원으로 달려왔다. 가족들이 모두 초조하게 수술실 밖에 서서 '수술 중'이라는 빨간 등을 바라보았다.

두 시간 후 의사가 수술실 문을 열고 나와 가족들에게 말했다. 급성 심근경색이셨어요. 안타깝게도 사망하셨습니다.

쑨씨 집안사람들이 일제히 울음을 터트렸다.

9. 인저우銀州의 장례식

우주의 끝이 톄링이다.

랴오닝 톄링시는 고대에는 인저우銀州라고 불렸다. 유구한 역사문화를 지닌 곳으로 읍이 설치된 때로부터 이미 1천여 년의 세월이 흘렀다. 톄링은 진귀한 산물이 풍부하고 인재를 많이 배출한 지역이다. 또한 전국적으로 유명한 소품예술의 고향이자 《홍루몽》연구로 유명한 곳이며, 스포츠 분야에도 인재가 많고, 화력발전 에너지가 풍부한 곳이다.

할아버지의 부고 소식을 들은 쑨쯔양은 어안이 벙벙했다. 그는 부서 주임에게 말한 후 황급히 톄링 본가로 향했다.

북방 속담에 '큰 아들, 큰 손자는 할아버지, 할머니 삶의 뿌리'라는 말이 있다. 어린 시절부터 할아버지는 쑨쯔양을 가장 사랑하여 불면 날아갈까, 쥐면 터질까 언제나 전전긍

궁이었다. 그는 손자의 베이징 주택 구매에 마지막 노후 자금까지 모두 탈탈 털어 넣었다.

작은 도시에서 자란 쑨쯔양은 가족이 부여한 사명을 지고 가족에 대한 책임을 다해야 하는 운명이었다. 이번 생에 그에게 주어진 사명은 바로 출세하여 조상의 이름을 빛내는 것이다.

부귀영달 하여 가문을 빛내고
좋은 배필을 만나 번창하라

그의 큰아버지가 그에게 대련을 적어주며 베이징에 가져다 붙이도록 했다. 쑨쯔양이 대련을 붙이자 위펑셴이 이를 뜯어내며 말했다. 이런 거 붙이지 마, 다 괜한 헛소리야. 신경 쓸 것 없어. 자기 집에나 붙이라고 해. 그런데 순식간에 모든 것이 사라져 버렸다. 할아버지도 떠나고, 듣자 하니 아버지도 형무소에 간 데다 웬 이복 여동생까지 생겼다고 한다. 쑨쯔양은 하늘이 무너질 것 같았다.

쑨쯔양이 얼이 나간 멍한 모습으로 집에 가서 상복 차림을 갖추고 할아버지 영정 사진 아래 무릎을 꿇었다.

쑨씨 집안사람들은 아버지가 평생 쌓아 올린 인품에 걸맞게 장례식을 그럴듯하게 치러야 자신들의 효심을 드러낼 수 있다고 생각했다. 그들은 전문 장례기관을 찾아가 전통 장례식을 의뢰한 후 그들에게 이를 위임했다. 장례회사에서는 쑨 영감의 영정을 맨해튼 국제장원의 아들집에 모셨다. 거실 한가운데 탁자 중앙에 영정 사진을 두고 주위에 만장을 높이 내건 후 화환으로 이를 에워쌌다. 탁자 위에 밥과 국을 올리고 밤낮으로 향초와 향이 꺼지지 않도록 했다. 딸들은 밤새도록 상복을 만들어 모든 가족이 완벽하게 예의에 맞는 차림을 했다. 쑨쯔양은 하얀 상복에 굴건을 쓰고 위패 아래 꿇어앉아 친척과 할아버지 생전 지인들의 조문을 받았다.

쑨쯔양은 뇌의 기능이 정지된 사람처럼 갑작스럽게 몰려든 악재를 감당할 수 없었다. 그는 할아버지를 따라 자신의 영혼까지 하늘로 훨훨 날아간 듯했다. 쯔양이 오랫동안 무릎을 꿇고 앉아있자 고모들이 다리를 펴고 쉬라고 했다. 하지만 그는 전혀 피곤하지 않았다. 마치 석상처럼 태어날 때부터 이렇게 꿇어앉아있었던 것 같았다.

청톈톈과 함께 유학 시절을 보낸 여자 친구가 두 사람이 헤어진 줄 모르고 톈톈에게 위챗을 보냈다. 그녀는 쑨쯔양의 아버지가 왜 돌연 옥에 갇혔는지 물으며, 쑨쯔양 일가의 처지에 대해 동정을 표했다.

청톈톈은 그 소식을 듣고 놀라서 입이 떡 벌어졌다. 이후 다른 사람을 통해 쑨쯔양의 할아버지가 화병으로 돌아가셨다는 말에 가슴이 철렁 내려앉았다. 그저 안타깝고 슬플 뿐이었다.

이런 것을 두고 업보라고 하는 거야. 일가가 이처럼 빨리 인과응보를 겪다니. 하지만 할아버지가 그 업보를 짊어졌다고 생각하니 부당하다는 생각이 들었다. 할아버지는 살아생전에 자신을 손자며느리라고 생각했고 세뱃돈도 주셨다. 평소 쑨쯔양과 함께 할아버지를 찾아가면 항상 이것저것을 물어보며 관심 어린 애정을 보여주었다. 청톈톈은 할아버지의 사랑을 받으며 대가족의 따뜻함을 느꼈다. 그런데 이런 식으로 갑자기 세상을 떠나시다니, 믿어지지가 않았다.

청톈톈은 톄링으로 조문을 가기로 결정했다. 마오단은 딸의 말을 듣고 딸의 속내를 바로 알 수 있었다. 조문도 조문이지만 아직도 쑨쯔양에 대한 미련이 남아 있음이다.

마오단이 입을 열기도 전에 톈톈의 아버지가 먼저 화들짝 놀라 말했다. 그렇게 당하고도 아직 정신을 못 차려? 창피하지도 않아? 무슨 봉변을 겪으려고 제 발로 찾아가?

청톈톈의 아버지는 퇴역 군인으로 기질이 강한 사람이다. 그는 지역으로 돌아온 후 시에서 경찰을 하고 있었다. 세 형제 가운데 둘째로 태어났다. 청톈톈의 할머니는 자신이 어쩌다 평생 아들만 셋을 낳았다고 한탄했다. 청톈톈 세대는 큰아버지나 작은 아버지나 또 남자형제만 낳았다. 그러다 보니 세대 중 유일한 여자아이였던 청톈톈은 일가친척 모두의 사랑 속에 바비 인형 같은 대접을 받았다.

청톈톈의 아버지는 금쪽같은 딸이 실연으로 고통을 당하자 몇 번이나 베이징으로 쑨쯔양을 찾아가 흠씬 두들겨 패주려고 생각했다. 그때마다 아내가 그를 말렸다.

연애하다가 헤어진 거잖아요. 이혼해서 재산 다툼이 있는 것도 아닌데 거긴 왜 찾아가요?

청톈톈의 아빠가 말했다. 먼저 그놈부터 흠씬 패주고. 그렇지 않으면 우리를 만만하게 볼 것 아냐. 그 자식 마음대로 헤어지게 할 수는 없어.

톈톈의 엄마가 말했다. 가 봐요, 가서 두들겨 패보라고요. 당신이 지면 병원에 가고, 이기면 감방에 갈 테니.

내가 왜 감방에 가? 엄연히 그놈이 맞을 짓을 했는데. 무릎을 꿇게 만들어야지. 흠씬 두들겨서 이가 다 나가도 사죄를 받아내야지.

헛소리 그만하고요. 먼저 연차부터 신청해서 아이나 지켜요. 우울증 때문에 저러다 투신이라도 하면 어쩌려고.

그게 무슨 말이야! 애 죽으라고 저주하는 거야?

청톈톈의 아빠는 말만 세게 했지 정작 행동은 취하지 못했다. 그저 딸이 순간적으로 극단적인 선택을 할까 봐 걱정이었다. 텐텐은 실연을 당하자 실의에 빠져 매일 눈물을 흘리고 침대에 누워만 있었다. 그녀의 부모는 돌아가며 휴가를 내서 집에서 딸을 지켰다.

그렇게 가까스로 가장 고통스러운 시기를 넘기고 청텐텐도 조금 기운을 회복하는 것 같았다. 그런데 이제 또 톄링으로 조문을 가겠다니. 그녀의 아버지는 결사반대였다.

청텐텐의 어머니는 생각이 달랐다. 그녀가 남편을 다독였다. 우리 딸이 저리 고집이 세요. 당신 판박이예요. 당신이 저 애를 말릴 수 있을 것 같아요?

텐텐의 아빠가 말했다. 지금 내 원망하는 거야?

당신을 원망하는 게 아니라 당신 딸이라는 거예요.

날 닮았든 아니든 아무렇게나 행동하도록 내버려 둘 수는 없어. 가서 뭐 하게? 그 집하고 텐텐이 무슨 상관이 있는데? 왜 그렇게 자존심이 바닥이야? 그 집에는 또 무슨 자격으로 가는데?

그냥 가게 내버려 둬요. 가서 완전히 관계를 끊고 오도록요.

항상 잊겠다고 했잖아. 이번 해에 베이징에 몇 번이나 다녀오고선. 대체 언제 끊을 건데?

거의 막바지인 것 같아요.

계속 당신 말만 듣다가 결국 이 지경이 됐어. 일찍 내가 가서 그놈 손을 봤으면 일이 이렇게까지 되진 않았다고!

계속 같은 말만 하지 말고요.

톄링 그 집은 대가족이라던데 당신하고 애 둘만 가면 어떻게 해? 그러다가 나쁜 일이라도 있으면. 안 되겠어. 나도 따라가야지.

거기 가서 사람들하고 치고 패고 싸우면 안 돼요.

패긴 뭘 패. 거기 사람이 죽었는데. 내가 그 정도 예의도 없을까 봐?

이렇게 해서 톈톈의 아버지가 차를 몰고 두 모녀와 함께 쑨쯔양 집으로 조문을 하러 갔다.

북방은 겨울이 일찍 찾아온다. 9월 초가을이다. 선양에서 톄링까지 고속도로 양측으로 백양나무, 연기나무, 단풍나무, 은행나무에 알록달록 단풍이 들었다. 특히 빨간색과 노란색이 화려하게 대지를 물들이고 있었다. 초목의 향기가 들판에 가득 퍼졌다. 하지만 청톈톈은 이처럼 아름다운 풍경이 눈에 전혀 들어오지 않았다. 향기도 느껴지지 않았다. 그저 이 길 위의 자신만, 이 길을 오고 가는 자신만 보일 뿐이었다. 대체 몇 번이나 이 길을 오갔는가? 여린 청춘의 풋풋한 사랑을 싣고 자동차, 고속철로 이곳을 오갔다.

청톈톈의 일가 세 명이 쑨쯔양 집으로 들어서자 쑨씨 집 안사람들은 깜짝 놀랐다. 그들은 제일 앞에 선 청톈톈만 알 뿐, 그녀를 뒤따라 온 두 사람은 처음 보는 이들이었다. 특히 그녀 뒤에 서 있는 경찰제복의 사람을 보고 그들은 쑨쯔양의 아버지가 감옥에서 또 무슨 일을 저지른 줄 알았다.

위펑셴이 그들을 맞이하며 어리둥절한 표정으로 말했다. 무슨 일이에요?

청톈톈의 엄마가 말했다. 아이가 굳이 할아버지 조문을 해야 한다고 해서요. 고인 생전에 정말 잘해주셨다고, 가시는 길을 봐야 한다고 하네요.

위펑셴이 말했다. 어서 들어오세요.

위펑셴이 입구에 있는 시누이들에게 이들을 소개했다. 청톈톈, 그리고 톈톈 부모님이에요. 쑨쯔양의 가족과 친척들은 그제야 한숨을 돌렸다.

청톈톈의 부모가 조의금 봉투를 입구에 있는 사람에게 건넸다. 위펑셴과 청톈톈의 부모는 전에도 만난 적이 있었다. 어디 한 번뿐인가. 가족 상견례를 할 때, 아이들을 출국시킬 때, 집을 살 때 양가 부모가 술자리에서 즐겁게 대화를 나누었었다. 두 집안은 사돈을 맺기에 조건이 잘 맞는다고 생각했지만 결국 주택 구매 문제로 의견이 엇갈렸다. 세계관, 가치관, 인생관이 적나라하게 드러나며 모든 것이 틀어졌다.

그 결과 지금의 상황이 되었다.

양쪽 모두 예상치 못한 상황이었다.

세계관, 가치관, 인생관이 모든 것을 결정한다고 한다. 이 세 가지 관념이 맞지 않는 사람은 함께 할 수 없다. 설사 함께 한다고 해도 결국 언젠가 사이가 틀어져 헤어지기 마련이다.

위펑셴이 그들을 안으로 안내했다. 칭톈톈이 앞장서고 부모가 그 뒤를 따랐다. 칭톈톈은 검은색 바람막이 차림이었다. 몸매가 가늘기 때문에 마치 성녀처럼 보였다. 그녀가 먼저 향불을 밝힌 후 뒤로 물러나 공손하게 세 번 몸을 굽혔다. 그리고 방향을 틀어 무릎을 꿇고 앉아있는 쑨쯔양을 향해 살짝 몸을 굽히며 말했다. 너무 상심하지 말아요.

쑨쯔양은 계속 고개를 숙인 채 감히 고개를 들지 못했다. 그녀의 목소리에 그가 살짝 고개를 들었다. 눈앞에 검은 스웨이드의 짧은 부츠가 보였다. 기억이 날 듯 말 듯했다. 연애할 때 자신이 사준 신발이었다. 그의 멍한 시선이 점차 위를 향했다. 까만색 짧은 치마, 이어 바람막이 가장자리가 눈에 들어오고 마지막으로 숙연하면서도 맑고 깨끗한 얼굴이 보였다. 검은 사자처럼 표정이 살벌했다. 단 한 번도 이런 표정의 칭톈톈을 본 적이 없었다. 그가 망연자실하여 당황한 모습으로 상대방을 우러러보며 말했다. 목이 잔뜩 쉬어

있었다. 왜 왔어? 날 비웃으러 온 거야?

겨울, 봄, 여름, 가을을 넘어 그리고 기쁨과 슬픔의 경계를 넘어, 이 세상과 천상의 경계를 넘어 마침내 그의 얼굴이 눈에 들어왔다. 그토록 매일 잊지 못하던, 꿈에서 울다 깨어나도 만질 수 없었던 그 얼굴이 눈앞에 있었다.

얼굴이 붓고 표정은 의기소침했다. 구부정한 몸을 감싼 상복, 꾀죄죄한 그의 모습이 말라비틀어진 고목나무 같았다. 핏기가 하나도 없는 얼굴은 사람 몰골 같지 않았다.

청텐텐은 문득 혐오감이 밀려왔다. 그녀는 속으로 생각했다. 내가 눈이 삐었었지, 어떻게 이런 사람을 사랑했을까? 그녀가 속마음을 애써 누르고 담담하게 말했다. 너무 슬퍼하지 말아요.

이때 뒤에 있던 위펑셴이 앞으로 나왔다. 청텐텐이 기특하게 조문을 왔는데 어떻게 그런 말을 해!

뒤에 있던 청텐텐의 부모는 당장이라도 그를 발로 차버리고 싶었다.

일행이 문을 나와 밖으로 향했다.

위펑셴이 아쉬운 듯 청텐텐을 안았다. 애야, 미안하구나.

그녀가 눈물을 훔치며 청텐텐의 부모에게 말했다. 정말 두 분께 미안합니다.

청텐텐의 엄마가 말했다. 그쪽도 힘드시잖아요. 편안하

게 지내세요.

위펑셴이 그 말을 듣고 어깨를 들썩이며 흐느껴 울었다.

청톈톈은 아무 말도 하지 않은 채 뒤돌아 눈물을 주르르 흘렸다.

의미심장한 여정이었다. 톈톈은 자신을 구원했고 위펑셴과도 화해했다.

청톈톈 아빠가 차 앞에 서서 딸이 마음을 추스르길 기다렸다.

그가 말했다. 이해가 안 가. 어른이건 애건 하나같이 저 모양인데 왜 내 딸은 힘들어하는 거야?

청톈톈 엄마가 말했다. 사랑이잖아요, 막다른 골목이에요. 서두르지 말고 자기 스스로 빠져나오게 해야 돼요.

청톈톈이 차에 올라 창문에 얼굴을 기대 밖을 바라보았다. 고속도로 양쪽은 여전히 아침 풍경 그대로였다. 연기나무, 단풍나무, 은행나무, 백양나무가 알록달록 아름다웠다. 차가 달려가자 반듯하게 줄줄이 서 있는 백양나무가 마치 뒤로 엎어지는 것처럼 느껴졌다. 정오의 햇살 아래 단풍나무와 연기나무의 단풍이 유난히 눈길을 빼앗았다. 가슴 밑바닥의 생기가 태양의 열기를 따라 조금씩 솟아오르는 듯했다.

톄링의 장례식이 끝나고 위펑셴은 베이징으로 돌아왔다.

쑨쯔양은 휴가를 내고 톄링에서 며칠을 더 보냈다. 출근할 상태가 아니었다. 고강도의 사무실 일을 감당할 상황이 아니었다. 그는 하루 종일 자신이 자랐던 맨해튼 집에 누워 옴짝달싹하지 않았다. 마치 아직 장례가 끝나지 않고 빈소가 차려져 있는 것 같았다.

10. 이인전二人轉 · 《인연을 탄식하며嘆情緣》

위펑셴이 기진맥진 베이징 판자위안으로 돌아왔다. 얼마나 정신이 없는지 어떻게 돌아왔는지 모를 정도였다. 그녀는 가까스로 마지막 기운을 끌어올려 임시 거주 중인 베이징 집으로 돌아왔다. 그녀의 행동은 기계적이었다. 기차역에서도, 지하철에서도 마찬가지였다. 집 문을 들어서자마자 그녀는 온몸이 무너져 내렸다. 길게 한숨을 내쉬고 침대에 엎어졌다.

테링에서 보낸 며칠은 마치 악몽 같았다. 자신의 집, 자신의 삶이 산산이 부서졌다. 과거와 현재, 미래까지 모두 갈기갈기 찢기고 산산조각이 나서 아무것도 남지 않았다. 위펑셴은 자신이 우아한 공작이라고 생각했었다. 오색찬란하고 아름다운 목과 깃털을 가진 그런 공작이었다. 그런데 지금

깃털은 다 뽑히고 소름 돋는 피부만 남았다.

아름다운 그녀의 깃털이 그대로 하나하나 뽑혀나갔다. 아프다! 가슴이 미어지듯 아프다! 심장이 오그라드는 것 같았다. 점점 어두워지는 창밖의 풍경을 바라보았다. 판자위안의 골동품 시장이 문을 열고 가로등이 불을 밝혔다. 하루 종일 피곤에 지친 사람들이 총총히 걸음을 서두르고 있었다. 주위의 작은 식당들이 고객을 맞이했다. 하루 중 가장 따뜻한 시간이다. 새들은 둥지로 돌아가고, 닭들은 횃대로 올라가고, 집집마다 밥 짓는 연기가 올라오고, 엄마들이 밥을 먹으라고 아이들을 부르는 시간이겠지? 하지만 나는? 난 집이 없다. 모든 것이 사라져 버렸다. 그들에게 속아 아무것도 남은 것이 없다. 집도 없고, 남편도 없고……

위펑셴이 힘겹게 몸을 일으켜 창문 앞으로 가서 오렌지빛 가로등, 오가는 차량과 사람들을 바라보았다. 여기서 뛰어내리면 더 이상 고통을 느끼지 않을 텐데. 그냥 모든 것을 끝내버리는 거야. 나, 위펑셴이 이 지경이 되리라고는 꿈에도 생각하지 못했다. 자기 가족, 자기 남편에게 속은 여자가 이 세상에 무슨 미련이 있을까……

그때 갑자기 침대에 있던 휴대폰이 울렸다. 고통스럽게 생각에 빠져있던 위펑셴은 휴대폰 소리에 화들짝 놀랐다. 아들이었다. 그 순간 슬픔이 사라져 버렸다. 창문에서 뛰어

내려 모든 것에서 벗어나려 했던 생각도 사라졌다. 그녀가 눈물을 닦고 휴대폰을 받았다.

쑨쯔양은 엄마에게 집에 도착했는지, 기차에서 식사는 했는지 물었다. 위펑셴이 눈물을 삼키고 마치 아무 일도 없는 사람처럼 다 괜찮다고 말했다. 아들이 말했다. 엄마, 잘 지내셔야 해요. 내가 갈 때까지 잘 지내세요. 갑자기 아들의 울음소리가 들렸다. 엄마……이제 우리 둘 만 남았어요. 위펑셴이 말했다. 아들아, 너도 잘 지내야 해. 밥 거르지 말고, 제시간에 잘 자고, 별일 없으면 빨리 돌아와.

전화를 끊은 후 위펑셴은 갑자기 정신이 퍼뜩 났다. 맞아, 내게는 아들이 있지!

우리 아들이 밖에서 고통을 받고 있다. 그렇게 잘 나고, 효성 지극한데 엄마가 되어가지고 뭐가 두려워? 대체 왜 괴로워하고 있는 거야!

그녀는 마치 임독맥任督脈이 뚫린 사람처럼 갑자기 깨달았다. 내가 한 모든 행동은 아들을 위한 거였어. 아들을 위한 일이었으니 속임을 당했든 말든 괜찮아, 후회하지 않아!

그렇다면 내가 뭘 고민해? 아들이 있잖아? 아직 집도 있고! 나와 아들의 집, 아무도 빼앗아 갈 수 없어. 절대!

그렇게 생각하자 위펑셴은 모든 문제가 해결되었다. 아들의 말 몇 마디에 그녀는 모든 것이 해결되었다.

이제 어떻게 해야 할지 생각해야 한다. 이 상태로 당할 수는 없다. 스스로 자신을 구해야 한다.

그녀가 머리카락을 쓸어내린 후 허리를 굽혀 휴대폰을 집고 이 집의 세대주이자 위장 결혼한 '법적' 남편, 베이징의 파오싼얼에게 전화를 걸었다.

그때 파오싼얼은 창핑昌平의 온도수성溫都水城에서 온천을 즐기며 마작을 하고 있었다. 위펑셴의 전화에 그는 생기가 돌았다. 어, 무슨 일이에요?

위펑셴이 말했다. 베이징에 온 후에 많이 귀찮게 했잖아요. 이것저것 부탁만 하고 제대로 고맙다는 인사도 못해서요.

파오싼얼이 구조九條(마작 패)를 가져와 자기 열에 꽂아놓고 말했다. 다 그렇게 돕고 사는 거죠. 신경 쓰지 말아요.

위펑셴이 말했다. 계속 식사 대접 한 번 하려고 했는데 거절당할까 봐 못했어요. 오늘 밤 어때요? 직접 요리 몇 가지 해서 초대하려고요. 아들이 둥베이 고향에 가서 마침 저 혼자예요. 같이 추석을 지낼까 하는데.

파오싼얼이 그녀의 말에 의자에서 벌떡 일어났다. 좋지, 좋지요. 바로 갈게요.

그가 앞에 놓인 마작패를 밀어내며 말했다. 미안합니다. 급하게 처리할 일이 있어서요. 그가 지갑에서 돈다발 하나를 꺼내 탁자에 놓으며 말했다. 미안해요, 오늘 건 내가 다

계산할게요.

그가 말을 마친 후 쏜살같이 마당으로 나가 차에 올라서 재빨리 차를 몰았다.

창핑 온도수성에서 차오양의 판자위안까지는 가까운 거리가 아니다. 징짱京藏 고속도로를 타고 돌아가려면 적어도 한 시간 넘게 걸린다. 하지만 파오싼얼은 조금도 주저하지 않고 힘껏 액셀을 밟았다.

한 시간이 조금 더 지나 파오싼얼은 고속도로를 빠져나와 5환, 4환, 3환을 돌고 돌아 마침내 차오양구 판자위안 경계에 도착했다. 이미 달이 하늘 한가운데 떠 있었다. 그는 그제야 오늘이 추석, 온 가족이 함께 모이는 날이란 사실을 떠올렸다. 빈손으로 갈 수 없었다. 주차할 자리를 돌아보고 있을 때 길가에 꽃 파는 여자애가 보였다. 꽃 한 무더기가 바닥에 놓인 플라스틱 통 안에 들어있었다. 빨간 장미, 카네이션, 글라디올러스, 은방울꽃, 채송화, 거베라, 물망초 등 모두 예쁜 꽃이다. 꽃 이름은 별로 아는 것이 없었다. 그저 예쁘면 되고, 여자에게 선물해서는 안 되는 꽃만 아니면 된다. 그가 차창 밖으로 물었다. 꽃 얼마야? 여자애가 말했다. 날도 어두워졌으니 싸게 팔게요. 세 송이에 10위안요. 아저씨, 다 사시죠. 다 사면 싸게 해 드릴게요. 다 팔고 저도 집에 가야 해서요. 꽃 아직 싱싱하지? 그가 물었다. 그럼요!

오후 4시부터 팔기 시작했어요. 여자애가 말했다. 다 줘. 좋아요. 여자애가 화들짝 기뻐하며 정성껏 꽃을 한데 묶어 그에게 건넸다. 중간에 리본도 달아주었다.

위펑셴은 파오쐉얼을 기다리는 사이, 정신을 가다듬고 집을 깔끔하게 정리했다. 실내조명은 따뜻하게, 주방은 윤이 나게 닦았다. 은근한 불에 끓고 있는 대추은이탕紅棗銀耳湯에서 김이 모락모락 올라왔다. 뚜껑이 들썩거리며 피식피식 소리를 냈다. 밖에서 사 온 음식은 모두 식탁에 차려놓았다. 양주도 한 병 있었다. 무슨 위스키라고 했는데. 쯔양이 회사 회식 때 남은 것을 가져왔다. 월병도 있었다. 소가 다섯 종류 들어있는 오인五仁 월병이다. 과일도 함께 차렸다. 가족이 모두 모이는 추석 명절답게 풍성하게 상을 차렸다.

얼마나 되었지? 톄링에서 돌아온 후 위펑셴의 생활은 말이 아니었다. 마치 지옥을 헤매고 있었던 것 같은데 드디어 고통에서 벗어났다. 다시 이승으로 돌아온 것 같았다.

탕을 끓이는 사이 위펑셴은 재빨리 샤워를 하고 치파오로 갈아입은 후 천천히 거울에 앉아 화장을 시작했다. 거울 속에 비친 자신을 바라보았다. 발그레하고 뽀얀 얼굴, 보조개가 팬 아름다운 얼굴로 미소를 짓고 있는 자기 자신을 보고 감탄을 금치 못했다. 나, 위펑셴이 누군데? 톄링 이인전의 명배우야! 아름다운 자태에 꾀꼬리 같은 목소리로 내 눈길 한 번에 사람들은 대번에 사랑에 빠졌었지. 내가 쑨씨 집안 사람들에게 그렇게 쉽게 무너질 줄 알아?

파오싼얼이 도착했을 때 위펑셴은 이미 딴 사람이 되어있었다. S자 형태로 머리를 묶고 앞머리를 귀 뒤에 꼽은 후 까치 등 길상문양이 수 놓인 달빛 민소매 치파오를 입었다. 옆트임 사이로 백옥같이 뽀얗고 늘씬한 다리가 드러났다. 마치 몸에서 향기가 나는 듯했다.

자, 술 한 잔 하세요. 음식도 드셔보세요. 살짝 취기가 오른 위펑셴이 말했다. 제 노래 들어보신 적 없죠? 오늘 몇 소절 불러볼게요.

그녀가 자리에서 일어나 거실 한가운데 서서 자세를 잡고 입을 열었다.

> 석양은 서산에 지고
> 아름다운 여인은 방으로 돌아가네
> 도화빛 얼굴 촛불에 비치고
> 고운 화장 지우기 싫어
> 상아 침대에 홀로 앉았네
> 그리움에 한숨짓는 소리
> 납매화여

납매화여

무정하게 아름다운 원앙을 내리치는구나

1경에 인연을 탄식하네

달이 떠오르며

양산박과 축영대를 안타까워하는구나

함께 공부한 지 3년

순진무구하게 동문수학하였네

18리를 걸어 산 아래로 그대를 전송하니

납매화여

납매화여

두 사람이 누대에서 작별을 하는구나

2경에 인연을 탄식하네

초승달이 동쪽으로 나오거늘

이갑李甲과 두십낭杜十娘을 안타까워하는구나

연화원烟花院을 도망 나와

낭군을 따라 고향으로 돌아가나

도중에 손부孫富의 계략에 걸렸네

납매화여

납매화여

두십낭이 한을 품고 강에 빠졌다네

노래 한 곡으로 인연을 아쉬워하네
사랑은 이루기 어려우니
슬픈 노래에 눈물이 주르르
사람은 영원히 살지 않고
달은 언제나 둥근 것은 아니며
화초 또한 피고 지기 마련이네
납매화여
납매화여
인연을 아쉬워하며 하늘을 원망하네

 구성지게 이어지는 애절하고 쓸쓸하며 원망이 가득 담긴 노랫말이었다. 분위기와 대사, 박자, 감정 모두 구구절절 귀에 쏙쏙 들어왔다. 손길이나 눈길, 몸매, 걸음걸이, 춤사위 하나하나가 모두 가슴에 와닿았다.
 모든 것이 두 사람의 인연을 부추기고 있었다. 파오쌴얼은 은퇴한 운동선수다. 어찌 은퇴한 배우의 공연에 감동하지 않겠는가. 게다가 상대는 주연급 배우였다. 위펑셴은 서두르지 않았다. 그녀는 침착하게 박자와 감정을 억제하며 그에게 계속 술을 따라주었다. 세 번 잔이 돌아가고 음식으로 배를 채운 후 분위기가 무르익고 몽롱해질 무렵 위펑셴이 톄링에서 자신이 겪은 일로 화제를 돌렸다. 집안사람들에게 기만당한 일, 쑨씨 집안에서 쫓겨난 비극적인 이야기였다. 그녀가 말을 마치고 훌쩍훌쩍 울기 시작했다. 정말 서럽고 억울했다.

파오싼얼이 씩씩거리며 식탁을 내리쳤다. 세상에 어디 그런 가족이 있어요! 둥베이 나리들이 할 일이 아니지! 내가 그 자식을 박살 내주겠소!

위펑셴이 말했다. 박살은 무슨 박살을 냅니까. 사람이 죽고, 감옥에 들어간 마당에. 이제 저는 베이징에 사고무친이에요. 앞으로 정말 많은 부탁을 드릴 것 같아요.

위펑셴이 말을 마치고 다시 비 오듯 눈물을 흘렸다.

파오싼얼은 그녀에게 다가가 위로하는 식의 행동은 하지 않았다. 자기의 품에 안거나 머리를 자기 어깨에 기대도록 하지도 않았다. 이대로 추석 보름의 아름다운 명절을 낭비할 수 없었다.

침실은 불이 꺼져있었다. 한가위 달빛이 창문을 비쳐 들어 아름답고 환하게 방을 밝혔다. 붉은 누각을 돌아 꽃이 새겨진 창문 사이로 잠 못 이루는 이를 비치는 달빛이 아닌가. 두 사람은 침대 쪽으로 다가갔다. 그녀가 침대에 누워 쟁반 같은 달빛을 그대로 맞이했다. 그가 그녀의 치파오를 벗기고 허리를 받쳤다. 위펑셴은 자신을 열고 아름다운 목소리로 온 마음을 다해 그를 받아들였다. 둥근 달은 슬픔을 모를 터인데 왜 저리 헤어질 때만 둥글단 말인가.

달빛이 금빛 판자위안을 비췄다. 골동품 시장 깊은 곳에 파도가 일렁였다. 마치 이인전의 배우들이 서로 돌아가며 상대를 공격하고 비단손수건을 나부끼며 공연장 전체에 열띤 반응을 일으키고 있는 듯했다. 파오쌴얼이 그녀의 몸에 올라 숨을 헐떡이며 귓불을 물면서 말했다.

나만 믿어요. 난 나쁜 사람이 아닙니다.

난 당신을 괴롭히지 않을 거요.

그가 정의감에 불타 진지하고 박력 있게 말했다. 위펑셴은 마음의 경계가 무너져버렸다. 그를 유혹하고 그를 이용해 쑨씨 집안에 반격을 가하려던 마음이 와르르 무너졌다. 길고 긴 달빛이 순식간에 그녀의 마음을 채우면서 모든 불안을 떨쳐버렸다. 경계가 풀리면서 몸이 진흙덩이처럼 흐물흐물해져서 다소곳이 무기를 버리고 운명에 자신의 몸을 내맡긴 것 같았다.

갑자기 머릿속에서 폭죽이 터지면서 불빛이 하늘을 찌르고 몸이 산산이 부서졌다. 은병이 깨지면서 물이 쏟아지고 철기가 돌진하며 칼과 창을 휘두르는 듯했다. 그녀가 눈을 떴다. 달빛 아래 갈기를 휘날리며 비 오듯이 쏟아지는 총알

아래 격렬하게 질주하는 파오싼얼이 보였다. 물길이 끝나는 곳에 자리를 잡고 구름이 이는 곳에 갑자기 멈춰 하늘을 향해 길게 포효하며 몸을 부르르 떨었다.

  곡이 끝나 비파의 활을 거두니 마음에 그림을 그리듯, 마치 네 현의 소리가 비단을 찢는 소리처럼 들렸다더니.

하下

별빛이 등불이 되다

11. 성대한 우주 대전大典

　우주문화 및 디지털경제연구소의 체제개혁사업은 열정적이면서도 차분하게 진행 중이었다. 각종 기관의 협조가 쉽지 않았다. 체제개혁위원회에서 체제개혁사무실, 인사부와 재정부에서 인력자원 및 사회보호국까지 모두 연결이 된 일이라 각 단계마다 서류를 제출하고 허가를 받아야 했다. 기업으로 전환하면 누가 출자할 것인가? 어떻게 이윤을 창출할 것인가? 백 명가량의 사업단위가 취소되어 기업 직원이 되는데 이후 그들의 출로는 어떻게 할 것인가? 연구소 사람들은 걱정스러웠다. 출판미디어그룹의 업무능력을 익혀 IPO(기업공개) 로드쇼가 성공하면 주식시장의 큰 블루칩이 될 것인가? 우주문화 및 디지털경제연구소는 사회과학 연구기관일 뿐이다. 어떻게 자체 출혈을 통해 수지를 맞춰

갈 것인가?

이에 대해 쿵링젠은 확고한 믿음을 가지고 있었다. 상급 기관이 우호적으로 그들에게 맡긴 시험사업 완성에 자신이 있기 때문만은 아니다. 바로 그의 직업적 촉각 때문이다. 그는 디지털경제의 거대한 미래, 밝은 전망을 확신했다. 그는 '국가팀'이라는 황금 간판을 내걸고 합종연합하면 분명히 성과를 거둘 수 있다고 생각했다. 쿵링젠의 생각에 문화관광은 비즈니스의 기회. 기념일 등 휴일만 되면 여행지는 '사람'이 풍경이 된다. 여행을 하고 싶은 사람들의 열정은 막을 수가 없다. 사람들은 도시를 벗어나고 국경을 넘는다. 각지 정부는 관광산업의 경제효과를 인지하고 줄지어 관광사업을 개발했다. 하지만 현재 관광업의 최대 난제는 꿈같은 이상만 있지 제대로 된 관광거리가 없다는 것이다. 쿵링젠 자신은 뭘 하는 사람인가, 그가 이끄는 팀은 어떤 작업을 하는가 등 이런 것들이 바로 이상을 꿈꾸는 '시'적 개념 아닌가? 입으로만 '시'를 말하면 안 된다. 알맹이가 있어야 한다. 첨단 과학기술이 있어야 한다. 문화와 과학기술연구가 함께 자리한다는 특징은 바로 연구소의 강점이다. 쿵링젠은 연맹을 설립하려고 한다. 기술응용팀을 구성하여 그들을 이끌어 '시와 먼 곳'[25]으로 안내하고자 한다.

하지만 쿵링젠은 신중한 사람이다. 섣불리 입을 열지 않고 일단 일을 시작해야 한다.

그는 체제 전환 동원회에서 먼저 자신의 입장을 밝혔다.

> 동지 여러분, 옛 청나라 해군부에 문화와 디지털경제를 연구하는 분들이 세상을 바꾸기 위해 함께 모였습니다. 저는 여러분을 믿습니다. 여러분은 우주, 미래, 내일을 향하는 분들입니다. 바로 아판디阿凡提26를 아바타로 바꾼 분들이지요!(폭소와 함께 박수가 터져 나온다.) 아무리 힘들고 험난해도 우리는 동요되거나 위축되지 않으며 도중에 포기하지 않습니다. 반드시 끝까지 세계를 바꿔 나갈 것입니다.(다시 우레와 같은 박수소리)
>
> 동지 여러분, 여러분들도 연구소 일층 입구에 세워진 동상 하나를 보셨을 겁니다. 아래 팻말에 "철학자들은 다만 다른 방식으로 세상을 해석할 뿐이다. 문제는 세상을 변화시킴에 있다."라고 적혀 있습니다. 맞습니다. 여러분도 잘 알고 계시지요. 바로 칼 마르크스가 1845년에 쓴 《포이어바흐

---

25 중국의 음악가이자 알리바바 뮤직그룹의 공동창업자인 가오샤오쑹高曉松이 한 말. 세상에는 눈앞의 구차함만 존재하는 것이 아니라 시와 먼 곳도 있다는 뜻. 70후後, 80후를 마음을 사로잡은 표현이다.

26 Nasruddin. 서쪽 모로코에서 동쪽 신장 무슬림 민족 사이에서 활약했다고 전해지는 인물이다. 비범한 지혜와 재능을 가진 이로 평가된다.

Ludwig Andreas Feuerbach에 대한 테제》에 나오는 명구입니다. 철학자들의 임무는 세상을 해석하는 거고, 우리 문화연구자들의 임무는 세상을 바꾸는 것입니다. 그렇습니다. 행동해야 세상을 바꿀 수 있습니다. 사명감을 가지고 흔들림 없이 이를 실천해야 합니다.

둘째, 기업으로 전환한 후 오랫동안 우리 연구소를 곤혹스럽게 했던 직무 직함 문제를 해결할 것입니다. 기업에는 심사와 임용, 임명에 대한 더 많은 자주권이 필요합니다.

셋째, 기업으로 전환 후 직원의 소득과 인센티브가 대대적으로 증가할 것입니다. 전에 우리는 '멀리서 보면 거지 같고, 가까이서 보면 넝마주이 같은데 자세히 보니 사회과학원 사람이야'라는 욕을 들었습니다. 하지만 앞으로 그런 험담은 듣지 않을 겁니다. 기업 전환 후 우리는 직원의 평균 연봉을 30만 위안까지 올리려 합니다. 지금처럼 베이징시에서 규정한 연봉 수준에 못 미치는 일은 없을 겁니다.

그의 말에 박수 소리가 끊이지 않았다.

쿵링젠의 말에는 구체적인 디지털 경제의 혁신 모델에 대한 내용도 들어있어 사람들은 마음이 설레었다. 뭔가 할 수 있다는 생각에 기운이 났다. 조신하고 냉정하며 객관적인 연구소 사람들에게는 드문 경험이었다. 회의가 끝난 후 부소장인 황 선생이 쿵링젠을 따라 사무실로 와서 직원들의 의견을 전했다. 희망 고문일 뿐으로 그림의 떡이라고 말하는 이도 있다고 했다. 무료로 배표를 주고 기업으로의 체제 전환이라는 이상한 배에 태워 바다에 나가면 태풍이 몰아쳐 배에 구멍이 숭숭 뚫리고 배 밑바닥에 물이 들어올 거라고 했다. 결국 자신들은 배에서 내릴 수밖에 없는 이 시대의 '타이타닉'이 될 거라고 수군거렸다.

쿵링젠은 어이없는 말에 웃음도 나오지 않았다. 혹시 황 선생이 혼자 과장되게 말한 건 아닐까 의심이 가기도 했다. 매사에 태도가 어정쩡하여 도움이 되지 않는 인간이었다. 쿵링젠은 황 선생의 말에 대꾸하고 싶지 않았다. 무엇보다 사람들에게 자신의 견고한 입장과 믿음을 하루빨리 행동으로 보여주고 싶었다.

그는 직접 실천에 나설 것이다. 자신이 가장 잘 알고 있는 분야에서 공격적으로 이를 홍보하여 틀을 깨고 대전을 준비하리라. 또한 각 지역의 정부기관을 돌며 사업을 둘러보고 관련 기관과 협력하리라 마음먹었다.

쿵링젠은 연구소에서 각종 국내외 포럼, 크고 작은 국내외 학술회의를 개최하여 연구소의 국제적 영향력을 확대하고 디지털화 된 미래에 대해 함께 논의했다. 디지털 기술이 광고 혁신, 비즈니스 서비스, 미래 생활, 상호 교류 예술 등 분야에 큰 역할을 담당하도록 디지털의 산업화, 산업의 디지털화를 적극 발전시키고자 했다.

올림픽촌 국가회의중심에서 실시한 '디지털화와 우주의 미래'라는 국제심포지엄에서 쿵링젠은 《디지털 시대의 문화 전파》라는 제목으로 치사를 했다. 그가 말했다.

디지털화 기술이 우리 생활을 변화시키고 있습니다. 전에는 상상조차 할 수 없었습니다. 원격 진료와 3D 프린터 기술이 인류에게 가져다준 편리함 같은 것입니다. 휴대폰 하나로 생활의 모든 문제를 해결하리라 누가 알았겠습니까. 소통과 온라인 작업, 온라인 쇼핑과 결제, e북, 스포츠와 공연 관람도 할 수 있습니다. 다국적 전자상거래는 전혀 예상치 못한 방식으로 빠른 발전을 보이고 있고요.
저는 얼마 전에 한국에 다녀왔습니다. 잘 알려진 서울 동대문 시장에서 아내에게 줄 화장품 한 세트를 사면서 결제를 하려고 물었습니다. 비자카드로 할까요, 마스터카드로 할까요? 해외여행을 할 때 저는 대개 이 두 종류의 카드를 사용합니다. 그런데 뜻밖에 여종업원이 말했습니다. 알리페이 되는데요. 그 순간 저는 정말 놀랐습니다. 저는 재빨리 휴대폰을 꺼내 일 초 만에 결제를 마쳤습니다. 혁명적인 변화입니다. 세계 경제에 정말 새로운 시대가 열렸습니다. 디지털

화로 해외 결제가 편리해지고 새로운 대규모의 관광 취업이 가능한 시대가 되었습니다.

디지털화된 기술은 어떤 방식으로 문화 전파에 이용되어야 할까요? 저는 무료 혜택이 중요하다고 생각합니다. 디지털화 시대에 이로 인한 이익은 모든 대중에게 보편적으로 혜택이 주어져야 합니다. 더욱 많은 편의를 제공해야 하는데, 그중에서도 가장 큰 편의는 바로 무료 사용입니다. 우리가 현재 사용하는 디지털 단말기를 예를 들어보지요. 휴대폰 같은 단말기에는 모두 원가가 있습니다. 데이터량에 대한 부분을 제외하면 각종 플랫폼의 상품에 상거래 비용을 지불합니다. 열람이나 청취 등이 모두 그렇습니다.

진정한 의미에서 대중이 문화적 혜택을 받게 하려면 한층 더 개방하여 '옛날 왕도王導와 사안謝安 집 앞에 날던 제비, 이제는 평범한 백성의 집으로 날아드네'라는 유우석劉禹錫의 시 구절과 같은 상황을 만들어야 합니다. 그렇게 된다면 저소득층이나 일반대중도 문화 상품을 누릴 수 있습니다. 과거에 가격 때문에 책을 사지 못하던 저소득층, 학술 간행지에서 제멋대로 유료로 운용되던 과학연구자들의 논문을 봐야 했던 학생, 평생 입장권 때문에 국가대극장에 들어가 공연을 보지 못했던 예술 애호가들, 비행기를 구매하지 못해 현장에 가서 월드컵을 보지 못했던 축구팬 모두 꿈을 이룰 수 있습니다. 그들이 좋아하는 문화 예술 현장이나 작품을 마음껏 구경할 수 있습니다.

그때가 되면 아마 공사현장에서 일하던 농민공은 점심시간에 비계 아래 앉아 찐빵을 먹으며 휴대폰으로 국립대극장에서 공연 중인 발레극《로미오와 줄리엣》을 볼 수도 있을 겁니다. 또는 VR 입체안경을 쓰고 3D 화면을 즐길 수도 있습니다. 이는 마치 고대 그리스가 노천극장에서 공연을 벌인 것과 같습니다. 원형의 석조 극장은 10만 명을 수용할 수 있었지요. 원, 명, 청 시대의 공연은 모두 전당에서 이루어졌습니다. 물론 그게 잘못되었다는 말은 아닙니다. 그저 자본이 너무 많이 들었기 때문에 절대다수의 사람이 이러한 문화를 누리지 못했다는 말입니다. 저는 대극장 공연을 보러 갈 때 매번 입장권 1천 위안 때문에 고민을 하거든요. 이밖에도 모든 국민이 독서를 했으면 합니다. 그런데 책이 두꺼워질수록 가격은 올라갑니다. 어떤 사람들은 책 한 권을 읽기 위해 가족의 하루 식비를 써야 합니다. 그는 그래서 책을 보고 싶지도, 사고 싶지도 않습니다.

디지털화 기술이 아마도 이 문제를 해결해 줄 수 있을 것입니다. 그렇다면 창작자들의 보수와 플랫폼의 권익은 어떻게 보장해야 할까요? 국가 세수의 지원이 있어야 합니다. 기업의 광고 찬조금도 한 방법입니다. 기업이 면세 혜택을 받고 문화 활동을 지원하는 식으로 해결해야 합니다.

그때가 되면 종이 서적과 대극장, 오페라하우스, 가극원 등 현장 공연은 사치품이 될 겁니다. 심지어 사람들이 선물로 이를 이용할 수 있습니다. 인류는 선물이 필요하니까요. 하지만 그보다 더 중요한 건 실용과 응용입니다. 일반 사람들은 그보다는 집이나 거리에서 편하게 이동단말기 특히 휴대폰으로 서적과 공연, 시합 등을 즐기고자 합니다. 자신과 동떨어져 있던 아름다운 문화를 마음껏 언제든지 즐길 수 있습니다. 이렇게 되어야 대중이 디지털 시대의 문화 혜택을 누릴 수 있습니다.

쿵링젠의 발표에 대한 회의 참석자들의 반응은 뜨거웠다. 보도가 나간 후 사회적으로도 큰 반향을 불러일으켰다.

쿵링젠은 행사를 마치고 의기양양하게 돌아온 후 외부와 소통하기 시작했다. 그는 각 분야와 연합회의를 개최했다. 중관춘의 실리콘벨리, 798 문화혁신기업, 이동통신 VR 사업체, 5G 산업 관계자들과 디지털화 혁신연맹을 결성했다. 연맹의 취지는 혁신을 통해 디지털기술의 성과를 창출하고 사회에 이바지한다는 것이다. 쿵링젠이 1기 연맹 회장을 맡고 각 분야 관계자들이 연맹 부회장을 맡았다. 과학기술관에서 연맹 설립대회를 성대하게 개최했다. 개막식에서는 블랙테크놀로지 LED 등을 이용한 볼ball로 시작을 알렸다.

행사 프로그램은 대단했다. 연구소에서 노벨상 수상자들을 초청한 것이다. 베이징 냐오차오 국립경기장에서 '디지털 우주 시대'를 알리는 대회가 성대하게 거행되었다. 건설비 30억 위안, 4.2만 t의 철강이 투입되어 건설된 경기장은 10만 명을 수용할 수 있는 2008년 베이징 올림픽의 문화유산이다. 웅장하고 아름다운 경기장에서 공연을 하는 것만으로도 영광스러운 일인데 여기서 연맹 개막식을 열다니, 정말 대단한 일이다.

노벨상 수상자가 대회에 참석함으로써 대회는 더욱 빛을 냈다. 중국이 G2의 반열에 오르고 작가 모옌莫言과 과학자 투유유屠呦呦가 2012년과 2015년 각각 노벨문학상과 노벨생리의학상을 받은 후 중국인은 세계적인 상이나 유명 인사들을 무조건적으로 추앙하지 않았다. 물론 그들을 존중하긴 하지만 그렇다고 중국인과는 거리가 멀어도 너무 먼 세상의 존재라고 여기지 않는다는 것이다. 모옌과 투유유의 수상은 중국인들에게 자긍심을 선사했다. 쿵링젠은 중국인들이 머지않아 각 분야의 세계적인 수상자가 될 것이라고 했다.

역대 노벨수상자들 역시 중국을 방문하고자 했다. 그들은 과학원, 사회과학원 전문가들과 같은 분야에서 오랫동안 친교를 맺은 이들이다. 중국은 개혁 개방을 한 지 수십 년이 되었다. 쿵링젠 세대는 해외 유학파들로 일찍부터 국제적인 교류를 이어왔다. 그들은 개인 신분으로 해외에서 특강을 하며 세계화의 길을 마련하였다. 이제 중국은 주최국의 신분으로 해외 인사들을 초청하고 있다.

'디지털 우주 시대' 개막식이 열린 국립경기장은 거의 공석이 없었다. 연구소에서는 각 분야의 학회, 협회와 연합하였고 지역 관리 원칙에 따라 베이징시와 함께 동종 업계 인사들을 초청하였다. 그야말로 장관이었다. 밤이 되자 냐오차오 경기장의 객석에 붉은 등이 켜졌다. 내빈석에는 노벨상 수상자들이 자리하여 열정적으로 미래의 아름다운 문화에 대해 연설했다. 회의에서는 또한 디지털 경제발전을 위해 노력 중인 인물과 조직에 대한 수상식이 열렸다.

가장 감동적인 부분은 모든 참석자들이 VR 안경을 쓰고 사이버세계에서 베이징 여행을 즐긴 부분이다. 만리장성에 오르고, 쯔진청을 거닐고, 바다령八達嶺, 무톈위慕田峪, 량신전養心殿, 간칭궁乾清宮에 들어갔다. 특히 열대우림 탐험관에서는 360° 회전 좌석에서 분수가 연출되고 파도와 구름 사이를 위, 아래로 내달리는 생동적인 상황이 연출되었다. 열대우림 속에서 맹수들이 다가오면 손잡이를 이용해 연속으로 총을 발사할 수도 있었다. 정말 스릴 만점이었다.

회의 참석자들은 중국의 선진적인 디지털 응용기술에 감탄을 금할 수 없었다. 대회는 베이징시의 거대한 행사이자 냐오차오 경기장의 주요 행사로 기록될 것이다.

대외 홍보는 연구소의 강점이자 쿵링젠이 탁월한 능력을 보이는 부분이기도 하다. 그는 자신의 인맥을 동원해 이 모든 일을 기획했다. 내부적으로 인원을 분류하여 조정하고 과학연구팀을 재구성하는 것도 쉽지 않았다. 마오전은 쿵링젠과 함께 고심 끝에 과학 연구자와 행정 인원을 재배치했다. 떠나야 할 사람, 남고 싶은 사람, 임시로 직무를 이행해야 하는 사람, 승진시켜야 하는 사람 등등, 모든 것을 고려해야 했다.

쿵링젠은 체제 개혁이 얼마나 힘든 일인지 실감했다.

마오전이 명단을 들고 와서 쿵링젠의 결재를 기다렸다. 동방연구실의 창常 선생이 세상을 떠났어요. 조의금 결재해주세요.

쿵링젠이 서류를 받았다. 50만 위안? 너무 많지 않나? 창 선생이 퇴직한 지 얼마나 됐지?

마오전이 말했다. 퇴직자들은 규정에 따라 사망 시 22개월 급료와 기타 장례금, 조의금을 지불해야 해요. 올해 벌써 4, 5명의 원로 동지가 세상을 떠났고, 휴직 중으로 장기 입원한 사람도 있어요. 연말 전에 또 사망자가 발생하면 올해 경비가 충분치 않을 수도 있습니다.

이제껏 이런 문제에는 별로 신경을 쓰지 않았어. 매번 산더미 같은 서류를 결재하느라 바빴지. 그냥 자네가 처리할 거라 생각하고 별로 마음에 두지 않았지.

그런 게 아니고요. 모든 걸 기관에서 예산을 잡아 정상 지출하니 신경 쓸 필요가 없었지요. 체제 전환을 했으니 이제부터는 어떤 서류든 자세히 살피고 물어보셔야 해요.

이건 좀 문제가 있지 않나? 퇴직한 지 오래된 사람한테 이렇게 많이 보조를 해야 돼?

이거 모르시죠? 왜 원로 동지들이 체제 전환을 달가워하지 않았는지요. 기업 직원이 되면 이런 대우가 없어지기 때문이에요.

인터넷에 떠도는 우스갯 사진 못 봤어요? 여자들 두 무리가 있는데 한쪽은 퇴직 후에 알록달록하게 차려입고 짝을 지어 여행도 가고, 광장무도 추며 노래도 불러요. 대충 마흔 정도로 보이는 사람들이죠. 그런데 다른 한쪽에 기업에서 퇴직한 사람들이 있어요. 머리는 하얗게 쇠고 옷차림은 헐렁하고 얼굴에는 주름이 자글자글, 여든은 되어 보이는 사람들이 담벼락에서 햇볕을 쬐고 있고요.

왜 그렇게 차이가 나야 하는데?

누가 아니래요. 죽은 후에도 대우가 달라요. 이런 격차는 퇴직 이후부터 벌어져요. 기업을 다니다 퇴직하면 그 순간 월급이 끊어지고 사회보장 급여를 받습니다. 같은 급의 기관에서 퇴직한 사람과 매달 2, 3천 위안 차이가 나요. 기업의 사회보장 급여는 재직 연수만 계산하고 다른 직무나 직책은 계산에 넣지 않아요. 그건 마치 쿵 선배의 학술적 공헌은 모두 무효로 치는 것과 마찬가지예요. 원로 동지들은 이 부분을 받아들이기 힘든 거고요.

그럼 퇴직 후에 나도 그렇게 된다는 건가?

마오전이 그를 힐끗 본 후 말했다. 쿵 선배야 다르죠. 명사잖아요. 학술 분야의 권위자예요. 각종 학회의 자리를 겸직하고 가는 곳마다 강의를 할 거예요, 심사위원도 맡고요. 그럴 때마다 강의료도 받고, 심사비에 원고료도 받고. 그러다 국제회의 초대를 받아 외국도 돌아다니니 걱정할 필요가 없는 사람이잖아요.

그렇게 사탕발림만 할 필요 없어. 사실 기업과 대우 차이가 있는 부분에 대해서는 생각해 본 적이 없어.

그거야 집에서든 밖에서든 돈 신경 쓸 필요가 없었으니까요. 저는 인사와 재무를 나누어 관리하면서 매일 노심초사 직원들 생활에 대해 신경을 썼어요.

자네 말도 일리가 있군. 이 부분에 확실히 내가 생각이 없었어.

집도 그렇고 업무 평가도 그렇고, 기업 직원들은 손해를 많이 봐요. 동일한 기관 소속이긴 하지만 이제 기업 체제로 전환하면 직원들 대우 특히, 주택 배분에 신경을 써야 해요. 기업으로 전환하면 모두 없어지니까요.

주택을 배당받을 자격이 없어진다니 그건 정말 큰일이죠. 20세기에 주택 배분에 대한 복지가 기본적으로 막을 내리긴 했지만 사실 공무원과 준 공무원인 비영리기관 사람들은 그래도 매년 국가기관 사무관리국으로부터 주택 배분을 받았어요. 물론 상징적으로 돈을 조금 내긴 하죠. 같은 지역 내 경제적용방經濟適用房(국민주택) 기준으로 돈을 받아요. 같은 곳의 상품방商品房(분양 주택 및 상업용 점포)이라면 m²당 7, 8만 위안인 곳을 단돈 1만 위안에 받는 거예요. 100m² 집이라면 100만 위안만 내면 돼요. 얼렁뚱땅 받는 보조금이 5, 6백만 위안, 심지어 7, 8백만이 되는 셈이에요. 그런데 기업 직원으로 전환되면 그런 자격이 깡그리 없어지는 거라고요.

그리고 우리 같은 공공기관에서는 직책을 나눌 때 선임급 전문기술직을 1, 2, 3급으로 나누잖아요. 물론 1급 원사院士급은 넘사벽이지만 2급은 가능해요. 쿵 선배처럼요. 이미 2급이잖아요. 선배는 퇴직 후에 급료에 관한 한 부부급副部級(차관급) 대우를 받아요. 대단한 거죠. 하지만 기업에는 그런 거 없어요. 쿵 선배나 나나 우리 기관이 기업체제로 전환하면 퇴직 후에 그런 급료는 없어져요.

쿵링젠이 웃었다. 허풍은. 몇 백 위안 더 받는다고 정말 내가 차관급인 줄 알아?

마오전이 말했다. 선배는 신경 안 쓰이는지 몰라도 퇴직이 얼마 남지 않은 원로 동지들은 아니에요. 우리 연구소에서 주택 배분을 받을 수 있는 직책의 젊은 사람들도 신경을 많이 쓰고요. 그들이 기업 전환을 두려워하는 가장 큰 이유가 바로 그거예요.

부정적인 부분만 말하지 말고 기업으로 체제를 전환하면 장점은 뭔지 말해주겠나?

그거야 쿵 선배가 동원대회에서 소리 높여 외친 그런 것 아니에요? 우리는 세상을 바꾸는 사람이라는 거죠. 먼저 대우가 아닌 책임을 생각하라는 그런 말이죠.

내가 현실을 너무 모른다고 꼬집는 것 아냐? 요즘 우리에게 들어온 재정이 그래도 수백만 위안은 되지?

대충 살펴보면 선배가 행사 열 번을 했는데 처음 수입 50만 위안에서 지출을 빼면 10만 위안⋯⋯

구체적으로 다 말할 필요 없고 결론만 말해.

마오전이 웃었다. 좋아요. 확실히 300만 위안 들어오긴 했지만 남은 돈은 100만 위안이 안 돼요.

그 정도 가지고. 그것만 보지 말고. 아직 우리 진짜 행사는 시작도 안 했어⋯⋯멀리 봐야지. 앞으로 자네도 열심히 움직여 봐, 사람들 위로할 방법도 생각해 보고. 원로 동지들은 정말 기업 전환을 원하지 않겠지. 내가 본부와 협상해서 그들은 최대한 다른 기관으로 이동할 수 있도록 할게. 그리고 젊은 사람들은 떠나고 싶다고 하면 그렇게 하도록 해. 흐르는 물은 썩지 않는 법이야. 새로운 사람들을 영입하지.

좋아요. 아, 참! 싸즈산薩志山도 반드시 괘직掛職[27]을 하겠다고 그래요.

그 사람 계속 그러나? 그 사람 나가면 안 돼. 그럼 혁신사업은 어떻게 하고?

싸즈산에게 빚이 있어요. 매년 그가 있는 과제조 성과를 연구소 측에 올렸잖아요. 언제나 우수 평가를 받는데도 직무, 직책 문제를 해결해주지 못했어요.

내가 다시 싸즈산을 만나 잘 설득해 볼게. 어디로 괘직을 가고 싶어 하지?

그건 잘 모르겠어요. 그거야 조직에서 말하는 곳으로 가야겠죠.

---

27 중국 지도급 인사들이 반드시 거쳐야 하는 과정으로 지방으로 내려가 직무를 행한다. '단련'이란 단어를 붙여 '괘직단련'이라고 부른다.

쿵링젠이 아리송하게 말했다. 촨난川南(쓰촨 분지 남부)은 어떨까……

쿵링젠이 말한 사업은 촨난 지역에도 한 곳이 있다. 현재 지역 정부와 협상 중이다.

그가 갑자기 화제를 돌렸다. 우선 내가 가서 싸즈산에게 말해볼게. 그래도 설득이 안 되면 할 수 없지. 그냥 가게 둘 수밖에.

12. 나이가 벼슬

 차라리 직급이 높은 사람들의 문제가 쉽지, 오히려 하급 관리들은 만만치 않다는 말이 있다. 체제 전환으로 자리 이동이 있는 연구소에서도 마찬가지다. 임원급 성원으로 부소장이 세 명이다. 한 명은 58세의 황 선생으로 퇴직 직전 고위직 간부들이 자리를 이용해 부패를 저지른다는 소위 '58 현상급 phenomenal level' 모습을 보이고 있다. 또 하나는 해외 유학파 필립이다. 그는 개인의 이익과 승진에 급급한 인물이다. 나머지 하나가 바로 미혼의 마오전이다. 항상 사람들이 소개팅을 주선하지만 모두 자신보다 스무 살은 많은 사람들이라 울상이다.

 연구소는 국급局級 기관으로 소장이 두 명, 부소장이 세 명이다. 후에 한 사람이 두 직책을 맡으라는 지시에 따라 서기와 소장을 한 사람이 맡으면서 소장이 한 명, 부소장이 세 명이 되었다. 현재 쿵링젠이 소장과 서기를 겸직하며 전반적인 연구소의 사업을 책임지고 있고 마오전이 부소장 겸 부서기로 당무와 인사, 재무를 맡고 있다. 황 선생은 장기 연구 사업 연구실을 관리하고 있고 필립은 혁신 프로젝트, 빅데이터, 인터넷 업무 담당이다.

  부소장 황 선생의 이름은 쯔루子路, 58세로 곧 퇴직이다. 그렇지 않아도 숱도 많고 모발도 센데 까맣게 염색을 하며 젊어 보이려고 애를 쓴다. 다만 언제나 저렴한 염색약을 쓰는 바람에 마치 번쩍번쩍 광을 낸 까만 구두를 보는 것 같아서 머리에 까만 가죽구두를 이고 다니는 느낌이다. 하지만 자신은 그런 모습이 멋지다고 생각한다. 회의 때마다 허리를 꼿꼿하게 펴고 자리에 앉아있다. 황 선생은 근무 연한 30년으로 자리 이동 없이 이 연구소에서만 근무했다. 그는 이전 세대 지식인들의 모든 장점과 단점을 그대로 물려받았다. 장점은 말할 필요가 없다. 근면하고 직업을 존중하며 언제나 그 자세로 편집, 표제어 작성, 주제 선정, 프로젝트 자금 조달과 같은 과학 연구 작업을 제시간에 완성했다. 하지만 재능도 추진력도 독창성도 없었다. 그가 부소장이 될 수 있었던 것은 대부분 연공서열에 의한 것이다. 쿵링젠 쪽에 이미 그를 넘어 바로 승진한 사람이 있다. 새로운 시대에 접어든 후 황 선생은 시대를 따라가지 못했지만 그를 강직시킬 사유도 부족했다. 황 선생은 '만년 이인자'로 굳건하게 자리를 지키고 있는 셈이다.

체제 전환 이야기가 나오자 그는 자신이 사장 자리에 올라 65세까지 정년을 늘려 높은 연봉을 받을 기대에 부풀었다. 아마 못해도 63세까진 하겠지.

뜻밖에도 체제 전환 후 간부 인사 규정은 명확했다. 임기를 채우지 않은 사람은 더 이상 추천하지 않는다는 것이다. 황 선생처럼 스스로 혈기왕성하다고 생각하는 58세는 대번에 자리가 없어진다.

황 선생은 우울했다. 승복할 수 없었다. 평생 동양철학 연구에 매진했다. 체제 전환이 이루어지면 연봉을 받을 고위직으로 갈 수 있지 않은가? 백만 위안은 그렇다 해도 80만 위안 정도는 되겠지? 이사장 자리가 뭐 하면 부이사장이나 사장은 할 수 있겠지? 그는 연구소에서 가장 나이가 많고 자격 요건도 최고이다. 쿵링젠보다 먼저 부소장이 되었는데 그가 자신을 제치고 소장이 되었다. 당시에도 그는 조직이 자신을 홀대한다고 생각했다. 승진을 하지 못하고 만년 이인자로 있었다. 그렇다면 이번에는 조직에서 서열 1위의 부소장에게 보상을 하겠지? 우선 먼저 자신을 우대하지 않을까?

그런데 이게 웬 말인가? '58 현상급'에 의해 단칼에 정리가 된다고 한다. 정리의 이유도 합당했고 인정사정이 없었다. 그는 반박할 방법이 없었다. 그제야 그는 전에 몇몇 선배들이 왜 자신에게 '나이가 벼슬'이라고 말했는지 그 도리를 이해했다.

"나이가 벼슬이야, 자격도 갖춰야 하고, 인맥 역시 관건이지, 능력은 부수적인 거야." 표현이 좀 개운치 않지만 그래도 전혀 일리가 없는 말은 아니다. 나이는 정말 벼슬이다. 젊었을 때는 생각지 못했는데 나이가 드니 그런 느낌이 든다. 나야말로 아무것도 뒤처지지 않는데, 이제 막 큰돈을 벌 수 있는 중요한 기회가 왔는데 재수 없게 '나이'에 걸려 넘어진다고? '58 현상급'이 뭔데? 사람이 쉰여덟이면 사회적으로 영향력이 높은 급으로 대우를 받아야 하는 것 아냐?

'58 현상급'이라고? 황 선생은 지금에야 직장 내에 존재하는 이런 압박을 절실하게 느꼈다. 쉰여덟이 되어 당신이 '현상'을 찾아가지 않으면 '현상'이 당신을 찾아온다. 말인 즉, 누군가 이렇게 말한다. 아이고, 아직 자리에 계실 때 제 일 좀 처리해 주세요. 여기 서명 좀 부탁드립니다. 당신도 어쩔 수 없이 입에 발린 말을 한다. 내가 아직 자리에 있을 때 무슨 일이든 빨리 처리하게.

황 선생이 시선을 들었다. 쉰여덟이 된 다른 사람들은 이미 퇴직 이후의 일을 계획해 두었다. 예를 들면 퇴직 후에 아무도 초청하거나 놀아줄 사람이 없는 때를 대비해 학회나 협회에 가입하거나 겸직을 해서 이름을 걸어두었다.

그제야 상황 파악을 한 황 선생은 자신도 협회 회장이나 한 자리 차지할까 하고 주위를 둘러보았다. 하지만 아랫사람들이 연결된 학회나 협회는 자리가 다 찬 상태였다. AR협회, VR협회, 우주협회, 삼체三體협회, 성진대해星辰大海 협회 등등 모두 만석이었다.

'여성우주학회'가 다음 회기에 들어가는데 아직 자리가 있다는 말을 들었다. 부회장 직이 공석이었다. 그는 재빨리 조직연합과에 연락을 넣어 부회장 자리를 부탁했다.

그는 의아했다. 우주학회가 남녀를 구분하나? 이건 정말……그는 너무 황당했다. 하지만 그런 내색은 하지 않고 학회 성격을 물은 후 입을 다물었다. 그저 한숨만 나올 뿐이었다.

그제야 그는 학회니 협회니 하는 것들의 본질이 단순치 않다는 생각이 들었다. 역량이 대단했다. 거의 공직 기관 직책의 연결선상에 있었다. 학회와 협회는 모두 독립적인 법인체이다. 학회는 민정부民政府의 심사비준을 거쳐 등급을 나눈다. 1급 학회는 국급 단위이며 2급 학회 중 일부는 국급, 조금 규모가 작은 경우 정처급正處級이다. 학회마다 자체의 플랫폼이 있어 자금 조달, 회의 조직, 수상 등 다채로운 여러 가지 행사를 벌인다. 학회 지도급 성원은 공직에 있는 간부들과 마찬가지로 먼저 추천을 거쳐 심사하고 군중의 평가를 거쳐 소속 기관이 비준한 후, 민정부에 올려 허가를 받는다. 이어 회기가 만료되면 전체 회원이 투표를 통해 자리를 결정한다.

2016년 이후 학회에 대한 당의 영도를 강화하기 위해 각 학회는 당 조직 설립을 요구했다. 당원 수가 많은 학회는 당 총지부와 함께 그 아래 지부 몇 곳을 두었다. 당원이 적은 학회는 당 지부를 설립해야 한다. 새로운 규장제도에서는 재직 중인 지도급 간부는 학회에서 겸직을 할 수 있지만 법인은 맡지 못한다. 황 선생은 학회가 이렇게 신성한 곳이라면 쉽게 자리를 맡을 수 없을 것 같았다. '여성 우주학회' 부회장을 맡는 것도 그리 꿀리는 자리는 아니다. 분명히 회장은 넘보지 못할 것이다. 회장은 여자여야 함을 명확하게 요구하고 있었다. 여성연합회나 마찬가지이다. 평생 연구소에서 일하다가 마지막에 여성 동지 아래로 들어가다니 정말 억울하긴 하군!

하지만 참아야지. 아무 자리도 없는 것보다야 낫지 않겠나.

부회장이 되면 퇴직 후 밖에 나가 활동도 할 수 있고 내빈 명단에 '중국 여성 우주학회 부회장 황쯔루'라는 명함도 내밀 수 있다. 어쨌거나 '전前 우주문화 및 디지털경제연구소 부소장'보다는 듣기 좋다.

'전前'자가 들어있으면 자신이 퇴직자임을 금방 알 것이다. 퇴직을 한 후 심심풀이로 여기저기를 쑤시며 공돈이나 바라고 다니는 사람이란 뜻이다.

물론 조금 듣기 좋게 말하면 사회에 관심이 있고 남은 열정을 불태우고 있다고 하겠지.

황 선생은 곤혹스러운 모습으로 여자 이사장, 여자 팀장, 여자 HR, 여자 전문가 그룹, 작가, 시인 등등 여성들 사이에 둘러싸여 재잘거리는 그들의 목소리를 들으며 다음 회기 인선 투표를 위한 '여성우주학회'를 마쳤다. 투표 결과 그는 부회장에 당선되었다. 대회를 마치고 돌아온 그는 마음이 심히 불편했다. 원망스러웠다. 그는 이 모든 울분을 쿵링젠 탓으로 돌렸다. 쿵링젠, 모두 당신이 부당하게 행동했기 때문이야. 사사건건 내 앞길을 막는 바람에 만년 이인자로 지내도 나는 아무 말도 하지 않고 성심성의껏 당신과 함께 일했어. 체제 전환이라니, 이 좋은 기회에 난 당신과 계속 일을 하고 싶어서 최대한 의사 표시를 했는데 단칼에 나를 몰아내다니. 쿵링젠, 당신이 이렇게 매몰차게 굴었으니 내가 비겁하게 굴어도 내 탓은 하지 마!

씩씩거리던 그는 부소장 필립 역시 쿵링젠과 관계가 껄끄

럽다는 생각이 떠올랐다. 그는 필립의 속을 떠본 후 그와 연합해 쿵링젠을 골탕 먹이기로 마음먹었다.

부소장 필립은 70년대 생으로 아일랜드대학에서 박사를 마치고 돌아와 난징에서 다시 박사학위를 받고 현대 및 포스트모던 과학연구소에 자리를 잡았으며 이후 윗선과의 인맥으로 연구소에 낙하산으로 들어와 부소장이 되었다. 그는 음험한 사람으로 언제나 나쁜 궁리만 해서 그런지 일찍 머리가 벗어졌다. 그는 지중해식 가발을 착용하고 다녔다. 언젠가 연구소 단합대회에서 풍선 터트리기 게임을 하던 중 실수로 그의 가발이 땅에 떨어졌다. 사람들이 그의 대머리를 보고 경악했고 그 후 젊은 친구들은 뒤에서 그를 '대머리 당나귀'라고 불렀다.

대머리 당나귀 필립은 야심이 큰 사람이다. 안하무인인 그는 황 선생도, 마오전도 거들떠보지 않았다. 막 낙하산으로 들어왔을 때 그의 눈에 들어오는 사람은 쿵링젠 밖에 없었다. 다른 사람들은 모두 무시했다. 젊은 층은 뒤에서 그의 야박한 성품을 비난했다. 필립은 쿵링젠 앞에만 서면 두 눈을 반짝이며 마치 아무것도 안 들리고, 아무것도 보이지 않는 듯 그저 굽실굽실 쿵 소장의 주위를 맴돌았다. 그가 얼마나 아첨을 떠는지 연구소 내에서 모르는 사람이 없었고 이런 소문은 주위에 널리 퍼졌다.

그가 처음 왔을 때의 일이다. 마침 쿵 소장이 외국의 한 기관과 협상할 일이 있어 외국어에 능통한 필립과 함께 해외 출장을 가려고 했다. 소장이 필립을 데리고 산하 기관에 갔을 때다. 필립은 쿵 소장이 자신과 함께 출장을 가려고 한다는 사실에 감개무량하여 제멋대로 하급 기관에 말했다. 쿵 소장님은 애연가이신데 주로 롼중화軟中華를 피시니 준비해요. 그리고 애주가이긴 한데 주량은 세지 않으니 술도 준비하고, 꼭 마오타이茅台로……하급기관의 일인자는 쿵 소장과 잘 아는 사이라 출발 전에 그에게 이를 확인했다. 쿵 소장이 화가 머리끝까지 나서 말했다. 방금 청렴한 업무 태도를 위한 '8항 정신'에 대해 이야기했건만 젊은 놈이 대놓고 나를 욕보이는군!

쿵링젠이 구이저우貴州에 출장 갔을 때도 그랬다. 필립이 부서별 관리에 대한 업무를 처리하면서 구이저우에 전화를 걸어 쿵 소장은 추위를 타니 방을 따뜻하게 하고, 종종 불면증을 앓기 때문에 수면제와 속효구심환도 준비하고 이밖에 혈당과 혈압, 콜레스테롤을 낮추는 약도……그가 이렇게 약을 한 보따리 준비시켰다. 구이저우 쪽에서 이 말을 듣고 놀라며 소장 건강이 정말 그렇게 나쁜지 물었다. 그들은 사실 확인을 위해 연구소 사무실에 전화를 걸었다. 사무실 주임이 마오전에게 이를 보고한 후에야 마오전은 필립의 소행을 알게 되었다. 그녀가 쿵젠링에게 이 사실을 알리자 쿵 소장은 정말 짜증이 났다. 당장이라도 그를 자르지 못함이 유감스러울 뿐이었다.

필립은 해외 유학을 마치고 귀국한 후 국내에 잘 적응하지 못했다. 재능만 믿고 거만하게 굴어 동료들도 모두 그를 싫어했다. 그는 자기 행동이 받아들여지지 않자 작전을 바꿔 상급자에게 아부하기 시작했다. 업무 평가를 통해 상급자의 인정을 받는 것이 아니었다. 그는 기본적으로 '일을 열심히 하면 할수록 자신만 손해를 본다'고 생각했다. 결국 지도자에서 일반인들까지 그는 짜증나는 상대였다. 결국 쿵링젠도 점차 그를 멀리하게 되었다.

이제 황 선생이 필립과 손을 잡고 쿵링젠에게 화풀이를 하려고 한다. 황 선생이 말했다. 필립 군, 자네는 해외 유학으로 전공 분야에 대한 학식이 탁월하고 거시적인 안목도 가지고 있어. 나는 경력이 많고 업무 파악 능력이 뛰어나지. 우리 둘이 연합하세. 내가 이사장을 하고 자네가 사장 하고. 그럼 앞으로 과학기술 유한공사는 엄청나게 발전할 걸세.

필립이 말했다. 무슨 말씀을요. 송구합니다. 그가 말을 마친 후 두 주먹을 감싸며 인사했다. 굽실거리는 꼴을 보아하니 그의 뜻은 미루어 짐작할 수 있었다.

한편 부소장 마오전 역시 나름대로 고민이 있었다. 서른넷에 이혼하고 혼자 살면서 계속 스무 살이나 차이가 나는 사람들을 소개받았다. 모두 지도급 인사들이 소개해 준 상대였다. 기본적으로 노년에 배우자를 잃은 정부 관리나 학술계 저명인사다. 마오전은 전전긍긍 제대로 말도 잇지 못하며 이를 황망히 거절했다. 자신은 한 번 결혼에 실패한 후 정말 결혼 생각이 없다고 했다. 두세 번 거절을 하자 지도자들의 낯빛이 좋지 않았다. 그들은 마오전을 만나면 거들떠보지도 않았다. 마오전은 당황스러웠다. 그들의 미움을 살 수는 없는 일이었다. 그녀는 전략을 바꿔 누군가 남자를 소개하려고 하면 자신은 부인과 쪽에 질병이 있어서 곤란하다고 했다. 예를 들면 자궁 근종, 복막 유착 등의 핑계를 대며 배우자로 적합하지 않다는 식으로 자신을 필사적으로 깎아내렸다. 매일 이리저리 뛰어다니며 열심히 업무를 처리하기 때문에 심장병, 당뇨병, 파킨슨 같은 병명을 대면 상대방이 믿지 않을 것 같았다.

하지만 상황은 마오전 뜻대로 되지 않았다. 퇴직 원로 동지가 아내와 사별하면 사람들은 여전히 그녀를 떠올렸고 상사를 통해 그녀의 의중을 떠보려 했다. 후에 쿵링젠도 어쩔 수 없다고 말했다. 마오전, 난 그저 말만 전하는 거야. 결정은 자네가 하고. 마오전은 그저 감사 인사를 할 수밖에 없었다.

이런 일이 되풀이되자 마오전은 정말 우울하고 답답했다. 자신에 대한 회의와 함께 자신을 스스로 비하하기에 이르렀다. 그녀는 속으로 생각했다. 내가 그 정도야? 다른 사람 눈에 내 나이의 이혼녀는 스무 살 많은 늙은 남자나 어울리는 거야?

마오전이 구웨이웨이에 전화를 걸어 불만을 털어놓았다. 내가 그렇게 못 생겼어? 아무도 원하지 않을 정도로? 사람들은 왜 내게 그렇게 나이 많은 사람만 소개해주는데?

구웨이웨이가 이런 그녀를 놀렸다. 좋잖아? 나이 많은 남편이면 얼마나 아껴주겠어. 결혼하면 부잣집에 살면서 일하는 아줌마 두고. 한가하게 노인네 모시고 각종 회의에 참석하거나 쇼나 보러 다니고, 병이 나도 일인실에 들어가겠지. 평범한 사람들처럼 쪽걸상에 앉아 밤새우지 않고……

마오전이 말했다. 좀 진지할 수 없어? 넌 일말의 동정심도 없어. 우리 부모님은 두 분 다 건재하셔. 그러니 아버지의 정이 그립거나 하진 않다고. 그 사람들 정말 나에게 관심이 있다면 좀 더 정성껏 동년배의 싱글남을 소개해줄 수는 없는 거야?

구웨이웨이가 말했다. 꿈도 야무져, 너 지금 무슨 생각하는 거야? 동년배의 남자들은 자기보다 스무 살은 어린 여자를 원해. 그게 요즘 풍조야. 게다가 너처럼 학력, 소득, 직위, 나이가 많은 삼고三高 여자……

마오전이 말했다. 숫자도 못 세? 너 지금 네 가지 이야기했잖아.

구웨이웨이가 말했다. 그게 중요한 게 아니고. 너 같은 '삼고' 여자한테는 고혈당, 고지혈, 고혈압의 '삼고' 남자밖에 없어. 아니면 누가 널 통제하겠어?

마오전이 하늘을 우러러 길게 한숨을 내쉬었다. 아이고, 여자의 삶이여! 인재시장에서 가치가 높아질수록 결혼시장에서는 가치가 낮아지네.

체제 전환 과정 중 상급 부서에서는 간부와의 대화를 통해 이후 마오전에게 사장직을 맡기자는 제안이 나왔다. 하지만 이와 동시에 설사 체제 전환을 한다고 해도 국가기업이니 간부는 국가로부터 일괄 관리를 받는 지도자 간부라고 했다. 미혼 여성이 그런 직을 맡는 건 쉽지 않은……마오전은 결코 좋은 의미가 아님을 깨달았다. 그녀가 이후 대화 석상에서 오고 간 말을 쿵링젠에게 알렸다. 쿵링젠이 웃으며 말했다. 아직 자네가 어리다는 뜻이야. 그러니 빨리 개인적인 문제를 해결하라는 거지. 재혼해서 '자원의 재구성'을 하라는 거야. 그들의 대화는 여기에서 끝이 났다.

13. 작은 변화의 시작

작은 바람이 파도를 일으킨다.

연구원에서는 각 연구소 직원으로 구성된 순회조사팀을 구성하여 관례에 따라 작업에 들어갔다. 황 선생은 드디어 때가 왔다고 생각했다. 그는 즉시 필립과 머리를 맞대고 쿵링젠을 엮을 '유학생 사진 스캔들'을 조작했다. 그는 조사팀에 익명으로 고발장을 보냈다. 쿵링젠이 연구생 지도교수라는 자리를 악용해 한 여자 유학생과 부적절한 관계를 맺었다는 내용이었다.

두 사람은 고발장을 어떻게 제출할지 많은 고민을 했다. 구 해군부 사무동에 있는 신고함을 사용할 수는 없었다. 기율위원회의 원칙에 따라 신고함 주위에는 CCTV가 설치되어있지 않지만 누군가 지나가다 볼 수도 있는 일이었다. 청소부나 택배, 생수 배달업체 직원이 볼 수도 있다. 역시 외부에서 보낼 수밖에 없었다. 택배 가운데 순풍順豊이나 달달동성達達同城은 사용할 수 없다. 택배를 보낼 때 신분증 번호와 실명을 기입해야 하기 때문이다. 허위로 기재한다 해도 조사가 시작되면 택배업체 직원이 어디서 수거한 택배인지 대충 택배를 보낸 사람의 인상착의를 말할 수도 있다. 이메일은 더더욱 불가하다. IP 주소가 적나라하게 드러나기 때문이다. 사기꾼들처럼 동남아 어떤 섬에 본거지를 마련할 수도 없는 일이다.

황 선생과 필립은 그제야 법망이 제법 촘촘하다는 사실을 깨달았다. 쥐도 새도 모르게 일을 벌인다는 게 결코 쉬운 일이 아니었다.

둘은 이리저리 상의한 끝에 결국 고발장은 황 선생이 작성하고 송달 의무는 필립이 맡기로 했다. 필립은 고심 끝에 바이두 지도를 검색하다가 3차원 화면을 열었다. 그리고 결국 야밤에 행동을 개시하기로 결심했다. 그는 온통 까만색 복장을 하고 교외지역인 화이러우懷柔로 차를 몰았다. 옌치호雁栖湖 주변 눈에 띄지 않는 시골 우체국 앞에 이르렀다. 그는 주위에 사람이 없는 틈을 타 재빨리 주머니에서 고발장을 꺼낸 다음 종종걸음으로 다가가 초록색 우체통에 물건을 넣었다. 그리고 재빨리 그 자리를 벗어났다. 차 번호

판은 사전에 종이로 가린 상태였다.

　그는 유학생 미니홈피에서 사진 두 장을 캡처했다. 한 장은 여학생이 쿵링젠의 허리를 껴안고 둘이 얼굴을 마주한 채 서 있는 사진이었다. 여학생이 쿵링젠의 어깨에 턱을 기대고 있었다. 또 하나는 여학생은 몽롱하게 눈을 감고 쿵링젠은 한 손으로 그녀의 팔을 잡은 채 고개를 숙이고 상대방을 바라보고 있었다. 둘의 자세가 이상야릇했다. 마치 꿈에도 그리던 당신, 눈물이 앞이 보이지 않는다 해도 절대 손을 놓지 않으리라는 《신화神話》의 가사를 연상시켰다. 사진 속 여학생의 이미지로 인해 사람들은 선입견을 갖기 쉬웠다. 여학생은 발랄한 성격에 머리는 노랗게 물들이고 항상 클럽티를 입었다. 약간의 성형을 한 모습이 누구라고 꼭 집어 말하기는 그렇지만 어떤 영화배우를 닮았다. 그녀는 부모의 인맥 덕분에 교류 수학생으로 쉽게 중국에 유학을 올 수 있었다. 유학생이 쿵링젠을 대학원 지도교수로 선택하자 그녀의 아버지가 쿵링젠에게 각별히 딸을 부탁했다. 그런데 중국에 오자마자 유학생은 남몰래 지도교수를 좋아하게 되었고 마치 영화 같은 사랑을 꿈꾸며 내심 졸업장도 쉽게 받을 수 있길 기대했다고 적혀있었다.

　쿵링젠은 평소 사제 관계에 많은 주의를 기울였다. 그는 스승이 지녀야 할 소양을 매우 중요하게 생각했다. 그는 몇

몇 박사생, 석사생을 지도했는데 그 가운데는 유학생도 있었다. 대학원생들은 매번 집단으로 교실에서 공개 수업을 받았다. 일부 원로 교수들처럼 집으로 학생을 부르지는 않았다. 남녀 모두 마찬가지였다. 공적인 일, 수업 모두 공개적인 장소에서 처리해야 말썽이 나지 않기 때문이다. 평소에 사무실에서 만난다 해도 여학생일 경우에는 절대 사무실 문을 닫지 않았다.

쿵링젠은 과거 사제 간의 아름다운 추억을 떠올리며 종종 미소를 지었다. 학생시절 언제나 지도교수 집으로 찾아가 수업을 하고 식사도 하고 가볍게 대화를 나누기도 했다. 심지어 연구실 주임이 된 후 '얼궈터우二鍋頭 협회' 친구들과 만나 술을 먹다가 거나하게 취해 선후배들이 집에 바래다 주겠다고 나섰던 적이 있었다. 그들이 자기 집 주소를 묻는데 술기운에 제정신이 아니라서 선생님 전화번호와 주소를 댔다. 쿵링젠은 술자리에서 있었던 아름다운 추억으로 그때 일을 떠올리기도 한다.

그런데 그런 호시절은 다시 오지 않았다. 지금은 사제 관계가 매우 복잡하다. 걸핏하면 인터넷에 스캔들이 퍼지기도 하기 때문에 선생들은 마치 살얼음판을 걷는 듯 매사에 조심한다. 어쩌다 억울한 일이라도 생기면 속수무책이다. 쿵링젠은 MT에서 그《신화》의 주제곡을 부르는 여학생의 모습에 별다른 동요를 한 적이 없었다. 그저 지도해야 할 것을 지도하고 엄격하게 대응할 뿐이었다. 그는 유학생 아버지에게 전화를 걸어 딸의 유학 생활을 꼼꼼하게 관리하도록 당부하기도 했다. 시간이 흐르고 그 유학생은 석사과정을 마쳤다.

필립과 황 선생이 쿵링젠을 고발하며 증거로 제시한 사진은 졸업생 송별회 자리에서 찍힌 것이다. 스승과 제자들이 모두 대학원 건물 부근 리두麗都호텔 중국식당에서 모임을 가졌다. 술자리가 무르익어가자 문제의 유학생이 쿵링젠과 함께 듀엣으로 영화 주제곡을 불렀다. 어쨌거나 유학생들의 마지막 자리였기 때문에 학생이 아무리 이상한 마음을 먹는다 해도 별 일이 없을 거라고 생각했다. 쿵링젠이 저음으로 여학생의 노래에 화음을 맞췄다. 그 순간 감격에 겨운 여학생이 눈물이 그렁그렁 맺혀 선생님을 안으려 했다. 쿵링젠이 재빨리 식탁 위 조화를 잡아 그녀에게 건네며 위기를 모면했다.

환송회 자리가 끝나고 문을 나설 때였다. 여학생이 술에 취해 비틀거리며 쿵링젠에게 몸을 기대더니 목을 끌어안고 놓지 않았다. 쿵링젠이 가까스로 그녀의 손을 푼 후 학생을 부축한 채 엉거주춤 밖으로 나갔다. 바로 그때 모습이 사진에 남은 것이다. 그 여학생이 다른 친구에게 사진을 찍어달라고 한 것인지, 아니면 어쩌다보니 사진에 그 광경이 찍힌 것인지 모른다. 어쨌거나 유학생은 귀국한 후 사진을 자기 개인 홈피에 남겼다. 그저 추억을 떠올렸을 뿐일지도 모른다.

한편 연구소는 익명의 제보를 받은 후 즉시 조사에 착수했다. 그 과정에서 쿵링젠의 업무가 잠시 중지되었다. 마오전이 그의 임무를 잠정 대행했다. 조사팀은 대학원을 통해 이미 귀국한 여학생과 연락이 닿았다. 그들이 유학생에게 물어보자 상대방은 이메일로 매우 당당하게 답장을 보냈다. 전 쿵 선생님을 사랑해요. 전부 사실이에요. 쿵 선생님은 제 우상이에요!

일이 복잡해졌다. 바보 같은 유학생은 이메일에 적힌 질문의 중요성을 잘 이해하지 못하고 제멋대로 회신을 보냈다. 그야말로 쿵 선생에게는 큰 타격이었다. 조사팀에서는 범위를 확대해 관련자들을 일일이 찾아다니며 계속 조사를 벌일 수밖에 없었다. 먼저 지도급 인사들을 찾아다녔다. 황선생과 필립은 속으로 쾌재를 불렀다. 성공이야!

황 선생과 필립은 불난 집에 부채질을 하는 격으로 스승의 도가 길을 잃었다며 이런 사람이 어찌 제1인자 자리에서 그것도 겸직까지 하며 사람들을 지도할 수 있겠냐고 비난했다. 조사해요, 반드시 조사해야 합니다. 속속들이 철저하게 조사해서 마땅한 처분을 내려야 합니다.

조사팀에서는 마오전을 찾아와 이에 대한 견해를 물었다. 마오전 역시 문제의 그 여학생을 본 적이 있었다. 연구소에 와서 몇 번 수업을 했었죠. 얼굴이 반반하긴 한데 뭔가 표정이 어색했어요. 연구소 자료를 얻으려면 관인을 찍어야 하기 때문에 매우 예의 바르게 행동하더군요. 매번 올 때마다 초콜릿이나 스카프 등 선물을 가져오기도 하고요. 아무리 거절해도 막무가내로 들이미는 바람에 대충 등가의 선물을 줘서 돌려보냈어요. 쿵 소장과 관계를 물어보신다면 그건 제 인격을 걸고 보장해요. 쿵 소장은 절대 그럴 사람이 아닙니다. 부도덕한 행동을 하는 사람이 아니에요. 얼마나 자신의 명예를 중히 여기는 사람인데요. 그 여학생 얼굴이 좀 반반하긴 하지만 그런 식으로 쿵 소장을 함부로 엮다니요. 무슨 말씀을 하시는 겁니까.

조사팀은 주관적 입장이 강하긴 해도 마오전의 대답은 모두 사실이라고 판단했다. 그렇다고 연구소의 다른 직원들에 대한 조사를 생략할 수 없었다. 혁신과제팀의 책임자 싸즈산 차례가 되었다. 평소 말수가 없는 싸즈산은 쿵링젠이 무고를 당했다는 사실을 알고 기꺼이 쿵 소장의 장점을 열거했다. 그가 얼마나 청렴하며 솔선수범하여 연구팀을 이끌었는지, 청년들을 얼마나 아끼고 사랑했는지, 그들의 명예와 권익을 위해 노고를 아끼지 않고 과학연구 및 생산 일선으로 안내했는지 일일이 열거했다. 여러 해 동안 쿵 소장과 함께 일했지만 생활태도에 문제가 있다는 말은 들어본 적이 없으며 묵묵히 매달 빈곤한 산촌지역 출신 학생들에게 월급에서 2천 위안을 지원하는 등의 선행을 이어갔다는 사실도 털어놓았다. 이 역시 싸즈산이 수업 도중 우연히 학생들에게 들어서 알게 된 사실이다. 타의 모범이 되는 이런 사람을 다른 사람 말만 믿고 모함해서는 안 된다고 했다.

조사팀에서는 싸즈산의 진술을 기록한 후 그가 준 정보에 고맙다는 말을 빼놓지 않았다. 안심하세요. 우리는 어떤 동지도 억울한 일을 겪게 하진 않을 겁니다. 그들은 계속해서 쿵 소장이 지도한 유학생들도 조사했다. 지도교수의 인품에 대한 그들의 견해는 기본적으로 마오전과 일치했다. 조사팀이 가장 기대를 걸고 있는 학생은 같은 나라에서 온 동기 유학생의 답변이었다. 동기인 데다 베이징에 유학을 온 후 같은 공간에 살면서 수업이나 행사에 함께 참가한 학생이다. 그 학생에게 이메일을 보냈지만 아직 답변이 오지 않은 상태였다.

마오전은 쿵 소장에게 자신이 들은 상황을 알려주었다. 쿵 소장은 여전히 연구소에 출근하여 매일 자기 사무실에서 독서를 하거나 글을 쓰고 있었다. 반드시 들어가야 하는 회의를 제외하면 다른 회의나 행사는 참가하지 않았다. 마오전은 사진은 계속 조사 중에 있으며 주요 동급 유학생의 답변을 기다리고 있다고 말했다. 쿵링젠은 담담하게 손을 내저었다. 별 일 아니야. 몸이 바르면 그림자도 비뚤어질 일이 없다고 하잖나. 이참에 밀린 원고나 써야겠어. 조사팀 업무에 협조 잘하고, 연구소 일도 차질 없게 부탁하네. 기업 체제로 전환하는 중요한 시기인데 절대 사람들을 싱숭생숭하게 만들면 안 되지. 꾸준히 개혁을 밀고 나가야 하네.

쿵 소장 사건이 막을 내리기도 전에 다시 사건 하나가 발생했다. 조사팀은 회계장부에서 문제를 발견했다. 조사 결과, 연구소의 한 동지가 과학연구 경비로 아동도서 200위안을 구매했으며, 그 밖에도 이혼, 미혼 직공이 노조에서 발급하는 '배우자 질병 수술위로금' 1천 위안도 수령했음이 밝혀졌다.

이번 사건은 결재 책임자인 부소장 마오전에게 화살이 돌아갔다. 규정에 따르면 '삼중일대三重一大'[28]처럼 고액의 지출에 해당하는 사항은 지도급 인사들이 함께 결정해서 서명을 해야 한다. 평소 1천 위안 이내의 소액 정산은 사무실

---

28 중대한 문제에 대한 정책, 중요한 간부의 임면권, 중대 프로젝트에 대한 투자 결정 등이다.

주임 추이崔 선생이 심사하고 부소장인 마오전이 서명하면 된다.

과학연구 경비로 아동도서를 구입한 동지는 다름 아닌 연구소 부소장인 황 선생이다. 연구소 내 도서, 간행물 정산은 줄곧 옛 규정대로 영수증을 올리면 결재가 가능했다. 규정된 액수 한도를 벗어나지 않으면 모두 통과시켰다. 그러니 사무실 주임 추이 선생도 당연히 이를 대충 훑어본 후 '심사인' 뒤에 서명을 했다. 이어서 부소장인 마오전이 '비준인' 란에 서명 동의하면 재무 쪽에 가서 돈을 수령하면 된다. 절차가 간단해서 수년간 문제가 발생한 적이 없었다. 그런데 하필 이번에 심사팀에 덜미가 잡혔고 관련자가 황 선생이라니 정말 난처한 상황이었다. 마오전은 사무실 주임인 추이 선생을 비난했다. 전역 군인 출신인 추이 선생은 정말 기분이 나빴다. 심했네요. 손자에게 책을 사준 200위안을 여기 끼어 정산해 달라고 보고하다니요.

마오전이 말했다. 얼마든 그게 문제가 아니에요. 사전에 한 번 더 살펴보고 문제가 있으면 골라냈어야지요.

추이 선생이 말했다. 연구소 직원도 많고 정산 대기 중인 것도 많은데 그걸 어떻게 일일이 살펴봅니까? 다들 알아서 해야지.

마오전이 말했다. 말해봤자 소용없는 일이에요. 이번 기회에 앞으로 심사를 강화하세요.

추이 선생이 말했다. 그만해요. 알아들었으니까.

마오전이 말했다. 알아듣긴 뭘 알아들어요? 알아들은 사람이 미혼자와 이혼한 사람에게 '배우자 질병 수술비'를 노조 보조금에서 지출해요?

추이 선생이 머리를 긁적였다. 억울해요. 내가 어떻게 알았겠어요? 요즘 혼인 관계가 얼마나 복잡한데. 배우자 위로금 지원하는데 제가 남의 결혼증명서까지 사전에 조사해야 합니까?

마오전이 말했다. 그래요. 그 종이 한 장짜리 결혼증명서가 중요하다고요.

마오전은 이 일이 자신의 책임이라는 내용과 함께 일일이 사안에 대한 설명을 덧붙인 자아비판서를 써야 했다.

자아비판서

순회조사팀에서 실시한 우주 문화 및 디지털 경제연구소 조사 결과 한 직원이 과학연구 경비로 아동도서를 구입한 문제, 이혼 및 미혼 직원이 '배우자 질병 수술 위로금'을 수령한 문제에 대해 전적으로 책임을 통감하며 이에 대해 반성합니다. 이를 개진하여 다시는 이와 유사한 일이 재발하지 않도록 하겠습니다.

1. 과학경비 아동도서 구입 건에 관한 조사 결과는 다음과 같습니다.

황쯔루黃子路, 우주문화 및 디지털경제연구소 부소장, 중견 철학사 전문가. 2015년 12월 말, 집에서 소비 정산할 항목인 과학연구서 구입비와 의약 영수증을 정리하던 중 실수로 딸이 외손녀 아동도서 구입 영수증을 그 사이에 끼워 넣었습니다. 2백 위안.

당시 황쯔루는 이를 자세히 살피지 못하고 기관에 정산요청서를 제출했습니다. 이후 사무실 주임이 이를 심사하였고, 부소장이 비준하는 과정에서 이를 적시에 발견하지 못하여 과학연구서적 구매 비용이 아닌 경비를 지출하였습니다.

2. 수년 전 이혼을 한 직원이 기관에서 '배우자 질병 수술 위로금'을 수령한 내용.

이에 대한 조사 결과는 다음과 같습니다.

저우젠시周建錫. 고대연구실 주임, 중국 고대과학기술사 연구자로 성省 및 연구소에서 수여하는 연구상을 다수 수상. 2015년 6월 6일 1천 위안의 배우자 수술 위로금에 대한 지출이 있었습니다. 담당 비준인 마오전, 심사인 추이진성崔金生, 수령인 저우젠시.

조사 결과, 2015년 6월 저우젠시의 아내가 유선암 수술을 받앉으며 당시 부소장인 마오전이 회의를 소집하여 노조에서 위로금 1천 위안을 지급했습니다. 저우젠시 본인은 병원에서 아내를 간병 중으로 연구소에 없었습니다. 수령인 서명은 모두 그가 기관에 출근한 이후 이루어졌습니다.

저우젠시의 이혼에 대해:

조사 결과, 저우젠시는 아내 쉐메이화薛美花와 2013년 9월에 이혼했습니다. 그의 이혼은 사회적인 문제로 대두된 이른바 '위장이혼'으로 막내딸의 주택구매 조건을 만들어주기 위함이었습니다. 대출을 통해 딸에게 신혼집을 마련해 주기 위해 위장이혼으로 자신의 재산을 모두 넘겼습니다. 그는 자신의 인생이 실패했다고 느꼈습니다. 수치스럽다는 생각에 저우젠시는 '위장이혼' 사실을 비밀로 했습니다. (당시 연구소 처장급 이하 간부는 매년 인사 보고를 해야 하는 의무가 없었습니다.) 이혼 이후에도 세 가족은 계속 함께 생활했으며 가족 간 호칭 역시 변화가 없었습니다. 전처를 계속 '여보'라고 불렀으며, 아내가 유선암 수술을 받았을 때 계속 병상 옆을 지켰습니다.

시간이 흐른 후 그는 아내와 이혼을 했다는 사실조차 잊을 정도였습니다. 노조 위로금 영수증에 서명을 했을 때는 아내가 유선암 수술로 생사를 가늠하기 어려울 때로 그는 정신이 제정신이 아니었다고 합니다. 조직에 자신이 이혼한 사실을 설명해야 하는 상황이 올 거라고는 꿈에도 생각하지 못했습니다.

3. 미혼의 직원이 '배우자 질병 수술 위로금'을 수령한 사안에 대한 조사 결과는 다음과 같습니다.

팡샤오팡麗小芳, 2014년 9월 졸업 후 연구소 입사. 인터넷문화연구실 보조연구원에 배치되었습니다. 2015년 5월 1일 노동절에 결혼휴가를 신청하고 고향인 산시山西에 갔습니다.

지출 영수증에 따르면, 2015년 8월 18일, 배우자 팡샤오팡의 질병 위로금으로 1천 위안이 지불되었습니다. 비준인 마오전. 심사인 추이진성.

2015년 8월, 팡샤오팡의 배우자 야오다좡姚大壯이 폐 결절로 인해 입원, 수술을 받았습니다. 사무실에서 회의를 소집하여 부소장 마오전이 결재서류에 서명하고 노조에서 1천 위안 위로금을 지급했습니다.

순회조사팀 심의대조 결과 팡샤오팡이 제시한 결혼증명서에는 결혼등록일이 2016년 2월 18일로 되어있습니다. 즉, 팡샤오팡이 2015년 8월 '배우자 질병수술 위로금'을 수령했을 당시, 둘은 법적으로 부부가 아닌 동거인 관계였습니다.

조사에 따르면 팡샤오팡과 배우자 야오다좡은 대학 재학 시절 연애를 했고 졸업 후 베이징에서 일을 시작하면서 결혼 준비를 하였습니다. 남자 측 부모는 이미 베이징에 집을 구입하고 등기부등본을 아들 이름으로 작성한 바, 혼전 재산 목록이 되었습니다. 양측은 잠시 그 집에 거주했습니다. 여자 측 부모는 딸의 미래를 위해 딸에게도 혼전 재산으로 주택을 구매해주고자 했습니다. 이에 집을 구매하기 전까지는 그들이 결혼증명 수속을 하지 못하도록 했습니다. 하지만 두 사람의 정이 깊고 동거에 불편함에 있을 것을 고려하여 양측 부모는 2015년 노동절에 먼저 일가친척을 모시고 결혼식을 올렸습니다.

4. 마오전 본인에 대한 반성

진상을 조사한 후 사실 저는 마음이 복잡했습니다. 민간의 관습과 사회 상황들이 얽혀 이렇게 복잡한 상황이 되다니, 실로 생각지도 못하던 일입니다.

먼저, 저는 연구소에서 이러한 사항을 책임지고 서명하는 관리자로서 저의 관료주의적, 형식주의적 오류에 대해 깊이 반성하고 있습니다. 군중에 대한 이해와 관심이 부족했으며, 직원들의 고충을 면밀히 살피지 못했습니다. 무엇보다 저는 현재의 복잡한 사회 상황에 대한 이해가 부족합니다. 평생 일한 원로 연구원이 자신의 손자에게 책을 사주는 것까지 지출 보고를 하고 있는지, 최상위 설계에 따라 마련된 주택 구매 정책이 이처럼 복잡하고 마음 아픈 혼인 형태를 파생시켰는지도 알지 못했습니다. 주택 구매 자격을 취득하기 위해 반평생 함께 살아온 배우자와 위장이혼을 하고 진심으로 사랑하는 연인과 위장 결혼을 해야 하는 현실이 실로 가슴 아픕니다. 둘째, 저는 진심으로 직원들의 고충에 관심을 갖지 못했습니다. 노조의 위로금 정책은 형식적으로 대충 처리했습니다. 누구에게 대소사가 있는지, 질병과 재난이 있는지에 대해 그저 서명 처리를 통해 1천 위안을 지급하면 위로가 되었다고 생각했습니다. 이후 이에 대해 관심을 두지 않았으며 더 나은 방법을 생각하여 심층적으로 실질적인 도움을 줘야 한다고 생각지 않았습니다.

만약 사전에 진상을 알았다면 첫째, 이런 명목이나 방식으로 노조 위로금을 지급하여 규정에 위배되는 일이 일어나지 않았을 겁니다. 둘째, 친족이 질병으로 대수술을 하는 일은 보통 일이 아닙니다. 직장 특히 관리자는 그들에게 정서적으로 더 큰 관심과 경제적인 도움을 주어 심신을 모두 위로해야 합니다. 하지만 저는 그렇지 못했고 그저 서명을 하고 돈을 지급하는 것으로 일을 마무리했습니다. 바쁘다는 것은 핑계가 아니라 생각과 의식이 따르지 못한 결과입니다. 업무가 아무리 바빠도 우리 업무의 목적은 항상 사람을 본위로 하여 직원이 건강하고 행복한 생활을 할 수 있도록 해야 합니다. 이번 순회조사팀이 발견한 문제는 적시에 제 개인에게 경종을 울렸습니다. 깊이 반성하고 진지하게 성찰하여 철저하게 변화함으로써 절대 유사한 일이 다시는 발생하지 않도록 하겠습니다.

우주문화 및 디지털경제연구소 마오전

마오전이 자아비판서를 지도급 인사회에 제출할 때였다. 황 선생이 반환서류에 서명하며 마음에도 없는 말을 했다. 내 일인데 마오 부소장이 반성을 하게 해서 정말 미안하군.

마오전이 말했다. 당연한 일입니다. 황 선생도 앞으로 조심하세요. 이런 작은 돈에 개인적으로 자아비판서를 쓰고 배상을 하다니, 괜히 기운 빠지는 일입니다.

황 선생이 말했다. 이런 사소한 부분을 놓쳐서 실수를 하다니, 마오 부소장도 딱하네.

마오전이 말했다. 우리 모두 국가의 녹을 먹고 있는 사람이에요. 제도, 규정을 잘 지켜야죠. 천리 길의 둑이 무너지는 것도 개미구멍 하나에서 비롯된다고 했지 않나요. 이런 이치는 황 선생님도 알 텐데요.

국가의 녹을 먹긴 먹지, 하지만 이런 건 마오 부소장이 책임질 필요는 없는 일이지.

이 일은 제 담당입니다. 당연히 내가 책임을 져야죠.

이어 마오전이 황 선생을 훑어본 후 말했다. 황 선생님, 지역사회의 정치협의회 위원이시죠? 상부에 주택에 대한 의견을 좀 내보세요. 집이란 게 뭐죠? 왜 구매 제한을 해야 하는 건가요? 누구를 제한하는 거죠? 왜 혼인이라는 형식으로 구매에 제한을 두나요? 뭐가 이런 일들을 만들어 낸 겁니까? 주택 구입 때문에 혼인이 깨지잖아요. 실제 상황에 따라 수시로 정책을 조정하고 적절하게 풀어야 하는 거 아니에요?

주택 구매 때문에 결혼생활이 깨진다면 그거야 진짜 결혼이라 할 수 있나, 결혼생활에 문제가 있었던 거지.

필립이 그의 말을 이었다. 됐어요. 황 선생님은 자기 결혼생활이 탄탄하다고 말할 수 있어요? 주택 구입을 빌미로 아내 분을 시험해 볼 용기 있어요?

황 선생이 말했다. 무슨 말을 그렇게 해?

마오전이 그만하라는 식으로 필립의 옷소매를 끌어당겼다. 하지만 내심 필립이 그렇게 말을 해주니 고소했다. 주제를 모르고 까불고 있네? 이번 내부 조사에서 우주연구소 지도급 직원들은 거의 모두 전멸했다. 그들 중 3인자까지 모두 조사비판 대상이고 유일하게 필립만 온전히 재난을 피하고 있었다. 득의양양하고 교활한 그의 표정을 보니 속으로 열심히 주판알을 굴리고 있는 모양이다. 하늘이 준 기회일까? 이러다 미래의 이사장 직이 내게 떨어지는 거 아냐?

마오전이 회의 상황을 쿵링젠에게 보고했다. 쿵 소장이

말했다. 정말 고마워, 정말 감동받았네. 남에게 전가하지 않고 기꺼이 자신이 책임을 지다니, 진정한 어른이야! 연구소를 자네 같은 사람이 맡으면 난 안심이네. 자아비판서는 자네가 썼지만 책임은 내가 져야지. 그 문제는 더 이상 내게 설명할 것 없네. 그리고 황 선생, 그 사람은 당연한 결과야. 그 사람 평생 인색하게 그저 기관에서 자기 이익만 챙기려고 드는 못된 버릇이 있지. 자업자득이야. 나머지 노조 위로금 두 건은 나도 생각지 못했던 일이네. 정말 전혀 예상치 못했어. 원로 동지가 위장 이혼해서 집을 사려했던 건 그렇다 치지. 그 젊은 동지에게도 그런 일이 일어나다니. 어휴, 앞으로 젊은 사람들이 결혼이나 제대로 할 수 있을까?

14. 가정의 삶이란

쿵링젠이 이 말을 하고 있을 때였다. 뜻밖에도 그의 큰 아들이 연구소에 나타나 100만 위안을 달라며 소란을 피웠다. 결혼 자금이라고 했다.

아무리 영웅의 기개가 높고 강인해도 그 나름의 아픔이 있기 마련이다. 쿵링젠의 약점은 바로 그의 아들이다.

예로부터 성공한 남자 뒤에는 반드시 그를 전폭 지지하는 여자가 있다고 한다. 이제 그 말은 성공한 남자 뒤에는 아버지를 수렁에 빠트리는 골칫거리 아들이 있다는 말로 바뀌어야 할 것 같다.

쿵링젠에게는 아들이 둘 있다. 쿵더융孔德勇과 쿵더밍孔德明이다. 큰 아들 더융은 전처의 소생이고, 작은 아들 더밍은 지금 아내와의 사이에서 낳은 아들이다. 이혼 후 그의 전처는 재가를 하지 않고 아들과 함께 살고 있다. 그보다 스무 살 연하인 지금 아내는 방송국 예능프로그램 PD로 매우 아름다운 여인이다. 쿵링젠을 존경하는 그의 아내는 언제나 '미녀는 퉁명스러운 회장님을 좋아해'의 한 장면을 연출했다. 연구소에 야근이 있을 때마다 그녀는 남편에게 닭을 푹 끓인 보양탕을 끓여 왔다. 또한 외부 행사가 있을 때면 차를 몰고 와서 그를 데리고 양복을 사러 갔다.

이런 낯간지러운 부부의 애정을 보며 연구소 사람들은 모두 쿵 소장을 부러워했다. 황 선생은 매번 혀를 끌끌 차면서 말했다. 나이 든 남편이 어린 아내를 총애한다는 말은 들었어도 어린 아내가 늙은 남편을 저리 아낀다는 말은 들어본 적이 없네. 완전히 바뀌었어! 쿵 소장, 어떻게 하면 그리 됩니까?

쿵 소장은 전처와 살 때 바람을 피웠다던가, 첩이 본처가 되었다는 식의 말을 듣기 싫어서 재빨리 마오전에게 부탁해 해명할 수 있는 자리를 만들었다. 그는 회식 자리에서 청년들과 농담을 주고받는 사이에 자연스럽게 자신의 연애사를 이야기했다.

사실 마오전 등 몇몇 후배들은 그의 고통스러운 가정사를 잘 알고 있었다. 하지만 연구소의 다른 사람들에게도 정식으로 중매를 통해 어린 아내를 만나게 된 사실을 알리고 싶었다.

물론 오래전 이야기이다. 그는 삼림 목장에서 벌목을 할 때 첫 번째 아내를 만나 결혼했다. 그 후 쿵 소장이 베이징의 대학에 입학하면서 아내도 베이징에 따라왔다. 아내는 칭허清河 방적공장에서 일을 하다가 그만둔 후 동물원 도매시장에서 자리를 임대해 옷을 팔았다. 두 사람의 문화적 수준은 점점 더 벌어졌다. 청년 인재였던 쿵링젠은 열심히 글을 쓰고 모임을 가지며 이름을 날렸다. 매번 회의가 열릴 때마다 그는 집을 비우게 되었고 그러다 보니 서로 함께 하는 시간이 줄어들며 감정도 점점 식어갔다. 아내는 쓸쓸한 마음에 혹시 남편이 밖에서 젊은 여성과 바람이 나지 않았나 의심하며 수시로 쿵링젠의 옷을 뒤졌다. 때로 남편을 몰래 미행하기도 했다. 아내의 눈에 남편은 이미 은밀하게 못된 짓을 하고 다니는 수상한 인물이었다.

그 정도였으면 그나마 별 일이 없었을 것이다. 쿵링젠이 가장 견딜 수 없었던 일은 바로 아내가 그의 속옷을 검사하는 버릇이었다. 아내는 방적공장 노동자다. 직물에 각별히 관심이 많았던 그녀는 이 부분을 가지고 트집을 잡았다. 디자인이 마음에 들어 쿵링젠 자신이 직접 구매한 캘빈클라인 팬티를 입지 못하게 모두 감춰버렸다. 그리고 한사코 동물원 도매시장에서 구매한 면으로 된 커다란 속옷을 입혔다. 퇴직한 영감이나 입는 푸리딩딩 한 색, 문지기 늙은이나 입는 황갈색, 트럭 기사나 입는 시든 풀잎 같은 색, 늙은 스님이나 입는 누르스름한 가사 같은 색 등등, 모두 어정쩡한 색이었다. 게다가 펑퍼짐하고 느슨해서 몇 번 입기도 전에 고무줄이 늘어져 자꾸만 허리춤에서 흘러내렸다.

이런 팬티를 입힌다고 쿵링젠이 행동에 제약을 받는 부분은 그리 크지 않았다. 그저 모욕적일 뿐이었다. 팬티는 남자의 자존심이다. 아내는 일부러 그의 자존심을 꺾고 있었다. 구질구질한 팬티를 입히면 바람을 피우려 해도 옷을 벗기가 민망하다는 공장의 나이 먹은 여자들 말을 그대로 실천했다.

쿵링젠이 화가 나서 속으로 중얼거렸다. 변태, 완전 변태! 이 지랄을 떨다니, 구역질이 나!

쿵링젠이 그 팬티들을 입지 않자 아내가 잔소리를 늘어놓았다. 그깟 돈 벌어서 모두 자기한테 처발라! 매일 새벽부터 밤까지 도매상에서 옷 팔아 아들 키우는 난 안중에도 없지. 피곤해 죽을 지경인데!

쿵링젠이 말했다. 피곤하면 그만두면 될 것 아냐!

아내가 말했다. 그만 두면 이 집, 우리 아들은 당신이 키울 거요?

내가 키우지.

당신이? 뭘로? 사회과학원 그 쥐꼬리만 한 알량한 월급으로?

말이 너무 과하지 않나? 원고비도 있잖아.

원고료 좋아하시네. 그깟 원고료로는 당신 여자 꼬드길 팬티 정도밖에는 못 사.

이쯤 되자 더 이상 정상적으로 대화를 이어갈 수 없었다. 당시 동물원 도매시장은 돈벌이가 좋았다. 아내가 그보다 돈을 더 잘 벌었다. 그 부분은 쿵링젠도 할 말이 없었다. 하지만 이런 식의 말다툼은 아무런 도움이 되지 않았다. 쿵링젠은 집에 가고 싶지 않아서 퇴근 후 사무실에서 잠을 잤다. 마침 조용히 논문도 써야 했다. 아내는 가만히 있지 않았다. 과학원에 전화를 걸어 소리를 지르고 욕을 퍼부었다. 남편이 집에 오지 않고 밖에서 오입질을 한다고 했다. 한동안 과학원은 이 일로 난장판이 되었고 쿵링젠의 체면은 말이 아니었다. 이혼은 필연적인 결과였다.

이혼 후 4, 5년 동안 쿵링젠은 계속 의기소침한 시간을 보냈다. 대학원 건물에 독신자 숙소를 빌려 하루 종일 고서를 읽고 논문을 쓰며 중국 역사문화와 지식인의 상황을 진지하게 파고들었다. 겨울이 가고 여름이 오고, 그렇게 다시 봄이 찾아와 동풍이 불자 쿵링젠은 마음을 가다듬고 다시 사회에 나와 새롭게 도약할 준비를 했다. 그는 사회과학계의 뛰어난 인재, 국가와 민족의 운명에 높은 관심을 지닌 지식인 지도자가 되었다.

재혼한 아내 왕샤오멍王小萌은 그때 알게 되었다. 당시 왕샤오멍은 TV 방송국에서 수준 높은 토크쇼를 진행하고 있었다. 쿵링젠을 취재하러 온 왕샤오멍은 한눈에 그에게 반해 계속 그를 쫓아다니며 결혼을 하자고 졸랐다. 쿵링젠은 처음에 이런 그녀를 받아들일 수 없었다. 자기보다 스무 살이나 어린, 자기 딸 벌되는 여자인데 말이 되는가?

이후 만남의 횟수가 잦아지면서 쿵링젠은 점차 왕샤오멍의 집안 사정을 알게 되었다. 그녀는 한 부모 가정에서 자랐으며 미디어학과를 졸업했다. 어머니 판리화樊梨花는 상하이 출신의 영리하고 단아한 여성으로 세계 500대 가족기업의 이사장이다. 아버지는 칭화대학 교수로 오래전에 판리화에게 이혼을 당했다. 쿵링젠은 왕샤오멍이 아마도 아버지에 대한 그리움으로 자신을 좋아하는 것이라 생각하면서 차츰 마음을 정리했다.

왕샤오멍의 태도는 견고했다. 쿵링젠이 거절하면 할수록 그에게 다가왔다. 결국 쿵링젠도 이런 그녀를 받아들였다. 두 사람의 만남은 판리화의 강한 반대에 부딪쳤다. 판리화가 딸에게 말했다. 엄마만으로 부족해서 아빠를 하나 찾아온 거야? 왕샤오멍이 이런 엄마에게 애교를 부렸다. 할머님, 우선 만나보세요. 일단 보고 말씀하시죠.

왕샤오밍은 엄마에게 애교를 부릴 때 항상 입만 열면 '할머님'이라고 불렀다. 그렇지 않으면 판리화는 곱게 단장한 후 왕샤오밍을 데리고 나갔고 그럴 때 누군가 자신에게 건네는 인사치레를 듣고 즐거워했다. 이사장님, 여기 이 사람이 따님이라고요? 세상에, 그런데 어쩌면 이렇게 젊으세요? 딸하고 마치 자매 같아요. 판리화는 그런 말을 들으면 표정이 환해졌고 그럴 때마다 왕샤오밍은 옆에서 구시렁거렸다. 그럼 내가 그렇게 늙어 보인단 말이야?

옛 말에 만나면 정이 든다고 했다. 미래의 장모인 판리화는 미래의 사위 쿵링젠을 만나면서 그 속담이 틀린 말이 아님을 실감했다. 판리화는 사위를 고를 때 자신의 위치에 적합한 집안과 사돈이 되어야 한다고 생각했다. 쿵링젠을 보니 분위기나 외모를 고루 갖춘 인재였다. 언변은 말할 것도 없었다.

나이도 들어 보이지 않았다. 실제 나이보다 열 살도 더 넘게 젊어 보였다. 딸과 나란히 외출해도 손색이 없을 것 같았다.

쿵링젠 역시 판리화의 모습이 예상 밖이었다. 그는 깜짝 놀랐다. 아름다운 상하이 여인으로 그리 크지 않은 키에 날씬한 몸매, 단정하고 기품 있는 옷차림이 돋보였다. 판리화는 말을 할 때마다 살짝 미소를 지으며 봉황 눈을 치켜떴다. 대부분의 경우 다정해 보였지만 이따금 주위를 살피는 눈빛이 예리해서 상대를 기죽게 했다. 쿵링젠은 속으로 중얼거렸다. 괜히 이름이 판리화가 아니군. 건괵영웅[29], 서역을 정벌한 대원수, 저 여자 손에 창이 쥐어져 있다면 바로 나를 찌를 것 같아.

판리화가 쿵링젠에게 말했다. 쿵 선생, 사회적으로 꽤나 명성도 있고 결혼도 한 번 했었다는 거 알아요. 내가 바빠서 우리 딸은 어려서부터 외갓집에서 자랐어요. 외할머니, 외할아버지가 엄청 예뻐하셨죠. 하루 종일 월극越劇 공연 구경을 다녀 온통 머리가 문화예술로 가득 찬 아이예요. 세상일은 잘 몰라요. 집안일도 잘할 줄 모르고요. 손가락 하나 까딱하지 않고 자라서 그저 낭만밖에 모릅니다. 연애, 맛있는 음식, 패션 외에 다른 건 무지해요. 당신하고 연애한 걸 보면 알 수 있죠. 결혼한 후에 절대 이 아이를 서럽게 만들면 안 됩니다.

쿵링젠이 연거푸 고개를 끄덕였다. 당연하지요. 샤오밍이 저를 대하는 것보다 훨씬 더 잘해줄 겁니다. 그는 입으로

---

29 건괵영웅巾幗英雄. 건괵이란 머리의 형태를 잡아주기 위한 일종의 장식이다. 한漢나라 이후 여성으로서 대단한 일을 한 사람을 건괵영웅이라 부른다.

는 그렇게 맹세하면서도 속으로는 조금 의아했다. 왜 엄마하고 저렇게 안 닮았지? 성격뿐만 아니라 외모도 그래. 엄마는 앙증맞게 생긴 남방 여성 그대로야, 아주 영악하게 생겼어. 그런데 샤오멍은 북방 여성 같잖아? 언제나 근심걱정하고는 거리가 멀어. 누구를 닮았는지 모르겠네.

쿵링젠은 결혼식에서 장인을 보고 그제야 왕샤오멍이 북방 사람인 아버지를 닮았단 사실을 알았다. 왕샤오멍의 아버지는 칭화대 이공계열 교수이다. 얼굴이 하얗고 늘씬하며 외모가 준수하다. 지금 결혼시장에 내놓는다고 해도 몸값이 꽤나 나갈 것이다. 아마 젊은 여성들이 줄을 서겠지. 하지만 왕샤오멍 말에 의하면 자기 아버지는 재혼을 하지 않았다고 한다. 이유를 물어보자 샤오멍이 천진난만하게 말했다. 아마 마음의 상처가 깊었나 봐요. 두 번 다시 그런 아픔을 겪고 싶지 않은 거죠. 엄마 같은 수준의 여자가 아내였으니 아마 다른 여자들은 아빠 눈에 차지 않을 거예요. 쿵링젠이 보기에도 장인 역시 인재이긴 하나 장모와 함께 동시 입장을 하자 장모에게 완전히 압도당한 분위기였다. 장인은 걸을 때 허리도 제대로 펴지 못하고 상대방과 눈을 똑바로 마주 보지도 못했다. 아마 장모 같은 슈퍼우먼이라면 어떤 남자가 와도 기가 죽겠지. 아예 존재 자체가 눈에 띄지 않을 거야. 젊은 여인과 늙수그레한 남편의 조합이라니. 누가 감히 전 남편인 슈에딩산#丁山 뒤를 잇겠는가? 전 남편은 바로 그녀의 곁을 떠났다. 빠른 이별이 답이다.

결혼식 전 왕샤오멍은 쿵링젠을 끌고 스튜디오에 가서 결혼사진을 찍었다. 쿵링젠은 그곳에서 주는 하얀 양복을 입고 머리에 스프레이를 뿌리고 얼굴 화장도 했다. 어쨋나 계면쩍은 지 안절부절못했다. 그는 신바람이 나 있는 어린 아내의 기분을 맞추느라 온갖 애교를 받아주었다. 동작을 취할 때마다 쿵링젠은 온몸에 식은땀이 흘렀다. 하지만 계속 찍다 보니 그런대로 분위기에 적응하면서 표정과 자세가 점차 자연스러워졌다. 사진 촬영을 위해 입술을 내밀고, 신부를 안고, 신부를 쫓아가고, 목마를 태우기도 했다. 어깨도 감싸 안고 고개를 돌리는가 하면 얼굴을 살짝 가리는 등 갖가지 동작을 취했다. 그렇게 실내 촬영이 끝나고 야외 촬영이 이어졌다. 하늘을 바라보고 누웠다가 옆으로 누웠다가 등을 맞대고 앉았다가 초원을 달리기도 했다. 두 마리 꿀벌처럼 꽃밭 속을 날아다니며 계속 입맞춤을 했다.

모든 촬영이 끝난 후 쿵링젠이 깊게 한숨을 내쉬었다. 아, 드디어 끝이 났네.

능력이 출중한 쿵링젠과 아리따운 왕샤오멍이 한 쌍이 되었다. 하늘처럼 푸른 인생, 마치 모든 것이 꿈만 같았다.

사진을 고른 후 인화해 큰 액자에 넣었다. 아내가 집에 가져온 사진을 보고 쿵링젠은 깜짝 놀랐다. 자기 눈을 믿을 수가 없었다. 그가 화들짝 놀라며 말했다. 우리 아내 정말 예쁘네. 선녀 같아. 아이고, 이 옆은 누구야? 정말 잘 생겼는데? 영화배우 진둥靳東 아냐?

비유를 해도 원! 그래요, 정말 잘 생겼어요! 우리 남편이 세상에서 제일 잘 생겼네!

쿵링젠이 껄껄 웃었다. 아니, 뭐 그 정도는 아니고. 세상에서 세 번째 정도는 되지.

두 사람이 나란히 찍은 결혼사진을 침대 머리맡에 걸었다. 벽면의 반이 가득 찼다. 쫓아가며 키스를 하는 등의 사진은 일층에서 이층 올라가는 계단 벽면에 걸었다. 매일 계단을 오르락내리락할 때마다 무의식 중에 마음속에 강하게 각인이 되었다. 쿵링젠은 정말 그 중국 영화배우가 된 것 같은 기분이 들면서 한껏 우월감을 갖게 되었다. 그는 어린 아내 앞에서 점차 자기 나이를 잊으면서 아내와 동년배라는 착각이 들었다.

판리화는 딸 내외를 위해 성대한 결혼식을 준비했다. 전처가 나타나 소란을 피울 수도 있다는 생각에 호텔 입구와 사방에 경호원을 배치했다. 결혼식장은 물론 동서남북 어디도 뚫고 들어올 길이 없었다. 액이 끼면 앞으로 딸의 생활에 그림자가 드리울 수 있다. 반드시 사전에 방어해야 한다. 판리화는 이미 쿵링젠 전처의 성격을 알고 있었다. 평소 큰아들을 시켜 돈을 뜯어내는 등 소란을 피웠다고 한다. 결혼식에 훼방을 놓는 일은 절대 용서할 수 없었다!

 결혼식의 기획, 연출은 모두 판리화가 맡았다. 쿵링젠과 왕샤오멍은 임무를 완수할 주인공, 아니 남녀 조연이고, 판리화야말로 진짜 주인공이었다. 입구에서 홀까지 판리화의 모습이 동에 번쩍 서에 번쩍하며 웃는 얼굴로 화사하게 손님을 맞이했다.

 쿵링젠은 이처럼 성대한 가족 모임을 경험한 적이 없었다. 정말 소란스러웠다. 귀가 윙윙거렸다. 백여 명의 손님은 대부분 판리화 손님이었다. 쿵링젠은 부모와 몇몇 친척이 왔을 뿐이다. 그들은 주빈석에 앉았다. 재혼이 그다지 자랑할 일은 아니라는 생각이 들었기 때문이다. 아내는 분장실에서 화장을 수정하고 있고 그는 무대 옆에서 장인 손에 이끌려 신부가 들어올 순간을 기다렸다. 다목적홀은 조금 더웠다. 할 일 없이 무대 옆에 서서 웅성거리는 사람들의 목소리를 듣고 있자니 쿵링젠은 순간 집중력이 흐려지며 잠시 몽롱한 기분과 함께 졸음이 밀려왔다. 마치 이 성대하고 즐거운 결혼식의 주인공이 자신이 아닌 듯했다. 자신이 구경꾼이 된 것 같았다. 시선을 돌려 화려하게 치장한 장모를 바라보았다. 까만 머리, 선명하게 붉은 입술, 입가의 보조개. 문득 오스카 와일드Oscar Wilde[30]의 《살로메Salome》 대사가 튀어나왔다. 그는 재학 시절 연극반에서 헤롯왕 역을 맡았던 적이 있다.

당신의 머리카락은 마치 포도송이, 이돔 포도밭 넝쿨에 매달린 검은 포도송이 같습니다. 당신의 머리카락은 레바논의 삼나무와도 같습니다. 그 거대한 삼나무가 대낮에 만든 어두운 그림자는 사자와 도둑에게 숨을 곳을 마련해 줍니다. 기나긴 밤, 달이 보이지 않는 밤, 별들이 두려움에 떨며 사라지는 밤도 당신의 머리카락만큼 까맣지는 않습니다. 숲 속 깊은 곳의 정적도 그렇게 어둡진 않습니다. 이 세상에 당신의 머리카락처럼 까만 것은 없습니다……
당신의 입술은 상아탑의 붉은 리본 같고, 상아의 칼로 자른 석류 같습니다. 튀르Tyr의 정원에 핀 석류꽃은 장미보다 붉지만 당신의 입술보다 붉지 못합니다. 왕의 귀환을 알리는 붉은 나팔소리는 적의 마음을 두렵게 하지만 당신의 입술보다 붉지는 못합니다. 포도즙을 짤 때 포도를 밟는 사람들의 발이 빨갛게 물들지만 당신의 입술보다 붉지 못합니다. 절

---

30 1854~1900년. 아일랜드의 시인이자 극작가이다. 경구와 희곡, 유일한 장편소설 《도리언 그레이의 초상》으로 가장 유명하다.

의 승려들이 먹이를 주는 비둘기들의 발은 빨갛지만 당신의 입술보다 붉지 못합니다. 숲에서 사자 한 마리를 죽이고 금빛 털을 가진 호랑이를 본 자의 발은 빨갛지만 당신의 입술보다 붉지 못합니다. 그대의 입술은 마치 어부가 아침 바다의 햇살에서 찾아내 왕에게 바치려는 산호처럼……마치 모압Moab 사람들이 광산에서 채굴해 왕에게 빼앗긴 주사朱砂와 같습니다.

오래 전 일인데《살로메》대사가 생생하게 떠오르다니, 자기 자신도 의아했다. 쿵링젠은 젊었을 때 연극을 좋아했다. 고대 그리스부터 셰익스피어, 오스카 와일드, 라오서老舍, 차오위曹禺까지 모두 좋아했다. 그는 언어의 예술, 예술화된 인간 세상의 갈등과 모순을 좋아했다. 대본 낭독과 공연 관람은 단조로운 학습, 연구의 삶에 활력을 불어놓으며 마음에 큰 위안이 되었다. 그는 아일랜드에 갔을 때 더블린극장에서 와일드의《살로메》를 관람했다. 매혹적이었다. 특히 살로메를 맡은 여성은 아름답고 빼어난 자태를 지니고 있었다. 공연도 훌륭했다. 제멋대로 복수를 단행한 여자를 저토록 아름답게 연기하다니. 공연이 끝나자 단체 여행을 함께 온 동료가 쿵링젠에게 말했다. 저 여자 너무 무시무시하지 않아? 자기 사랑을 이루지 못하자 상대방 머리를 원한 것 아냐. 그렇게 상대의 목이 나가고 나서야 흡족한 모습으로 시신에게 입맞춤을 했어. 서양 여자들은 모두 이렇게 무시무시한 것 아냐? 쿵링젠이 말했다. 문화적 차이겠지. 하지만 그는 마음속으로 우리 집 그 여자는 내 머리가 아니라 내 사타구니를 감싸는 속옷에 집착했어. 복수의 여신이 아니라 그야말로 그저 복수심에 불타는 기가 센 여자였을 뿐이야!

멘델스존의 《결혼행진곡》이 울리고 나서야 가슴에 신랑용 빨간 꽃을 단 쿵링젠은 화들짝 놀라 몸을 부르르 떨며 재빨리 정신을 가다듬었다. 그는 거울에 자신을 비춰보며 짐짓 엄숙하게 자신을 연출했다. 그는 신부를 맞이할 준비를 했다. 그러면서 내심 이런 자신을 질책했다. 왜 아직도 전처 생각을 하고 있는 거야? 내 죄야, 죄! 젊은 아내나 신경 써야지. 하지만 거의 동년배인 어린 장모의 모습이나 분위기가 자신과 이제는 남남이 된 그 여자를 떠올리게 했다. 저 사람은 어떻게 저런 모습을 갖게 되었을까, 전처는 어쩌다 사나운 아줌마가 되었을까? 자신은 어떤가. 자신은 어쩌다 그리 초라한 신세가 되었다가 다시 이런 새신랑이 되었을까?

딴따다다, 딴따다다 ─우아한 《결혼행진곡》이 울려 퍼지는 가운데 품격 있는 복장의 최우수 남우조연인 장인이 하얀 드레스를 입은 왕샤오멍의 손을 잡고 호텔의 빨간 카펫을 따라 사람들의 시선이 집중된 가운데 천천히 그를 향해 다가왔다. 주례가 각본에 따라 물었다. 신랑은 오늘부터 아름다운 신부를 아내로 맞이하여 젊었을 때도 나이가 들어서도 한결같이 신부를 사랑하고 보호하며 평생 최선을 다해 행복하게 해 주겠습니까? 쿵링젠이 답했다. 네. 쿵링젠이 추호의 망설임도 없이 간결하고도 힘차게 대답했다. 그는 눈가가 살짝 촉촉해지며 그럴듯하게 자신을 연출했다.

의식은 매우 중요하다. 인류는 각종 의식을 만들어 신에게 증거를 제시하고 천지신명에게 경의를 표한다. 이 일은 광명정대하며 엄숙하고 합법적이다. 사람들이 모두 지켜보는 가운데 쿵링젠은 장인의 손에서 왕샤오밍을 건네받아 그녀의 섬섬옥수에 다이아몬드 반지를 끼워주었다. 그 순간 쿵링젠은 평생 왕샤오밍을 행복하게 해 주어 그 집안의 신뢰를 저버리지 않겠다고 결심했다.

결혼업체에서 결혼식 영상을 보내왔다. 결혼식은 할리우드 블록버스터보다 더 웅장하고 화려했다. 쿵링젠은 영원히 잊을 수가 없을 것이다.

결혼 후 모든 일이 순조롭게 흘러갔다. 그는 아내 집, 정확히 말하면 장모 집으로 들어갔다. 쿵링젠 부부는 집안의 모든 일에 신경을 쓸 필요가 없었다. 관리화는 모든 일은 거뜬하게 관리했다. 마치 작은 생선을 다루듯 전혀 힘들이지 않고 큰일을 척척 처리했다. 기사와 일하는 아주머니, 주방장까지 집안일과 관련된 사람들은 모든 일에 대해 판리화의 지시를 따랐다. 그들은 누가 이 집의 주인인지 잘 알고 있었기에 전혀 쿵링젠 부부를 귀찮게 하지 않았다. 부부 둘은 원래 집안일을 할 줄 모르는 사람이라 판리화 지시를 따라 성심껏 일을 처리했다. 쿵링젠은 집 안팎의 도움으로 승승장구했다. 1년 후에는 아들 쿵밍더를 낳았다. 아내는 현명하고 자식은 효도했으며 저술에도 큰 성과를 거두었다. 쿵링젠은 주임에서 부소장, 소장으로 승진하고 연구원 3급에 이어 2급이 되었다. 그 위로는 더 이상 올라갈 곳이 없었다. 일급이면 원사院士가 되는데 사회과학 쪽에는 원사라는 직함이 없다. 쿵링젠은 가장 꼭대기까지 승진하였고 십 년 만에 모든 단계를 거쳤다.

    어제와 건배
    지난 일은 하룻밤의 숙취로
    내일의 술잔을
    어제의 슬픔을 채우지 않아요
    나와 잔을 들어
    어제와 건배

쿵링젠이 장위헝姜育恒의 《어제와 건배》라는 노래를 흥얼거렸다. 그러나 삶도 사업도 새로운 단계로 진입해 과거와 작별을 할 수 있다고 생각한다면 그건 큰 오산이다. 세상은 그렇게 만만치 않다.

그에게는 찰거머리 같은 전처가 있고 혈육인 큰아들이 있다.

쿵링젠의 전처와 큰아들이 절대 그를 내버려 둘 리가 없었다. 그 둘은 언제나 자기들 방식대로 쿵링젠에게 자신들의 존재를 각인시켰다.

전처는 종종 큰아들을 자신에게 보내 학비 등을 비롯한 여러 가지를 요구했다. 자신의 원망을 큰아들에게 세뇌 교육 시켰다. 그들이 이혼했을 때부터 아니, 이혼 전부터 매일 아들에게 주입시켰다. 그렇게 자란 큰아들은 가슴 가득 아버지에 대한 미움을 갖게 되었고 이는 쿵링젠의 업보가 되었다. 쿵링젠이 재혼한 후 전처의 원망은 한층 더 심해졌다. 그녀는 다시 큰아들의 마음에 쿵링젠과 이복동생에 대한 질투와 미움을 심어주었다.

이혼할 때 쿵링젠은 집에서 몸만 빠져나왔다. 그는 자기 직장에서 배분해 준 집은 전처와 아들에게 주고 톈퉁위안天通苑에 구입한 분양 주택은 부모님께 드린 후 장모가 구매해 준 호화별장에 새 살림을 차렸다. 이혼합의서에 따라 그는 매달 전처에게 아들의 양육비를 지불하며 주말마다 정기적으로 아들을 보러 갔다. 원래 새로운 가정이 생겼으니 이전의 갈등은 없애고 각자의 삶을 살아야 마땅한 일이다.

그런데 뜻밖에도 전처의 원한은 영원히 해소될 길이 없는 것처럼 보였다. 수년 동안 그가 독신자숙소에서 궁색 맞게 살 때는 전처가 큰아들을 앞세워 그를 괴롭히는 횟수가 많지 않았다. 또한 그에게 요구하는 돈의 액수도 그리 높지 않았다. 그런데 그가 재혼을 하고 고급 빌라에 살며 좋은 차를 몰자 전처는 속이 뒤집혔다. 전처는 빌라나 차가 전 남편의 것이든 말든 상관없었다. 그저 모조리 쿵링젠의 자산이라고 생각하며 이를 모두 그에 대한 원한으로 환산했다. 그리고 온갖 방법으로 그를 괴롭히기 시작했다.

전처는 몰래 쿵링젠의 뒤를 밟아 그가 커다란 빌라에 살고 주말마다 마세라티를 몰고 아내와 시부모를 보러 다니자 질투와 분노에 몸서리를 쳤다. 그녀는 방법을 달리해 시부모를 통해 전 남편을 구속하고, 아들을 이용해 그를 압박하며 평생의 원한을 다 풀려고 했다.

쿵링젠은 정말 괴로웠다. 이혼 후 전처는 계속 쿵링젠의 부모 집을 들락거렸다. 어머니는 큰손자를 정말 좋아했다. 어려서부터 자라는 모습을 지켜본 손자이기 때문에 더욱 애틋했다. 이혼할 때 아이는 전처가 양육하기로 판결이 났다. 처음에 쿵링젠은 매주 아들을 만나러 갈 때마다 부모 집에 데리고 가서 할머니, 할아버지와 함께 주말을 보내도록 했다. 노부부는 뛸 듯이 기뻐했다. 쿵링젠이 바빠지면서 집에 들르는 시간이 일정하지 않자 손자를 보고 싶은 부모의 마음을 헤아려 전처가 아들을 데리고 시가에서 주말을 보냈다. 그렇게 오고 가다 보니 전처는 자연스럽게 이혼 전과 마찬가지로 자유자재로 시부모 집을 들락거렸고 나중에는 아예 붙어살다시피 했다. 전처는 계속 재결합의 의사를 가지고 있었지만 쿵링젠의 입장은 단호했다. 쿵링젠은 강산이 뒤집히고 우주가 폭발한다 해도 절대 전처인 량구이팡과는 재결합을 하지 않겠다고 맹세했다.

쿵링젠은 이 말을 자기 어머니에게 한 적이 있다. 노부인은 량구이팡의 설득에 넘어가 아들에게 자꾸만 재결합을 권유했다. 쿵링젠은 어머니를 단념시키기 위해 야박한 말을 할 수밖에 없었다. 그런데 어머니가 이 말을 있는 그대로 전 며느리에게 전했다. 량구이팡은 욕이 목구멍까지 차올랐지만 차마 시어머니에게 모진 말을 할 수는 없었다.

량구이팡은 절망한 나머지 아예 큰아들을 데리고 전 시가에 눌러앉았다. 그녀는 시부모의 귀가 얇다는 사실을 잘 알고 있었기 때문에 천하무적 아들을 시켜 두 노인을 꼬드기기 시작했다. 연로하시니 곁에 돌봐드릴 사람이 있어야 한다고 했다. 아들 역시 두 노인과 함께 살고 싶었다. 할머니가 해주는 밥을 먹고 할아버지와 바둑을 두고 싶었다. 이런 두 모자 앞에서 노인 둘도 더 이상 다른 말을 하기가 난처했다.

왕샤오멍은 주말에 남편과 함께 시가에 갔다가 여러 차례 전처와 부딪쳤다. 그때는 큰 아들을 데리고 잠시 노인들을 뵈러 왔다고 생각했다. 찝찝하긴 했지만 그냥 인사만 몇 마디하고 마음에서 이 일을 지워버렸다. 하지만 횟수가 거듭되자 그녀는 문제가 있다고 생각했다. 전처의 횡포가 갈수록 심해졌다. 시가에 온 전처를 보고도 남편은 별다른 말을 하지 않았고 주객이 전도되어 전처는 시도 때도 없이 왕샤오멍의 트집을 잡았다. 왕샤오멍이 라탄 흔들의자 위치를 바꾸자 전처가 말했다. 거기 둬요. 아버님께서 식사 후에 앉아서 TV 보시는 자리니까. 또한 왕샤오멍이 주방에 들어가 토마토계란볶음을 하려 하니 다시 전처가 끼어들었다. 다음에는 설탕 넣지 말아요. 어머님 혈당이 높으셔서 단 것 드시면 안 되니까. 왕샤오멍은 무척 억울했다. 하지만 곱게 자란 그녀는 막말이나 욕지거리를 할 줄 몰랐다. 그저 무안하고 상대가 밉기만 할 뿐 어떻게 행동해야 할지 알지 못했다.

돌아오는 길에 그녀가 남편에게 푸념했다. 대체 내가 당신 아내예요, 아니면 그 여자예요? 왜 어머님 집에 살도록 내버려 두는 거예요? 쿵링젠이 아내를 달랬다. 상대하지 마. 우린 그냥 일주일에 한 번 가는 거잖아? 안 마주치면 돼.

왕샤오멍은 그래도 화를 삭일 수가 없어 엄마에게 이 사실을 말했다. 장모인 판리화가 가만히 있을 리 없었다. 판리화가 바로 사위를 불러 말했다. 자네 집안이야말로 성인聖人의 후손 아닌가. 중국인의 가정윤리는 알고 있겠지? 전처가 그렇게 나오는데 부모님이 내버려 둬서는 안 되지. 게다가 그 사실을 알았으면 자네는 왜 나서서 처리를 하지 않나? 왜 계속 그렇게 살도록 하는 건가! 대체 자네와 결혼한 사람이 누군가!

쿵링젠은 변명이 궁색했다. 그가 우물우물 말했다. 그건……저도 이번에야 알았습니다. 아마 어머니가 큰 손자를 너무 아끼셔서 전처가 이런 상황을 이용해 어머니에게 접근……

판리화가 탁자를 내리쳤다. 지금 그게 무슨 소리인가! 집에 가서 자네 어머니에게 분명히 말하게. 샤오멍이야말로 자네의 법적 아내라고! 아들이 잘 살길 바라신다면 자네 전처와 분명하게 선을 그으시라고 해! 이렇게 얼렁뚱땅 계속 왕래할 순 없네.

쿵링젠이 식은땀을 닦으며 말했다. 네, 네. 기회 봐서 잘 말씀……

관리화가 다시 탁자를 내리쳤다. 지금 가게. 못 가겠나? 그럼 내가 가지!

쿵링젠이 말했다. 아뇨, 제가 가겠습니다. 지금 가서 설득하겠습니다.

그는 할 수없이 집으로 가서 전처가 광장춤을 추러 간 사이에 어머니에게 사정했다. 어머니, 이렇게 나이 든 아들 입장을 봐서 제발 걱정 좀 덜고 살게 해 주세요. 량구이팡을 내보내세요. 이제 그 여자는 저랑 아무런 상관이 없어요. 제 정식 아내는 왕샤오멍이라고요!

어머니가 말했다. 이게 다 큰 손자를 위해 그런 것 아니냐. 너야 그 집에서 잘 먹고 잘 지내지. 별장 같은 큰 빌라에 살면서 고급 차를 몰고. 하지만 구이팡과 내 손자는 어떠냐? 매일 잘 먹지도 못해. 어릴 적부터 아빠의 사랑을 받지 못한 데다 머리도 나쁘고 공부도 못해서 제대로 된 대학도 못 가고 변변치 못한 사립대학을 다녀. 앞으로 어떻게 직업을 찾겠어?

쿵링젠이 말했다. 어머니! 누가 그래요? 모두 량구이팡이 제멋대로 떠벌인 말이라고요. 전 지금 왕샤오멍 집에 얹혀 살고 있어요. 집이고 차고 모두 아내 거예요. 나와 전혀 상관없어요. 애도 제가 계속 양육비를 줬고, 학교도 제가 찾아줬어요. 매달 월급에서 반절이 량구이팡에게 들어가요.

제 막내아들한테는 돈 한 푼 안 쓴다고요. 장모님 집에서 다 키워주고 있어요. 어머니! 어머니 아들은 빈털터리예요, 모두 그 여자 주머니로 들어가요. 제발 제 생각을 해서 다시는 그 여자 왕래하지 마세요. 그렇지 않으면 저 또 이혼해야 해요!

어머니가 말했다. 그렇게 심각하냐?

쿵링젠이 말했다. 네. 어머니.

어머니가 말했다. 그래도 구이팡이 집안 살림도 해주고, 밥도 해주고……

옆에 있던 쿵링젠의 아버지는 더 이상 들을 수가 없었던지 냅다 소리를 질렀다. 여보, 그만두지 못하겠소? 왜 이렇게 어리석나! 아들이 무슨 말을 하는지 이해가 안 돼? 제발 체면 좀 차리고 살지 그래. 집안이 제대로 굴러가야 할 것 아닌가! 계속 이러면 아들이 집 밖에서 어떻게 사람 구실을 하겠나! 정말 또 이혼이라도 한다면 어떻게 살라는 거야! 막내 손자는 어떻게 하고!

어머니가 말했다. 그래요, 됐어요. 두 사람이 다 옳아요. 남자들 말이 다 맞지, 나만 틀리고. 됐어요?

쿵링젠이 재빨리 끼어들었다. 어머니, 모두 제 불찰이에요. 두 분께 괜히 걱정을 끼쳐드렸어요. 이렇게 하죠. 그 여자는 내보내주세요. 제가 두 분께 매달 2천 위안씩 드릴 테니 집안일은 사람을 부르고요. 어떠세요?

어머니가 말했다. 어휴, 사실 그건 나도 할 수 있어.

아버지가 말했다. 제발 아들 걱정 좀 시키지 마.

이렇게 해서 쿵씨 집안은 또 한 번의 평지풍파를 잠재울 수 있었다.

15. 폭우이화창暴雨梨花槍

그러나 평화도 잠시, 전처가 다시 소란을 일으켰다. TV에서 전 남편이 대상을 받는 장면을 봤기 때문이다.

스캔들 때문에 잠시 정직 상태이던 때의 일이다. 그가 이끄는 문화혁신 태스크포스팀이 사회과학원 혁신 기금 성과상을 받게 되었다. 시상식 날 쿵링젠은 붉은 꽃을 가슴에 달고 관련 지도자로부터 증서와 트로피를 받았다. 이는 국가급 대상에 해당하는 매우 대단한 성과였다. 수상식 소식이 TV를 통해 계속 흘러나왔다. 신문사에서 역시 쿵링젠에 대한 취재보도가 이어졌다.

전처인 량구이팡이 이 장면을 본 것이다. 어디서 들었는지 그녀는 상금이 수백만 위안이란 소식을 들었다. 가만히 있을 수 없었다. 량구이팡은 바로 아들 쿵더융을 전 남편에게 보냈다.

쿵더융은 카페에서 아버지를 만나기로 약속한 후 다짜고짜 결혼준비자금으로 100만 위안을 달라고 했다. 쿵링젠은 어안이 벙벙했다. 갓 대학을 나온 스물두 살짜리가 직업도 없으면서 무슨 결혼을 해?

아들이 말했다. 애인하고 약속했어요. 졸업하자마자 결혼한다고.

쿵링젠이 말했다. 나한테 그런 돈이 어디 있어? 넌 뭘 믿고 갑자기 100만 위안을 달래?

아들이 말했다. 십수 년 동안 날 방치한 값이에요. 한 번에 돈으로 배상하세요.

쿵링젠이 말했다. 말도 안 되는 소리! 넌 대체 왜 그런 생각을 한 거야? 또 네 엄마가 시킨 거지? 너도 성인이 되었는데 빨리 정식으로 직업을 찾아 일가를 이뤄야지.

쿵링젠은 아들의 요구를 들어주지 않았다. 전처는 이쯤 되자 또 다른 수를 썼다. 전 남편은 아들이 직장으로 찾아오는 것을 제일 꺼려했다. 쿵링젠이 아들에게 호통을 치자 옆 사무실에 있던 황 선생과 필립이 고개를 내밀었다. 그들은 쿵링젠의 큰아들이 자리를 뜨면서 던진 말 한마디를 들었을 뿐이다. 사흘 드리죠. 사흘이에요. 100만 위안 안 주면 부자 관계는 그걸로 끝이에요. 난 아버지를 법원에 유기죄로 고소할 거예요!

쿵더융이 말을 마치고 나가버렸다. 옆에 있던 사람들은 어안이 벙벙했다.

쿵링젠은 제대로 대응도 못하고 집안망신을 톡톡히 한 셈이다. 해결을 하고 싶었지만 능력이 없었다. 그는 하는 수 없이 집에 가서 아내와 장모에게 이 일을 말했다. 그의 말을 들은 두 사람은 한동안 입을 떼지 못했다. 잠시 후 장모가 말했다. 이렇게 하지. 자네 큰아들이 사흘 기한을 줬다고? 이틀 뒤에 내가 같이 가주겠네. 샤오밍과 막내도 같이 가도록 하고. 자네는 자네 전처와 약속 시간을 잡아. 자네 부모님도 같이. 우리가 그 자리에서 해결할게. 100만 위안을 달라는 말 아냐? 좋아. 그때 내가 100만 위안을 주겠어.

쿵링젠은 장모가 화가 나서 하는 말이라 생각하고 마음이 불안하면서도 감격해마지 않았다. 그⋯⋯그래도 되나요?

장모가 말했다. 자네는 신경 쓰지 말게.

방으로 돌아가기 전 왕샤오밍이 슬쩍 엄마에게 물었다. 여사님, 대체 무슨 생각이에요?

판리화가 말했다. 너흰 가만히 있어. 할 일만 하면 돼.

드디어 약속한 날이 왔다. 쿵링젠 가족이 총출동했다. 아들, 며느리, 장모가 모두 한 자리에 모였다. 쿵링젠이 본가에 도착하니 아버지, 어머니와 함께 자기 전처와 큰 아들이 있었다. 쿵링젠의 부모는 아들 결혼식장에서 젊은 사돈을 딱 한 번 본 적 있다. 상대는 미소를 띠고 사람들을 대하고 단상에 올라가 말할 때도 매우 조리가 있었다. 그러다 서슬 퍼런 얼굴로 상대에게 호통을 치기도 했었다. 아들이 살고 있는 집의 주인은 사돈임을, 아들의 목숨이 사돈 손아귀에 있다고 생각하니 조금 두려웠다. 두 노부부는 되도록 예의 바르게 행동했다.

전처와 큰 아들은 판리화를 처음 만났다. 전처는 공손하게 행동하며 큰아들에게도 상황을 봐서 처신하라고 일렀다. 우선 상대방이 나타난 이유를 파악해야 했다. 판리화에 대한 첫인상부터가 두려웠다. 깍듯한 정장에 큐빅이 박힌 백금 장식의 손가방, 커다란 진주 귀걸이를 단 판리화가 턱을 쳐들고 또각또각 하이힐 소리를 내며 바람처럼 나타나 기선을 제압했다. 한눈에 봐도 좋은 뜻에 함께 나타난 것은 아니었다. 만만한 상대가 아니었다. 판리화의 딸 왕샤오밍은 순둥이처럼 보였다. 도자기인형 같다는 느낌이 들었다.

판리화는 들어오자마자 좌중을 압도하며 웃는 얼굴로 차례로 사람들에게 인사했다. 쿵링젠의 부모에게는 '어르신 두 분'이라며 친근함을 표시했고, 전처인 량구이팡은 '아주머니'라고 불렀다. 아주머니, 네, 우리 샤오밍(쿵링젠의 막내아들)이 부르는 대로 아주머니라고 부르는 거니 개의치 마세요. 신경 쓸 것이 뭐 있겠는가? 사실상 전처인 량구이광은 쿵링젠과 마찬가지로 모두 판리화의 자식뻘이다. 뭐가 뭔지 모르는 큰아들 쿵더융을 보며 판리화는 '더융 이 아이'라고 말했다. 상대를 '아이'라고 부르며 기를 죽였다. 자꾸만 '아이'라고 부르면 누구든 작아지기 마련이다.

웃고 이야기를 나누는 사이, 판리화는 점잖은 말투로 자리에 있는 사람들의 윤리적 관계를 분명하게 정리했다. 자신이 어른이라고 자처하지 않는 것만으로 상당히 예의를 갖춘 셈이다.

판리화는 사람들을 모두 자리에 앉힌 후 오늘 온 목적에 대해 말했다. 그녀는 모든 이들에게 최근 몇 년간 쿵링젠의 소득을 알려주겠다고 했다. 이어 파일에서 최근 3년 간 사위의 월급명세서를 꺼냈다.

쿵링젠은 그저 얼떨떨한 뿐이었다. 그는 속으로 생각했다. 세상에! 이거야말로 내 속바지까지 벗기겠다는 거 아냐? 지식인 소득은 남자의 마지막 속바지야. 찢기는 정도가 아니고 그냥 터져버린다고.

쿵링젠은 소파에 앉아 두 손으로 머리를 감싼 채 목을 움츠렸다. 쥐구멍이라도 들어가고 싶었다.

판리화가 말했다. 보세요. 매달 월급이 만 위안이에요. 아주머니와 더융 이 아이에게 매달 5천 위안 생활비를 주고 있고 최근에는 두 어르신 생활비로 2천 위안을 드리죠. 도우미 쓰시라고 드리는 돈이에요.

여기까지 말한 판리화가 노부부를 흘끗 바라보았다. 할아버지는 고개를 쳐들고 입을 씰룩거리며 아무 말도 하지 못했고, 할머니는 재빨리 시선을 떨구었다.

판리화가 말했다. 또 있어요. 매달 빈궁한 산촌마을 다섯 곳에서 온 대학생들에게 2천 위안을 지원하고 있죠. 이미 여러 해 전부터 이어온 일입니다. 외부에 이런 이야기를 떠벌린 적이 없어요. 그러고 나면 천 위안이 남죠. 사위는 매달 책, 담배를 사고, 이발을 해요. 중화연(담배이름) 한 보루에 수백 위안이고 이발 한 번 하는데도 백 위안 정도는 써야 하고요. 이밖에 동료나 친구들과 모임이 있을 때마다 사위가 나서서 돈을 내려고 합니다. 월급을 다 써요. 계산해 보시죠. 남는 월급이 있겠어요? 사위는 우리 집에 살며 우리가 해주는 밥을 먹어요. 우리는 돈을 요구한 적이 없습니다. 한 번도 사위에게 샤오밍 양육비를 내라고 한 적이 없어요. 사위의 옷, 신발, 모자, 최신 휴대폰은 모두 우리 딸이 사준 거예요. 사실 돈으로 따지면 우리는 손해를 보고 있는 거죠. 거꾸로 우리가 돈을 대고 있어요.

전처가 말했다. 그게 진짜인지 가짜인지 어떻게 알아요?

판리화가 말했다. 그런 말 할 줄 알았어요. 자 봐요, 여기 위에 은행 직인이 찍혀있죠? 우리가 컴퓨터에서 인쇄한 것이 아니라 은행에서 가져온 겁니다.

전처가 흘끗 문서를 바라보았다. 정말 은행 직인이 찍힌 서류였다. 전처가 말했다. 난 그런 건 봐도 몰라요. 더융, 네가 봐봐.

전처가 이렇게 말하며 서류를 아들에게 밀었다. 쿵더융은 체면이 말이 아니었다. 나한테 줄 것 없어요. 볼 필요 없어요.

관리화가 말했다. 지금 상황이에요. 사위 소득이 이렇습니다. 게다가 지금은 정직 중이고요. 무고를 당해서 조사를 받고 있어요. 우리도 그리 무지막지한 집은 아닙니다. 하지만 다짜고짜 백만 위안을 달라니, 사위에게 그런 돈이 어디 있겠어요? 사람을 자꾸만 다그치지 말아요. 그렇게 사람을 구석으로 밀면 결국 두 가지 길밖에 선택의 여지가 없어요. 법을 어기고 뇌물을 받아 돈을 구할 수도 있습니다. 아니면 아예 그냥 데려가서 같이 사시던가요.

왕샤오멍이 엄마의 말에 초조해서 말했다. 엄마, 지금 무슨 말 하는 거예요?

관리화가 말했다. 넌 가만히 있어. 네가 끼어들 자리가 아니야! 그러다 너까지 쫓아버리는 수가 있어! 네 남편까지 데리고 나가, 아무 데나 가고 싶은 곳으로 꺼져버려. 나가서 너희들끼리 살아 보라고!

　가족 모두 판리화의 기세에 압도당했다. 옆에 있던 쿵링젠은 창피해서 쥐구멍에라도 들어가고 싶은 심정이었다.

　그의 아버지가 물었다. 백만 위안이라니? 누가 그 돈을 달라고 했다는 거요?

　판리화가 말했다. 아주머니가 우리 사위한테 큰아들 결혼 예단비용을 달라며 다짜고짜 백만 위안을 요구했어요.

　할아버지가 말했다. 우리 큰손자가 결혼한다고? 언제?

　전처가 말했다. 그러니까, 여자 쪽 집에서 이제야 우리에게 통보했어요. 그래서 미처 아버님, 어머님께 말할 틈이……

　지팡이를 쥔 할아버지의 손에 힘이 들어갔다. 무슨 짓이야! 구이방, 너 이런 식으로 아들 돈을 가로채려는 거냐!

　전처가 말했다. 아니에요, 아버님. 돈을 가로채다니요. 그냥 그이가 자기 큰 아들에게 너무 무심해서 그랬어요. 그저 작은 아들만 챙기잖아요. 똑같이 그이 아들인데 공평해야지요.

　판리화가 말했다. 좋아요. 그렇다면 우리 공평하게 하죠. 이렇게 하는 건 어때요? 사위에게 백만 위안 달라는 소리 하지 말고 그냥 데려가요. 같이 가서 다시 재결합하고 당신들이 먹여 살려요.

전처는 멈칫했다. 상황이 자기 뜻과 다른 방향으로 흘러가고 있었다. 내 요구는 백만 위안이에요. 저 사람을 데려다가 뭐에 쓰게요? 싫어요.

할아버지가 화가 나서 발을 굴렀다. 대체 무슨 말들을 하는 거요! 무슨 헛소리요! 결혼이 애들 장난인가? 내 아들은 뭐가 되는 거요! 왜 두 사람이 서로 밀어내는데!

판리화가 말했다. 좋습니다. 사위를 데려가지 않고 우리에게 보내겠다면 그냥 우리 손자하고 잘 지내게 내버려둬요. 하루가 멀다 하고 찾아와서 생트집 잡지 말고. 이렇게 못 살게 굴면 사위도 우리도 편안할 날이 없어요. 우리 집뿐만 아니라 당신네 집도요. 굳이 그럴 필요가 있습니까? 다같이 앉아서 좋은 방법을 생각해보는 게 어떻습니까? 안 그래요?

전처가 말했다. 난 그럴 생각 없어요. 아들 결혼자금이 부족하다고 돈 좀 달래는 거 아니에요? 왜 이렇게 일을 복잡하게 만들어요? 그이한테 월급만 있는 게 아니잖아요? TV에서 봤는데 얼마 전에 상금 수백만 위안을 탔던데.

판리화가 침착하게 다시 서류 봉투에서 신문 몇 장과 빨간색 봉투 두 장을 꺼냈다. 봐요. 이게 바로 아주머니가 말한 대상입니다. 이 두 장은 사위 연구소에서 준 표창장이에요. 사위네 태스크포스팀의 성과를 인정하고 국가 지원금

100만 위안을 줬어요. 여기에 연구소에서 100만 위안을 더 줬고요. 두 번째는 사위 개인에 대한 표창이지만 자기가 받은 상금을 모두 태스크포스팀에 기부했지요, 자신은 한 푼도 갖지 않았어요.

전처는 눈이 돌아갈 지경이었다. 그녀가 화가 나서 자리에서 벌떡 일어나 전 남편을 향해 삿대질을 했다. 어떻게 매일 그렇게 헛짓만 하고 다녀요! 아들은 돈도 없는데 그걸 다 남한테 기부를 하다니!

쿵링젠은 소파에 앉아 말없이 얼굴을 가렸다. 그가 손가락 틈새로 몰래 두 여자의 활극을 훔쳐보았다.

전처가 자신에게 비난을 퍼붓더니 다시 콧방귀를 뀌며 판리화에게 대들었다. 그거 말고! 저이에게는 원고비도 있어요. 매일 글을 써서 돈을 적잖게 벌었다고요.

판리화는 다시 여유만만하게 최근 3년 간 사위의 출판계약서 사본을 꺼냈다. 이것도 다 보세요. 학술서적 출판이라 원고료는 없고 오히려 자기가 3천 권을 팔아야 합니다. 여기 계약서 있으니 살펴봐요.

전처가 말했다. 난 그런 건 몰라요. 보지도 않을 거고요. 지금 청장급이니 분명히 돈 들어오는 길이 있겠죠. 돈이 그것만 있을 리가 없어요.

판리화가 말했다. 인문사회과학 하는 사람들은 소득 수준이 낮아요. 국가의 지원으로 살아가죠. 그건 아주머니도 아시겠죠? 모두 세상을 변화시키고 싶어 하는 사람들이라 이상도, 포부도 높은 사회 엘리트들입니다. 돈으로 그들의 가치를 매길 수도 없고 그들의 성과를 돈으로 따질 수도 없고요. 가족인 우리가 그들을 지지해야 해요. 그들이 거둔 성과에는 우리의 공헌도 있으니 우리의 자랑거리, 우리의 명예이기도 합니다.

큰 아들 쿵더융이 말했다. 가난한 학생들은 도와주면서 내겐 결혼자금도 대주지 않잖아요.

판리화가 그의 말을 바로 잡았다. 얘, 말을 그렇게 하면 안 되지. 이건 그런 이치가 아니야. 네 아버지는 덕을 쌓고 있는 거야. 후세들에게 덕을 쌓고 너희들에게 모범이 되어주는 거란다. 돈이 있든 없든 적극적으로 선행을 하며 선량한 사람이 되려고 노력하는 거야.

큰아들이 말했다. 선량한 사람이야 되시겠죠. 하지만 난 친아들이라고요. 친아들이 결혼하는데 신경도 안 쓰다니요. 그게 뭐예요? 그러니까 위선자……

쿵링젠이 화들짝 놀랐다. 누구더러 위선자라고 하는 거야? 너 똑바로 말해.

아내는 쿵링젠이 더 이상 입을 열지 못하도록 그를 잡아당겼다.

판리화가 화제를 돌렸다. 얘, 결혼하느라 돈이 급히 필요하다고? 네 아우가 듣고 아빠에게 말하더라. 그럼 자기 유학 가려고 모아 둔 자기 학비를 먼저 형에게 주라고. 아직 유학 가려면 여러 해가 남았으니 지금 당장은 쓸모가 없다고 말이야.

사람들의 시선이 순간 쿵더밍에게 쏠렸다. 영특하고 반듯한 어린애다. 지역 올림피아드 수학에서 일등을 한 공붓벌레로 어려서부터 아버지와 '유비劉備, 현장玄奘과 송강宋江[31]을 두고 토론을 벌였을 정도다. 쿵더밍이 수줍은 모습으로 아빠에게 몸을 기댔다.

판리화가 계속해서 말했다. 네 동생이 정말 은행에 가서 몇 년 간 모은 세뱃돈 하고 우리가 유학 갈 때 주려고 모아 둔 돈을 모두 인출해 왔어.

이렇게 말하며 판리화가 소리를 높였다. 더밍아, 이리 와서 형한테 그 돈 주렴.

쿵더밍이 허리를 굽혀 발 옆에 있는 커다란 주머니를 잡아 천천히 다가왔다. 안에 현금이 들어있었다. 모두 열 묶음으로 한 묶음에 10만 위안이다. 더밍이 형 옆으로 다가가 말했다. 형, 이거 백만 위안이야. 형 가져다 써. 결혼 축하해!

---
31 중국 북송 말기 산둥성山東省 일대에서 일어난 반란군 지도자.

큰 아들과 전처는 그 순간 정신이 멍했다. 뜻밖의 상황이었다. 쿵링젠과 왕샤오밍도 얼떨떨하긴 마찬가지였다. 그들은 전혀 모르던 사실이다. 쿵링젠은 속으로 감탄했다. 멋있어! 장모님, 정말 대단해! 왕샤오밍의 속마음은 달랐다. 여사님, 정말 통도 크시네. 우리 집에 재산이 얼마나 있다고 이렇게 돈을 뿌려?

큰아들 쿵더밍이 자리에 선 채 돈을 받을 수도, 받지 않을 수도 없어서 어쩔 줄을 몰라했다.

판리화가 말했다. 더융, 받아, 어서! 너흰 친형제야. 누가 뭐래도 끈끈한 혈육이지. 우리가 모두 늙어 세상을 떠나면 너희 형제끼리 서로 의지하고 살아야 해. 어서 받아.

쿵더융은 정말 난처하면서도 한편으로 감동을 받았다. 뭐라고 입을 열어야 할지 알 수 없었다.

역시 더융의 엄마 량구이팡이 먼저 입을 열었다. 봐봐, 바로 이런 거야. 똑같은 네 아빠 아들, 똑같이 쿵 씨 성을 가졌는데 저 애는 단번에 백만 위안을 내놓잖아. 우리 애는요, 알량한 돈 몇 푼이 필요해도 어디서 구할 데가 없어요. 참기가 막히죠.

옆에 있던 시아버지는 바보 같은 전 며느리를 보고만 있을 수 없었다. 그가 말했다. 구이팡, 넌 왜 이리 철이 없어? 허구한 날 사람들에게 상처만 주고. 어떻게 감격하고 감사

할 줄을 몰라? 저 애 돈은 모두 아이 외할머니가 번 돈이야, 아빠와는 상관이 없어. 자기 외갓집 돈을 너희들에게 주는 거야. 그런데도 그렇게 비아냥거려? 대체 양심이 있는 거냐, 없는 거냐?

할머니 역시 입을 열었다. 구이팡, 됐다, 그만 소란 피워.

전처가 말했다. 누가 소란을 피웠다고 그러세요? 아들이 아버지에게 결혼비용을 달라고 하고, 아버지가 돈을 주는 건 당연한 것 아니에요?

그때 큰아들이 입을 열었다. 더밍, 고마워. 형은 이 돈 받을 수 없어. 네 마음만 받을게. 사실 나도 돈이 모자라지 않아. 꼭 아빠한테 돈을 받으려고 한 건 아냐. 그냥 아빠의 관심을 받고 싶었어. 아빠에게 이 큰 아들의 존재를 상기시키고 싶었을 뿐이야. 나도 곧 결혼해서 자립할 나이가 되었다는 걸 알리고 싶었어. 어려서부터 아빠는 내게 별 관심이 없었어. 난 아빠의 정을 거의 느껴보지 못했거든. 우리 할아버지는 항상 나를 예뻐하시고 우리 할머니는 날 보살펴 주셨어. 그래서 때로 아빠가 너에게 잘하는 걸 보면 마음이 괴롭고 질투가 났어. 내가 아빠에게 돈을 달라고 소동을 피운 건 아빠를 괴롭히고 싶어서였어.

어른들은 깜짝 놀랐다. 이건 사전에 외할머니인 판리화가 미리 짜둔 각본에 의한 행동이 아니었다. 더융이 진지하게 말했다. 형, 이 돈 가져가. 나 정말 형하고 놀고 싶었어. 어려서부터 나에게도 형이 있다는 걸 알고 있었으니까. 매번 친구들이 날 괴롭힐 때마다 그럴 때 형이 나타나면 분명히 애들을 혼내줄 거라고 생각했어. 그럼 아무도 날 괴롭히지 못할 테니까. 하지만 두 집이 너무 멀리 떨어져 있고, 우린 계속 연락을 주고받지 못했잖아. 형, 나도 이제 많이 컸어. 앞으로 형이 도움이 필요할 때면 나도 도울 수 있어.

판리화가 아이의 말을 이었다. 보세요, 이게 바로 혈육의 정이라는 거예요. 이 두 아이들 좀 보세요. 왜 어른들은 아이들처럼 서로 잘 지내지 못하는 겁니까? 어른들을 비교해 보라고요. 어른들 모두 가족이 되면 되잖아요. 이것도 인연인데.

할머니가 황급히 큰 손자를 부추겼다. 어서 받아. 네 새어머니가 주는 거야. 어서 감사하다고 인사하고!

쿵더융이 돈을 받은 후 판리화를 향해 허리를 굽혀 인사했다. 새 어머님, 감사합니다.

판리화의 얼굴이 환하게 밝아졌다. 착해. 이렇게 하면 어떨까. 나중에 우리 회사에 와서 일하지 않겠니? 경험을 쌓으면 좋잖아. 그리고, 아주머니도요. 밖에서 일하고 싶으면 나도 방법을 생각해 볼게요. 회사에 일자리가 있는지 찾아볼 수 있어요. 나와서 바람도 쐬고 돈도 좀 벌면 집에서 답답하게 있는 것보다 낫잖아요?

판리화의 말에 모두 깜짝 놀랐다. 쿵링젠 가족 모두 얼떨떨했다. 이건 완전히 여자 보살이잖아! 가족 간 불화를 이런 식으로 해결해 주다니! 그들은 당연히 판리화의 말을 따를 수밖에 없었다.

백만 위안으로 가족의 불화가 해결되었다. 쿵링젠과 그의 처갓집 식구가 모두 차를 타고 집으로 돌아왔다. 집에 오자마자 먼저 쿵링젠이 거듭 장모에게 감사 인사를 올리며 차를 타 주었다. 금방이라도 장모에게 무릎을 꿇을 것 같았다.

장모가 말했다. 됐네, 됐어. 나한테 고마워 할 필요 없네, 모두 한 가족인데. 하지만 내가 안 나섰으면 자네 둘이 어떻게 처리할 수 있었겠나?

왕샤오멍이 말했다. 너무 고마워요, 엄마. 정말 대단한 엄마야, 엄마 돈도 많이 썼네.

판리화가 딸을 흘겨보았다. 이제야 엄마라고 하네? 돈은 문제가 아냐. 하지만 자꾸만 쉽게 돈을 줘버리면 사람이 버릇이 들어서 갈수록 가관으로 나와. 두 사람한테 일자리를 찾아주겠다고 한 건 힘을 좀 빼려고 한 거야. 그래야 소란을 좀 덜 일으키지.

쿵링젠이 무슨 할 말이 있는지 우물우물거렸다. 제 월급 명세서랑 원고비 내역까지 복사해 오신 건 그건……좀 너무 자존심 상하는 일 아닌가요?

아내가 그 말에 샐쭉해져서 남편 이마를 쿡 찔렀다. 우리 엄마가 얼마나 고생을 했는데 그깟 자존심이 문제예요? 당신이 입성도 좋고 돈이 있는 사람이라고 여기지 않았으면 우리한테 와서 소란을 피웠겠어요? 당신 거들떠보기나 할 것 같아요? 아직도 독신자숙소에 살면서 입성도 허름하면 어떻게 와서 돈을 달라고 하겠어요? 당신 상대도 안 하죠.

쿵링젠이 황급히 고개를 끄덕이며 굽실거렸다. 그것도 그래, 그렇지, 그랬겠지.

장모가 말했다. 아들 일자리를 찾아주겠다고 했지만 우리 회사에 둘 생각은 없어. 자기 사람은 관리가 힘들거든. 그 애는 다른 사람 회사로 보낼 거야. 하지만 그렇게 되면 나도 그 회사에 빚을 지는 셈이니 나도 돌려줘야지. 상대방 사람도 받아들일 거야. 그래서 인정을 빚지는 일이 힘들다는 거야.

왕샤오밍이 말했다. 여사님, 오늘 너무 손이 크셨어요. 돈도 내놓고 사람들 일자리도 찾아준다고 하고. 정말 좀 그래.

판리화가 말했다. 양심도 없어! 이게 다 누굴 위해서일 것 같아? 너희들을 위해서잖아. 너하고 내 손자 하고! 하루가 멀다 하고 둘한테 일이 벌어지는데 일을 어떻게 할 수 있겠니? 사위는 어쨌거나 사회 저명인사야. 사회과학계의 저명한 학자고. 그런데 매일 전처하고 아들이 와서 소란을 피우면 어디 얼굴 들고 다니겠어? 넌 또 어떻고. 직장에서 기반을 다져야 하는데 매일 집에 와서 심란한 일만 보면 제대로 일을 할 수 있겠어? 내가 너희 걱정을 해결해주지 않으면 너희가 어떻게 할 건데? 그리고 해결이란 것도 그래. 돈 좀 쓰고 자신을 희생해야 하는 거잖아. 다행히 우리 집은 그래도 이 정도 희생은 할 수 있어.

왕샤오멍이 꾸벅 인사했다. 어머니의 공헌에 감사드립니다!

판리화가 말했다. 사탕발림은 그만해두고. 원래 청렴한 관리는 집안일을 해결하기 힘들댔어. 집안일에 옳고 그른 건 없어. 절대적인 흑백 논리란 존재하지 않아. 유화정책을 써야지. 싸우고 어루만지고. 다 모두 결국은 문제를 해결하기 위해서야. 적이 아니잖아, 철천지 원수도 아니고. 그러니 감싸 안아야지. 그래서 갈등을 해결해서 가정이 화목해야지. 그게 바로 바른 길이야. 잘 배워둬.

왕샤오멍이 말했다. 네네! 반드시 잘 배우겠습니다.

판리화의 가정교육은 계속되었다. 너도 봤지? 쿵 서방과 연애할 때 한사코 내 반대를 무릅쓰고 결혼했어. 네가 이겼지. 승리를 거두고 개선가를 불렀다고 생각했을 거야. 결혼은 둘만 하는 게 아니야. 모든 것에 연결이 되지. 그 집안과

연을 맺고 대대로 그 관계가 이어지는 대사야. 두 아이의 차이를 알았잖니? 경제적 기초가 없고, 기댈 언덕이 없으면 넌 무엇으로 상대를 이길 건데? 넌 네가 젊고 아름다워서 남편을 얻었다고 생각하고 있지? 자신감이 넘쳐 이길 수 있다고 생각했겠지. 설사 한때 승리를 했다고 해도 그 평화가 평생 이어질 것 같아? 복잡한 가정 관계는 어떻게 처리하고? 특히 남편은 재혼인데. 넌 이 모든 것을 생각하고 배워야 해.

왕샤오멍이 말했다. 네, 네. 감사합니다. 엄마. 엄마가 버팀목이 되어 준 덕분이에요. 열심히 결혼생활을 잘 꾸려가 볼게요. 가족관계도 잘 처리하는 방법을 배우고요.

판리화가 말했다. 그래, 그래야지. 어서 성숙해져야지. 언제까지 나한테 기댈 수는 없잖아. 앞으로 내가 없을 때는 너 혼자 해결해야 해.

왕샤오멍의 눈시울이 붉어졌다. 엄마, 그런 말 하지 말아요.

왕샤오멍이 다가가 어머니를 끌어안았다. 모녀가 함께 소파에 앉았다. 판리화가 딸의 머리를 쓰다듬으며 말했다. 좋은 결혼생활이란 서로 좋은 영향을 받고 성숙해지는 거야. 잘못된 결혼은 서로를 짓밟고 파괴하는 거고. 아이들에게는 특히 성장환경이 중요해. 오늘 두 아이를 보고 난 너무 감격했어. 앞으로 그 애들은 서로 도우며 살아갈 수 있을 거야. 옆에서 너희들도 도와주고.

왕샤오멍이 말했다. 응, 알겠어요.

옆에서 듣고 있던 쿵링젠도 감동하였다. 그는 젊은 장모의 품격에 감탄을 금하지 못했다. 보통사람은 엄두도 내지 못했을 것이다. 장모가 나서서 사람들의 벽을 허물고 증오를 없앴다. 특히 장모가 현장에서 보여준 결단력, 당근과 채찍을 운용하며 자신을 희생했던 모습은 대단히 훌륭했다. 박수가 절로 나왔다.

물론 장모에게는 미리 각본이 있었다. 대전을 준비하기 전 충분한 준비를 했다. 예를 들어 수많은 증거자료를 준비하고 현금 백만 위안을 인출해 손자에게 줬다. 이런 모든 일들은 관리화였기 때문에 가능한 일이었다. 관리화의 수단과 처리방식은 분명히 오랜 실제 경험을 통해 축적된 것이다. 가족기업을 이끌어 가는 경영인, 수많은 사업의 우여곡절을 헤쳐 나갈 관리자로 거듭나며 매번 승리를 거두었다. 뛰어난 장모의 관리 기술은 본받아야 할 큰 가치가 있다.

직장과 가족 간 잡음 그 무엇도 개혁을 향한 쿵링젠의 결심을 흔들 수는 없었다.

드디어 조사팀에 물의를 일으킨 유학생의 회신이 도착했다. 그녀는 남자친구와 스위스 여행 중이었기 때문에 이메일을 열어보지 못했다고 했다. 이미 미국에 가서 박사학위 과정을 다니고 있으며 중국에서 보낸 석사 시절을 잊을 수 없다고 했다. 지도교수 쿵링젠에 대한 감사의 인사도 빼놓지 않았다. 여학생은 당시 찍은 사진 두 장은 술자리 후에 순수하게 작별을 위한 포옹이었다고 말하며 쿵 선생님의 훌륭한 인격을 누구보다 잘 알고 있다고 했다.

어쨌거나 유학생의 중국어 수준만큼이나 그녀의 증언도 힘을 얻었다. 그녀의 회답은 쿵링젠의 결백을 증명하기에 충분했다.

쿵링젠은 세 달 정직기간이 끝나고 다시 업무에 복귀했다. 그는 바로 팀을 이끌어 새롭게 개혁 작업에 몰입했다. 쉰여덟 살의 부소장 황 선생은 제2선으로 물러나 기관서비스센터에서 후방 업무를 맡았다. 야심만만하게 승진에 급급했던 부소장 필립은 조사과정에서 아내와 아이가 미국 시민권을 획득하고 자신만 본국에 남아있음이 밝혀져 개선경고 및 교육을 받도록 조치가 취해졌다. 또한 행정직은 면직되었다.

연구소는 조직 개편을 통해 분발하여 명확한 목표를 향해 나아갔다.

16. 이인전 · 소배년小拜年[32]

 파오싼얼이 변호사로 일하고 있는 친구를 찾아가 위펑셴 고향집의 부동산 소송을 부탁했다.

 상황은 그리 간단치 않았다. 위펑셴과 쑨야오디는 민사행위능력을 지닌 당사자이다. 두 사람은 순전히 자신의 의지로 이혼수속을 밟았고 이혼서류에 재산분할에 관한 건도 명확하게 명시했다. 그런데 위펑셴은 남편인 쑨야오디가 사기를 쳤다고 고소해야 한다. 남편이 위장이혼을 통해 베이징에서 아들 집을 구매한 후 다시 재결합을 하자고 자신을 속였다고 진술해야 한다. 남편은 위장이혼을 하기 전에 이미 다른 여자와 동거를 했고 상대 여자는 그 사이에 딸

---
32 소배년: 이인전 정식 공연 시작 전 부르는 민간 속요.

을 낳았다. 그는 지금 내연녀와 공금을 횡령하여 함께 감옥에 들어가 있다. 그런 남편의 형기를 줄여주자고 쑨씨 집안에서는 위펑셴과 쑨야오디의 공동 재산을 팔아 현금을 마련하자고 한다. 위펑셴은 쑨야오디가 혼인 기간 중에 저지른 불륜에 대한 보상으로 부동산을 처분한 돈을 모두 본인이 갖겠다고 고소장을 작성했다.

여러 가지 사건이 연루된 소송이다. 문제는 '위장이혼'을 한 위펑셴이 남편에게 사기를 당했다고 주장할 수 있는지 여부였다. 위펑셴은 자신 역시 이미 '혼인'을 한 상태라고 말하기가 난처했다. 그렇게 되면 현재의 '남편'인 파오쌴얼과 '위장결혼' 했다는 사실이 밝혀지기 때문이다.

위펑셴은 자신이 전 남편의 재산을 추궁할 자격이 있는지 확신할 수가 없었다.

그런데 다행히 파오쌴얼이 용감하게 나서 있는 힘을 다해 그녀를 도와주었다. 증거수집, 조사, 담판, 중재, 법정 대질 심문까지 힘든 과정을 거쳤다. 마침내 위펑셴은 재판에서 이겨 테링의 주택 매도 금액을 되돌려 받을 수 있었다. 그렇다고 그 돈이 위펑셴 수중으로 들어온 것은 아니다. 그녀는 그 돈으로 쑨씨 집안에서 빌린 돈을 갚았다. 이제 위펑셴과 쑨씨 집안은 서로 빚진 것이 없으며 20여 년 이어온 친족관계도 막을 내렸다.

위펑셴은 드디어 자신의 권익을 쟁취했다. 톄링의 자립 기반은 사라졌지만 그래도 베이징 판자위안에 아들과 함께 의지하며 살 수 있는 집이 생겼다. 아직은 파오싼얼과 자신의 이름이 등기부등본에 같이 적혀있었다. 이 집의 권한이 반은 파오싼얼의 손에 있다는 의미였다. 계약에 따르면 기간이 지나 베이징 호구를 얻고 부동산 명의를 바꾼 후 위펑셴이 다시 이혼을 해야 전 과정이 끝난다. 그래야 완벽하게 부동산이 그녀의 자산이 된다.

파오싼얼은 집의 소유주가 누구인지에 대해서는 별 관심이 없었다. 그는 다만 남자가 여자를 괴롭히는 상황을 두고 볼 수가 없었다. 그래서 소송에 이기도록 위펑셴을 도와준 것이다.

두 사람이 '이혼'을 하려면 아직 몇 년 더 있어야 하기에 그들은 별로 조급하지 않았다. 둘이 연합하여 쑨씨 집안과 전쟁을 벌이는 동안 점차 두 사람의 마음에도 변화가 일기 시작했다. 위펑셴은 파오싼얼이 마치 가족처럼 느껴졌다. 파오싼얼 역시 선하고 매력이 넘치며 아름다운 데다 재능을 겸비한 위펑셴에게 호감이 생겼다. 그는 친구들과의 술자리에 그녀를 대동했고 위펑셴의 노래 몇 소절로 좌중을 감동시키며 체면을 살릴 수 있었다.

두 사람 중 누구도 분명하게 말로 표현하지 않았지만 더욱 친근하게 같이 붙어 다녔다.

두 사람은 자주 만남을 가졌다. 자신들은 무슨 일을 함께 하든 정당했다. 그들은 '합법적인 부부'이기 때문이다. 동거를 해도 별도로 수속이 필요하지 않았다. 다만 쑨쯔양의 눈치가 보이기 때문에 둘은 정식으로 함께 살지 않았다. 때로 둘은 파오싼의 교외 별장에 가서 밀회를 가졌고 쑨쯔양이 집에 없을 때면 마치 연인처럼 판자위안 집에서 몰래 만남을 가졌다. 가슴 뛰는 이런 밀회는 의외의 행복과 짜릿한 행복을 가져다주었다.

파오싼얼은 위펑셴을 데리고 베이징에 놀러 갔다. 쯔진청, 완리창청, 이허위안頤和園, 위안밍위안圓明園, 톈탄天壇, 디탄地壇, 융허궁雍和宮, 징산景山공원, 난뤄구샹南鑼鼓巷, 궁왕푸恭王府, 중축선中軸線, 냐오차오鳥巢, 국립대극장까지 랜드마크에 해당하는 모든 곳을 구경했다. 파오싼얼은 위펑셴에게 열정적으로 가이드가 되어주었다. 신기한 체험이었다. 그는 베이징에서 반평생을 살았지만 이런 식으로 돌아다녀본 적은 없었다. 그는 처음으로 냐오차오 체육관과 대극장에 들어갔다. 위펑셴은 어려서부터 언젠가 베이징의 쯔친청을 거닐고, 창청에 오르고, 베이징 카오야를 먹어보는 것이 꿈이었다. 그런데 지금 그 꿈을 모두 이루고 있었다.

그녀는 마음껏 놀러 다니며 빠르게 베이징 생활에 익숙해졌다. 광장무를 추는 아주머니들 사이에 들어가면 금세 좌중의 춤을 이끌었다. 그녀는 지역사회 공익행사, 자원봉사자 모임에도 열정적으로 참여했다. 파오쌴얼은 위펑셴을 헬스장 옆 어린이 무용반에 소개하여 보조교사로 활동하게 했다. 위펑셴은 수입이 생기자 마음이 훨씬 더 편해졌다.

 파오쌴얼 역시 뜻밖에 아내가 생기자 정말 행복했다. 위펑셴은 현모양처다. 음식도 잘하고 집안 살림도 깔끔하게 했다. 작지만 아늑한 판자위안 집에 이끌려 파오쌴얼은 걸핏하면 그곳으로 달려갔다. 그는 교외 별장에 가서 썰렁하게 혼자 지내고 싶지 않았다. 쑨쯔양만 아니었다면 그는 판자위안에서 쭉 살고 싶었다. 이제 그는 친구 하나와 판자위안 골동품 시장에서 지내며 골동품에 흥미를 느끼기 시작했다.

 전화위복으로 새로운 삶을 얻은 한 쌍의 연인이 탄생했다. 그들은 자신들의 은밀한 행복에 빠져들었다.

 그러던 어느 날, 두 사람이 판자위안 집에 있을 때였다. 일찍 조퇴를 한 쑨쯔양이 집에 돌아왔다. 당시 그들은 밀회를 나눈 후 식탁에 앉아 술을 마시고 있었다. 마치 보름달 아래 처음 만난 연인 같았다. 쑨쯔양은 대개 밤늦게까지 일하느라 일찍 집에 돌아오는 법이 없었다. 그런데 그날은 감기 기운으로 머리가 깨질 것처럼 아파서 약을 몇 알 먹은 후 팀장에게 말하고 일찍 조퇴했다. 그는 집에 들어서자마자 웬 남자와 함께 식탁에서 술을 마시고 있는 엄마를 발견했다. 쑨쯔양 역시 연애를 해 본 사람이다. 그는 식탁 앞에 앉은 두 사람을 보자마자 대충 낌새를 챘다. 취기가 오른 엄마의 눈빛이 몽롱했다. 건장하고 준수한 남자는 엄마와 잘 어울렸다. 그는 남자가 이 집의 서류상 주인인 파오싼얼임을 짐작할 수 있었다. 그가 소송을 도와주었다는 말을 엄마로부터 들은 적이 있었다.

쑨쯔양의 낯빛이 좋지 않았다. 파오싼얼이 눈치껏 작별 인사를 했다. 위펑셴은 아들 방으로 따라 들어가 파오싼얼과 위장 결혼을 하게 된 경위, 그가 두 모자에게 얼마나 큰 도움을 주었는지 설명했다.

쑨쯔양은 엄마의 말에 간단하게 답했다. 엄마가 좋으면 됐어요.

위펑셴이 조용히 방을 나갔다. 쑨쯔양은 문을 닫은 후 숨죽여 눈물을 흘렸다. 이제 자신에게 더 이상 엄마는 존재하지 않는다는 느낌이 들었다.

며칠 후 아침 일찍 쑨쯔양이 남부로 출장을 가야 한다고 말했다. 이미 가방을 꾸렸고 곧 공항으로 출발한다고 했다. 위펑셴이 재빨리 토스트를 준비하고 우유를 데워주었다.

쑨쯔양은 택시를 타고 떠났다. 정오가 되자 그에게서 문자가 왔다.

엄마, 저 가요. 베이징 직장에는 이미 사직서를 제출했어요. 친구랑 선전深圳으로 가서 창업을 할 거예요.

제 걱정은 하지 마세요. 오랫동안 저를 보살펴주셔서 감사합니다. 엄마도 건강히 지내세요. 언제나 엄마의 행복이 아들의 가장 큰 행복입니다.

당황한 위펑셴이 재빨리 파오싼얼에게 전화를 걸어 훌쩍거리며 말했다. 어떻게 해요? 아들이 떠났어요. 간다는 말 한마디 남긴 채 그냥 떠나버렸어요.

파오싼얼이 물었다. 어디로 갔어요?

위펑셴이 말했다. 선전요, 친구랑 창업한대요.

파오싼얼이 말했다. 거기 가만히 있어요. 내가 금방 갈게요.

파오싼얼이 차를 몰고 왔다. 그는 아들이 위펑셴에게 보낸 문자를 보고 잠시 곰곰이 생각하다가 말했다. 다 큰 아이잖아요. 이제 스스로 날도록 내버려 둬야 해요. 벌써 독립했어야 하는 성인입니다.

그는 '성가成家'라고는 말하지 않았다. 위펑셴으로부터 쑨쯔양이 연인과 헤어졌다는 말을 들은 적이 있었다.

위펑셴은 계속 울었다. 안 돼요. 내가 가봐야 해요. 선전으로 가야 해요.

파오싼얼이 말했다. 그래요, 가요. 하지만 지금은 아니에요. 우선 우리 모두 마음을 가라앉혀야 합니다. 그 애도 마찬가지고요. 우선 자기부터 안정을 찾아야지요. 안정이 되면 그때 가도 늦지 않아요. 다 큰 청년이니 잃을 것도, 손해 볼 것도 없어요.

위펑셴이 울며 말했다. 이제 내 곁에 가족은 없어요. 단 한 사람도요.

파오싼얼이 그녀를 안고 위로했다. 바보, 내가 있잖아요.

위펑셴이 말없이 파오싼얼의 어깨에 머리를 기댔다.

베이징의 오후, 하늘이 파랗다. 비행기가 하늘을 가르며 경쾌한 엔진소리를 냈다.

이인전 · 소배년小拜年

정월 새해

고향사람들이 기뻐해요

고승포高升炮[33] 몇 개 사고

괘편掛鞭도 좀 사서 가요

집집마다 문에 새 대련對聯이 달려있어요

정월 새해

새해 첫날

---

33 高升炮/掛鞭: 폭죽의 한 종류.

집집마다 남녀노소 모두 모여

함께 새해를 축복해요

남녀노소 모두 새 옷으로 갈아입고

남녀노소 새 옷을 입고 인사해요

눈 깜짝할 사이에 새해가 다가왔다. 위펑셴은 파오싼얼과 함께 둥베이로 새해 여행을 가기로 결심했다. 두 사람의 여행 노선이 결정되었다. 먼저 선양에 가서 동릉, 북릉, 선양 고궁, 장쉐량張學良[34] 사택을 돌아보고 둥베이 지역 요리인 서탑대냉면西塔大冷面, 고계가烤鷄架를 먹고 선양 설화雪花 맥주를 마신다. 둘째, 다롄大連 뤼순커우旅順口 포대, 겨울 바다를 구경한다. 셋째, 단둥丹東에 가서 야루강鴨綠江 대교, 넷째, 창바이산長白山에 가서 설산에 오른다.

여행 계획을 들은 파오싼얼은 흥분을 감출 수 없었다. 그는 서둘러 두 사람의 비행기 표를 예약하고 짐을 꾸렸다.

곧 설이라서 마오전 역시 선양으로 부모님을 뵈러 갈 비행기 표를 예약했다.

음력 12월 29일 오후 갑자기 과학원에서 회의 통지가 내려왔다. 휴가가 불허됨에 따라 마오전은 어쩔 수없이 30일

---
34 1898~2001. 중화민국의 군벌, 군인이자 정치가.

오전 비행기로 예약을 변경했다.

마오전이 막 앞줄 복도 쪽 좌석에 앉았을 때다. 입구에 전 남편인 천미쑹이 나타났다. 그 뒤로 한 여자가 따라 들어왔다. 그들은 크고 작은 보따리와 함께 탑승권을 들고 위아래를 훑어보며 자리를 찾고 있었다.

천미쑹이 어린 아내를 데리고 판진盤錦 본가로 설을 쇠러 가는 모양이다.

전에 후배인 허우쥔으로부터 전 남편이 재혼했다는 이야기를 들었다. 당시 마오전은 그 소식을 듣고 가슴이 철렁 내려앉았다. 누구랑? 허우쥔 말이 박사 인턴으로 1980년 이후 세대라고 했다. 베이징의 여름밤이었다. 당시 차 운전 중이었던 마오전은 허우쥔을 내려준 후 핸들에 엎드려 대성통곡했었다.

심장의 줄 하나가 툭 하고 끊어지는 듯했다.

가족의 끈이 그렇게 완벽하게 끊어졌다.

이미 이혼을 한 상태였지만 두 사람 모두 재혼을 하지 않았던 터라 마오전은 여전히 전 남편을 가족처럼 느꼈다. 십수 년 결혼생활의 추억이 끊임없이 떠올랐다. 그런데 갑자기 상대방이 재혼을 했다고 하자 완벽하게 그를 잃었다는 생각이 들었다. 이제 자신과는 관계없는 사람이 되었다. 이제 다른 사람의 가족이다.

그런데 뜻밖에 비행기에서 그와 그의 새 아내를 만났다. 그 순간 마오전은 다시 심장이 산산이 부서지는 것 같았다.

이혼하고 십여 년 동안 같은 도시에서 살며 같은 업종에서 일했지만 한 번도 부딪친 적이 없었다.

나중에야 이혼한 부부가 회의나 모임에서 부딪치지 않도록 사람들이 배려했다는 사실을 알았다. 그 덕분에 십수 년 동안 둘은 무사하게 서로를 피할 수 있었다.

바다처럼 넓은 도시에 수많은 개인이 살아간다. 부부나 가족 모두 일단 흩어지면 거의 만날 일이 없다. 영원히 이별이다.

그런데 지상에서 만나지 못했던 사람을 하필 하늘에서 만나다니!

두 사람의 시선이 부딪쳤다. 둘 다 정신이 멍했다. 천미쑹이 재빨리 마오전의 시선을 피해 탑승권을 들여다보는 척했다. 마오전은 심장이 쿵쿵 심하게 뛰었다.

비행기가 이륙하여 안전하게 비행에 들어갔다. 마오전은 자기도 모르게 자리에서 일어나 뒤쪽 중간 자리에 가서 천미쑹에게 인사했다. 뜻밖이네요. 당신도 이 비행기 탔어요?

천미쑹이 허둥대며 자리에서 일어나려 했다. 하지만 안전벨트 때문에 반쯤만 일어났다가 다시 앉았다. 어, 안녕!

마오전이 물었다. 새로 결혼한 분인가 봐요?

천미쑹이 말했다. 응……뤄샤오퉁. 내 아내야.

마오전이 손을 뻗었다. 안녕하세요!

뤄샤오퉁이 멍한 표정으로 안전벨트를 한 채 자리에 앉아 마오전을 향해 손을 뻗었다.

당황한 나머지 천미쑹은 미처 아내에게 마오전을 소개하지 못했다.

마오전이 계속 말을 이었다. 식구들은 모두 잘 있죠? 부모님 모두 잘 계시고요?

음……모두 잘 계시지.

집에 가면 안부 전해줘요. 때로 꿈에도 나타나시거든요.

아, 그……

마오전은 진심이었다. 결혼생활 10년에 대학 4년, 천미쑹과 함께 한 시간은 결코 짧지 않았다. 열아홉에 연애할 때 판진에 있는 그의 집에 갔었다. 천미쑹의 부모는 각별히 그녀를 좋아했다. 원래 아들만 셋이라 마오전은 처음으로 집에 온 젊은 여자였다. 십수 년 동안 그들은 마오전을 딸처럼 사랑했다. 두 사람은 십수 년 동안 말다툼 한 번 한 적이 없었다. 둘이 의기투합했고 심지어 이혼할 때조차 이혼 이야기를 꺼낸 후 바로 탁자에 편지 한 통을 남긴 채 집을 나갔다.

둥청 사무소에 가서 이혼수속을 하러 갔던 날, 직원이 관례에 따라 물었다. 이혼 사유는? 그들은 둘이 멍하니 서로를 바라볼 뿐 대답을 하지 못했다. 직원은 처리 중인 서류에 인장을 찍으려다 말고 아무런 대답을 듣지 못하자 이상한 듯 고개를 들어 그들을 바라보았다. 천미쑹은 그제야 꿈에서 깨어난 듯 말했다. 아, 그게, 저……성격이 안 맞아서요.

이어 아이는 누가 양육할 건지 재산분할을 어떻게 할 건지 질문이 이어졌고 천미쑹은 이에 일일이 대답했다. 그들은 자녀가 없었고 직장에서 배분한 집에 살고 있었다. 자연히 분할할 재산도 없었다. 이혼을 위해 마오전은 일찍 산부인과에 가서 소변 검사를 통해 임신여부를 체크해서 임신이 아니라는 증명서를 발급받았다. 그래야 이혼수속을 처리할 수 있었다. 마오전은 울어서 퉁퉁 부은 눈으로 분주히 업무를 처리하는 직원을 빤히 바라보았다. 직원이 이혼서류에 관인을 찍고 빨간색 결혼증명서 안의 속지를 꺼내 찢은 후 단단한 빨간 증명서 케이스를 쓰레기통에 버렸다. 마오전이 뜻밖의 말을 했다. 그 케이스 두 개 제게 주실 수 있어요? 직원이 의아한 눈초리로 대답했다. 그러죠. 직원이 빨간 케이스 두 개를 마오전에게 던졌다. 마오전이 이를 받아 조심스럽게 가방에 넣었다.

그 후 마오전은 속지가 없는 빨간 케이스를 상자 밑바닥에 보관했다. 마치 자신의 사랑과 만족스러운 결혼 생활에 대한 증명이라도 남긴 듯했다. 결혼이 뭔데? 시도 때도 없이 사랑과 배신, 이별이 서로 교차되는 것 같다. 사람은 모름지기 자기 자신의 삶에 대해 긍정적이어야 해.

그때 승무원이 카트를 밀고 와서 물 서비스를 했다. 마오전이 그 기회를 놓치지 않고 말했다. 좀 이르지만 새해 인사를 해야겠네요. 당신도 가족들도 새해 복 많이 받아요!

마오전이 이렇게 말하며 두 손을 모았다. 그리고 천미쑹이 반응을 보이기도 전에 재빨리 카트 옆을 비집고 그 자리를 떠났다. 가슴에서 뜨거운 것이 북받쳐 올라 목구멍까지 치밀었다. 눈물이 핑 돌았다.

마오전은 황급히 화장실로 가서 문을 닫고 엉엉 울었다. 오장육부가 모두 쓰렸다. 마치 갑옷을 벗고 맨몸에 가격을 당한 것 같았다.

애써 현실을 부정하며 마음속 깊이 간직했던 '가족의 정'이 오늘 남편의 새 아내를 보는 순간 물거품이 되었다.

얼마나 울었을까, 밖에서 누군가 문을 두드렸다. 누구 있어요? 이렇게 오랫동안 안에서 뭐 하는 거예요?

마오전이 재빨리 눈물을 닦고 퉁퉁 부은 눈을 거울에 비춰보았다. 그녀가 퍼프를 꺼내 눈 주위를 정리했다.

그녀가 화장실 문을 열자 분홍색 다운재킷을 입은 여자가 의심스러운 눈초리로 마오전을 훑어보았다.

마오전은 그런 상대방을 본체만체 바로 자기 자리로 돌아갔다.

선양 타오셴桃仙 공항 대합실.

마오단이 무릎까지 내려오는 버건디 빛 모피를 입고 두리번거리며 마오전이 나오길 기다리고 있었다. 분홍색 차림의 위펑셴이 캐리어를 들고 나왔고 그 뒤로 한 남자가 따라오고 있었다.

마오단은 깜짝 놀랐다. 위펑셴 역시 마오단을 보고 깜짝 놀랐다. 두 사람이 거의 동시에 입을 열었다. 어, 여기 계셨어요?

마오단이 말했다. 언니 마중 나왔어요. 베이징에서 설 쇠러 왔지요.

위펑셴이 말했다. 저……저도 설 쇠러 왔어요.

마오단이 위펑셴 뒤쪽 남자를 흘끗 바라보았다. 별 일 없어요?

위펑셴이 말했다. 네. 어서 가요. 예약한 택시가 기다리고 있을 거예요.

마오단이 말했다. 새해 복 많이 받으세요.

위펑셴이 걸어가며 뒤돌아 말했다. 당신도 가족과 좋은 명절 보내세요.

파오싼얼이 캐리어를 끌며 그녀 뒤를 바짝 쫓아갔다.

마오단은 멀어져 가는 둘의 뒷모습을 복잡한 표정으로 바라보았다.

마오전이 비행기에서 내린 후 밖으로 나가며 구웨이웨이에게 전화를 걸었다. 웨이웨이, 너 네가 기내에서 누구 만났는지 알아?

구웨이웨이가 말했다. 스무 살 더 많은 소개팅 남자?

마오전이 말했다. 됐네. 천미쑹 만났어. 새로 결혼한 여자도 함께.

구웨이웨이가 말했다. 그게 뭐 어때서? 두 사람 고향이 같잖아. 설 쇠러 오면 만날 수도 있지.

마오전이 말했다. 마음이 불편했어. 마치 가족을 연결했던 끈이 완전히 끊어진 것 같았어.

그녀가 이렇게 말하며 다시 흐느끼기 시작했다.

구웨이웨이가 말했다. 그만해. 됐네. 톈톈 생각해 봐. 어떻게 톈톈만도 못해. 이혼한 지 벌써 몇 년이야? 새 장가를 드는 것도 정상 아니야? 남자는 혼자 못 살아. 동물이라 짝이 있어야 한다고. 잘 아는 동물 한 쌍을 만났다고 생각하면 되는 것 아냐?

마오전이 울다 말고 웃음을 터트렸다.

공항 출구에 이르자 마중 나온 마오단이 보였다. 마오단이 캐리어를 받아 들며 밖으로 향했다. 그녀는 신기한 듯 사방을 둘러보고 있었다.

마오단이 말했다. 언니, 내가 누구 만날 줄 알아?

마오전이 말했다. 누구?

마오단이 대답했다. 천미쑹.

말도 했어?

내가 먼저 가서 당신도 이 비행기 탔냐고 물었어. 그 사람, 나를 보고 표정이 얼떨떨하더라고. 그러더니 언니 마중 나왔냐고 했어. 그래서 그렇다고 했지.

화통하네.

그게 뭐. 언니랑 헤어졌다고 인사도 못해? 헤어지고 싶어 한 건 언니가 아니잖아. 안 변했더라고. 나이 들어 보이지 않았어. 마른 사람은 잘 안 늙나 봐.

잠시 멈칫하더니 그녀가 다시 물었다. 비행기 안에서 만났어? 하나도 놀라는 기색이 없네?

마오전은 가타부타 아무 대답도 하지 않았다.

운전석에 앉은 후 마오단이 다시 무슨 생각이 났는지 말했다. 언니, 그 사람 같이 오던 그 여자 말이야, 새로 결혼한 아내야?

신경 꺼.

내가 보기에 언니 많이 닮았던데.

헛소리 말고. 운전이나 해.

섣달 그믐날 오전인데도 공항은 사람이 많았다. 외지에서 설을 쇠러 고향으로 오는 마지막 비행기 편이다. 오후가 되면 집집마다 모두 모여 만두를 빚고 식사를 하겠지. 차가 천천히 주차비 정산소를 지났다. 단말기 소리가 들렸다.

차가 큰 도로로 진입하자 마오단이 다시 생각이 난 듯 말했다. 언니, 나 방금 또 한 사람 봤어.

누구?

그 남자애 엄마. 남자도 함께 오던데?

오늘 이상한 사람들만 죄다 만났네.

내 생각에 위장 결혼했다던 상대방인가 봐. 보아하니 진짜 그렇고 그런 사이가 된 것 같아.

넌 참 생각이 기발해. 드라마 찍어?

드라마보다 실제 삶이 더 드라마틱해.

언제부터 그렇게 예술적인 사람이 되셨어? 말이 술술 나오네.

모두 그렇게 기막히게 살고 있으니 그렇지.

차가 넓은 칭녠대가를 따라 쏜살같이 달려갔다. 일렬로 늘어선 삼나무들이 둥베이 도로 양측에 바람을 맞으며 우뚝 서 있었다. 폭죽소리가 묵은 때를 없애고 봄바람이 설에 마시는 술 항아리에 따뜻한 바람을 밀어 넣었다. 찬란한 빛이 집집마다 스며들며 새로운 날을 맞이할 준비를 하고 있었다. 새해가 다가오고 있었다. 묵은 날은 빨리 지나가고 새로운 삶, 좋은 날들이 빨리 오길!

17. 고원 위의 사람

　별은 너른 들판에 떠오르고, 달은 큰 강을 따라 흘러간다.

　마오전은 쿵링젠의 부탁으로 외지에서 괘직단련 과정을 밟고 있는 싸즈산을 조사하러 갔다. 간부 인사 관리 조례에 따라 원래 근무지의 인사부는 괘직단련 과정의 간부에 대해 중간 조사를 해야 한다. 싸즈산은 안링시에 온 지 1년이 지났다.

　이번 조사를 통해 마오전은 뜻밖의 사실 두 가지를 발견했다. 첫째, 쿵링젠은 내키지 않았지만 연구소에 싸즈산을 정중하게 추천하는 한편 자신의 관계를 총동원해 그가 가장 많이 활약할 수 있는 안링시로 보냈다. 이때 체제전환 중인 연구소는 근처 안링의 다른 도시에서 프로젝트 협력에 박차를 가하고 있었다. 쿵링젠의 사상, 연맹의 기술, 지방정부의 열정적인 참가로 곧 '시詩와 먼 곳'의 결과물이 나올 예정이다. 마오전이 계산해 보니 연구소의 지분 수익 20%가 지원됨에 따라 쿵링젠의 원대한 목표가 힘을 얻게 되었다. 두 번째, 싸즈산이 임직으로 있는 곳이 뜻밖에도 멀고 먼 깊은 산이라는 것이다. 청두 쌍류공항에서 차로 세 시간을 가야 안링시에 도착한다. 길이 있긴 하나 산을 빙 둘러 건설된 도로이다. 산세가 험준하여 한쪽은 절벽이고, 다른 한쪽에 강물이 도도히 흐르고 있다. 중간중간에 폭우에 쓸려 길이 끊어진 흔적이 남아있고 길가에는 보수용 모래와 자갈이 쌓여있었다.

사전에 싸즈산이 마오전에게 전화를 걸어 말했다. 중간 점검을 오신다고요. 어서 오세요. 내일 마중을 나갈 수가 없습니다. 제가 청두에서 투자 유치 업무가 있어서요. 아마도 저녁이나 되어야 돌아가 함께 식사를 할 수 있을 겁니다. 안링 쪽은 준비를 해두었어요. 시청 쪽 담당자가 마중을 나갈 겁니다. 안링시에 오면 시위원회 초대소에게 묵으시면 돼요.

마오전이 말했다. 장황하게 설명할 필요 없어. 사무실에서 이미 그쪽과 연락을 취했고 면접 일정도 잡아 놓았으니까. 어서 일해. 필요할 때 연락할게.

마오전은 구웨이웨이와도 통화를 했다. 싸즈산에게 보내

야 될 것이 있는지 물었다. 구웨이웨이는 쌀쌀맞게 없다고 말했다. 그 사람은 제멋대로야. 나랑 상관없어. 마오전이 그녀를 달래며 상임위원회 부시장을 대하는 태도가 이래서 되겠느냐고 말했다. 구웨이웨이가 말했다. 나 바빠, 일해야 돼. 그녀가 전화를 끊었다.

마오전이 인사부 부주임 샤오팡을 데리고 아침 일찍 첫 번째 비행기로 청두에 도착했다. 낮에 안링에 가서 간단하게 점심을 하고 오후에 바로 조사를 시작했다. 싸즈산이 맡고 있는 부서 책임자를 불러 이야기를 나누고 싸즈산의 업무를 평가했다. 싸즈산은 안링시 시위원회 상무위원, 부시장을 맡아 시청의 투자유치국, 과학기술국, 방송통신국과 시위원회 연락선전, 금융시스템을 책임지고 있었다.

조사 결과, 지역의 간부들은 이구동성으로 싸즈산을 높이 평가했다. 싸즈산은 배움의 자세로 매사에 자발적으로 참여하며 실무에 대한 능력이 뛰어나고 책임감이 강하다. 사고의 맥락이 분명하고, 이성적이며 혁신적이다. 이곳에 온 지 1년, 투자유치와 문화관광 분야에 새로운 성과를 많이 거두었다.

샤오팡 부주임이 이를 기록했다. 마오전은 조금 의아했다. 저 사람들 분명히 내가 아는 그 싸즈산에 대해 말하고 있는 거야? 동명의 또 다른 상무위원회 부시장 싸즈산이 있는 것 아냐? 연구소의 싸즈산은 평소 말도 없었던 사람인데, 투자유치를 했다고? 게다가 문화관광 업무에 새로운 틀을 마련했다고?

그들의 대화는 오후 6시 넘어서야 끝났다. 싸즈산에 대한 높은 평가와 찬사가 이어지자 마오전은 마치 성省으로 승급할 지방의 우수한 인재를 발탁하기 위한 자리에 있는 것 같았다. 그냥 평범한 괘직단련 기간의 간부에 대한 중간 조사가 아닌 듯했다.

마오전은 마치 꿈을 꾸는 것 같았다. 심지어 환각에 빠진 것 같았다. 해발 2천 m가 넘는 지역적 특징 때문에 대뇌에 산소가 부족한 건 아닐까? 마오전이 곁에서 기록을 하고 있는 샤오팡에게 물었다. 모두 기록했나? 샤오팡이 말했다. 네. 걱정하지 마세요. 녹음도 했습니다. 샤오팡이 다시 한 마디를 덧붙였다. 저 사람들이 말하는 싸즈산이 왜 제가 알고 있는 그 사람처럼 느껴지지 않을까요?

마오전이 말했다. 함부로 말하지 말고. 어서 정리해, 식사하러 가지.

샤오팡이 헤헤 웃었다. 그녀가 노트북과 녹음용 펜을 정리한 후 마오전을 따라 초대소 식당으로 향했다. 넓은 식당에 사람이 가득했다. 샤오팡은 직원, 기자와 함께 밥을 먹었다. 20명 정도를 수용할 수 있는 바깥쪽 탁자에 명패가 놓여있었다. 성의 작가협회 지도자 왕다王大가 중앙에 앉아있었다. 대동한 시장은 싸즈산이 오는 중이라고 말하며 왕 주석을 초청하라고 특별히 당부했다고 말했다. 왕 주석은 싸즈산의 요청에 따라 안링의 제염소 역사를 소재로 한 드라마 60부작 창작을 부탁했다고 했다. 초고가 이미 완성된 상태였다.

마오전은 왕 주석에게 공손하게 인사했다. 왕 주석의 공헌이 대단하십니다.

시장은 부시장 싸즈산이 자기를 기다릴 필요 없이 먼저 식사를 하라고 했다고 말했다. 왕 주석이 여유만만하게 말했다. 업무시간 내에는 규정상 음주가 불가능하다고 알고 있습니다만 내가 직접 청과맥으로 제조한 술을 가져왔습니다. 함께 마셔도 문제없겠지요? 시장은 아무런 문제가 없다고 말했다. 우리 시의 대 공신이시니 우리가 대접해야 옳지요. 싸 부시장이 오늘 딱딱한 업무 회식 자리를 작가, 예술가를 초청한 연회 자리로 바꾸고 싶어서 왕 주석을 초청한 것 같습니다. 위진魏晉시대의 풍격이라면 술과 약이 있어야 마땅합니다. 왕 주석이 말했다. 그래서 제가 분위기를 맞추러 왔지요. 소탈한 왕 주석의 모습에 사람들이 모두 웃음을 터트렸다.

이렇게 그날 밤 주인공은 왕 주석이 되었다. 사람들은 술

취한 신선, 인재 중의 인재인 왕 주석과 함께 즐겁게 술을 마셨다. 술과 음식을 제법 많이 비웠을 때도 싸즈산은 나타나지 않았다. 중간에 계속 직원들이 보고를 올렸다. 아직 30km는 남았다고 하네요. 오던 길에 토사가 흘러내려 길이 막혔다는군요. 도로를 정비하는데 20분을 더 기다려야 한다는데요.

차를 마시고 대화를 나누는 사이, 마오전은 샤오광이 있는 방을 계속 들락거리는 흰 셔츠 차림의 여자가 눈에 들어왔다. 잠시 후 취기가 제법 올라왔을 무렵 시끌벅적 사람들 떠드는 소리가 들렸다. 오셨어요, 싸 부시장 오셨어요.

사람들의 시선이 입구를 향했다. 경비가 문을 활짝 열자 큰 키의 사람이 역광을 받으며 걸어 들어왔다. 식당 안은 연기로 가득 차 있었다. 입구의 황금빛 샹들리에 빛을 배경으로 싸즈산이 문을 들어섰다. 그 순간 마오전은 자기 눈을 의심했다.

싸즈산은 눈이 부셨다. 가슴 근육 때문에 셔츠가 불룩했다. 이마가 훤칠하고 하관이 단단하며 별처럼 빛나는 눈빛의 그가 사람들을 향해 성큼성큼 다가왔다.

여자의 육감, 마오전은 그의 시선을 좇으며 빛의 근원이 어디일까 생각했다. 바로 계속 실내를 들락거리는 흰 셔츠의 여자다. 싸즈산에게 다가간 여자의 시선이 그와 마주쳤고 그 순간 두 사람의 시선에서 불꽃이 일었다. 그리고 두 사람은 순식간에 다시 시선을 돌렸다. 주위 사람들이 전혀 눈치를 챌 수 없을 정도로 짧은 순간이었다.

하지만 마오전은 느낄 수 있었다. 싸즈산을 잘 알고 있었기에 그의 몸에서 느껴지는 전파를 감지할 수 있었다. 다시 다가오는 싸즈산을 자세히 눈여겨봤다. 당당하고 의젓한 그가 온몸으로 호르몬 냄새를 풍기고 있었다. 마치 밤새도록 호르몬에 흠씬 담겼다가 빠져나온 사람 같았다.

밤새 장미처럼 활짝 피어
밤새 데이비드처럼 사랑으로 가득한 시간을
미켈란젤로의 데이비드처럼

마오전은 도무지 믿을 수 없었다. 허우사위 별장에서 앞치마를 두르고 있던 남자 맞아? 긴 머리에 앞머리를 늘어뜨리고 조금 풀이 죽고 왜소해 보였던 등 굽은 그 남자? 매일 밥하고 빨래하고 아이 데려다주고 변기 고치고 조명 달고 구웨이웨이의 잔소리를 들으며 주방을 들락거리던 그 남자란 말이야? 기관에서 역시 그저 묵묵히 존재감이라고는 찾아볼 수 없었던 직원, 연구소 한 해 결산 보고를 해야 할 때나 생각났던, 그가 발표한 논문 수량을 정리해 어눌하게 말하던 이공대 남자가 이 사람이라고?

마치 말라비틀어졌던 꽃이 고원의 햇빛과 이슬의 축복을 받아 하룻밤 사이에 활짝 피어난 것 같았다.

자신의 가치를 찾고, 존재감을 회복한 후 생성된 단백질이 한 남자를 하룻밤 사이에 활짝 피어나게 했을 수도 있다.

황금처럼 찬란한 나이의 남성이 지니는 매력이다. 근육과 자연스럽게 발산되는 수컷의 냄새는 이루 말로 다 형용할 수 없을 정도로 황홀했다.

아름답고 매력적이다. 그리스 조각상에나 어울리는 그 단어가 이 남자에게서 느껴졌다.

싸즈산이 나타나자 모임은 열기를 더했다. 싸즈산이 사과한 후 감사의 말과 함께 왕 주석과 마오전에게 술잔을 올렸다. 마오전은 집에서 봤을 때 그가 알코올에 알레르기가 있었던 생각이 났다. 그런데 오늘 그의 모습은 전혀 딴판이다. 술잔을 올린 후 그는 다시 직원들이 있는 옆방으로 들어가 한참 동안 나오지 않았다.

모임이 끝난 후 샤오팡이 마오전과 함께 방으로 돌아가 전기보트에 물을 끓이며 말했다. 뤼베이베이呂蓓蓓 벌써 싸 형하고 그렇고 그런 사이 아니에요?

마오전은 무슨 말인지 짐작이 갔지만 일부러 시큰둥하게 대꾸했다. 무슨 헛소리! 뤼베이베이라니, 누구 말하는 거야?

샤오광이 말했다. 흰 셔츠 입은 《안링시보安嶺時報》여기자요. 싸 형에 대한 보도 책임을 맡고 있잖아요. 쓰촨대학 신문방송학과 졸업하고 신문사 수석 기자로 있어요.

마오전이 말했다. 됐어. 정보를 알아보는 건 좋은데 자기 상급자에 대해 함부로 소설을 쓰는 건 옳지 않아.

내가 지어낸 게 아니고요. 싸 형이 도착하기 전에 가장 초조해하는 사람이 그 여기자더라고요. 입구를 서성이다가 밖에 나가보기도 하고, 다른 사람은 모두 싸 부시장이라고 부르는데 그 여자만 '싸즈산'이라고 부르고요. 싸 형이 어디쯤 왔는지 일일이 챙기며 정확하게 20분 남았다, 10분 남았다 말했잖아요.

그게 뭐? 그래봤자 윗사람 하고 가깝게 지낸다는 의미지.

그것도 말이 안 돼요, 과하다 싶은 정도로 친해요. 나중에 싸 형이 안으로 들어와 사람들에게 잔을 올릴 때 그 여자가 싸 형을 자기 옆에 앉히더라고요, 싸 형도 당연하다는 듯 바로 그 자리에 앉았고요. 어쨌거나 싸 형은 지금 상무위원회 부시장이잖아요. 어떻게 그리 쉽게 여기자 옆에 앉아요?

그 말은……?

제가 보기에 두 사람 보통 사이가 아니에요.

그 입 다물어.

넵! 물 다 끓었네요. 차 드세요.

다음 날 오전, 조사 절차에 따라 그들은 싸즈산 본인을 불러 이야기를 나누었다. 여전히 샤오광이 기록을 맡았다. 이야기가 끝난 후 싸즈산이 두 사람에게 산책을 나가자고 제안했다. 그들은 먼저 구 시가지에 조성한 민속 연등 거리로 나갔다. 2, 3km에 걸쳐 조성된 거리의 모습이 장관이었다. 이어 다시 차를 타고 산자락에 이르러 산과 눈, 계곡, 빽빽한 숲을 조망했다. 가슴이 탁 트이는 것 같았다.

노천 찻집에 앉아 지역에서 생산되는 녹차를 마시며 산에서 불어오는 신선한 공기를 깊이 들이마셨다.

마오전이 말했다. 정말 좋은 곳이네. 천연 산소가 주는 매력에 여기 계속 살고 싶을 것 같아.

싸즈산이 말했다. 네. 여행객들 모두 여기가 좋다고 해요. 하지만 이곳에서 지내니 종종 쓸쓸한 기분이 들어요. 특히 주말에는요. 시위원회 사람들 중 위원회 서기, 부서기, 조직부장, 기율위원회 서기 모두 성에서 파견된 사람입니다. 시청의 부시장들 역시 모두 그렇고요. 주말이 되면 그 사람들은 모두 성으로 돌아가요. 이 지역 사람들은 집에 가고, 임시직무에 있는 사람만 여기 남죠.

그럼 주말에는 뭐 해?

주말에는 걸어 다녀요. 시가 크지 않아서 주요 지역은 거의 다 걸어봤어요. 많이 걸어보니 실제 상황을 잘 파악할 수 있었습니다. 언젠가 버스 정류장 팻말에 '차이덩彩燈공원'이란 글자가 적혀 있더라고요. 그 길을 따라 30분쯤 걸었는데 서점이 하나 보여서 들어가 책 한 권을 산 후 공원의 노천 찻집에 가서 가장 비싼 차를 시켰죠. 한 잔에 12위안이더라고요. 사장 아주머니가 보온병을 줘서 혼자 차를 타 마시며 책을 봤어요. 그리고 다시 시청 숙소로 돌아왔죠. 언젠가는 밤에 거리를 돌아다니다 갑자기 비가 내려서 길가 가게에 앉아 맥주 한 병을 시켜 마셨어요. 정말 기분이 좋았습니다.

시인처럼 지내시네.

굳이 요란하게 지낼 필요도 없어요. 1년 넘게 시청에서 멀지 않은 길가 이발소에서 이발을 했어요. 처음 갔을 때 이발사가 뭐 하는 사람이냐고 해서 아르바이트하고 있다고 했죠. 1년이 지난 후, 다시 이야기를 할 때였어요. 그때는 제가 도입한 큰 프로젝트를 사람들이 다 알고 있을 때였어요. 아직 계약은 하지 않은 상태였지만요. 이발사 말이, 좋은 일을 하고 있다고 들었다는 식으로 말을 걸었어요. 바로 그 프로젝트를 말하는 거였습니다. 그제야 그 이발사에게 내가 누군지 아느냐고 물었지요. 그가 그러더군요. "그동안 잘 숨겼네. 프로젝트 도입한 사람이잖아요." 처음에는 왜 내가 부시장이란 사실을 몰랐을까 조금 의아했어요. 그런데 나중에야 이해를 했습니다. 밤 TV뉴스 시간까지도 이 발사는 항상 일을 했으니까요.

음, 그렇겠네.

싸즈산이 진지하게 말했다. 쿵 소장님 그리고 기관에서 이곳에 저를 보내주셔서 내심 감사하고 있어요. 이곳의 임시직무가 제게는 매우 큰 의미가 있습니다. 제가 환골탈태하고 있는 것 같아요. 간단히 말해 1년 반 이곳에서 일하며 가장 큰 변화는 인생의 의미를 깨달았다는 거예요. 그건 허상이 아니라 만질 수도, 볼 수도 있습니다. 전에 연구소에서 일할 때 역시 '인민을 위해 복무하라'라는 말을 많이 들었어요. 하지만 그때 '인민'은 그저 우리 혁신과제팀의 몇몇 동료가 다였죠. 기껏해야 우리 팀 구성원들을 위해 약간의 복지 혜택을 주는 거였어요. 식사비, 교통비 영수증 처리 해주고, 경비의 2%를 사람들 월급에 추가해 주고요. 그런데 이곳에는 '인민'이 수없이 많아요. 그냥 일반인들, 볼 수 있고, 만질 수 있는 사람들이요. 때로 밤에 창문 앞에 서서 사람들 집을 밝힌 등불을 보면 마음이 찡하고 아파요. 그 순간, 인민을 위해 복무한다는 진정한 의미를 깨달았습니다. '인민'은 바로 안링시의 328만 주민이에요. 그들이 집집마다 불빛 아래 생생하게 살고 있어요. 밥을 먹고 말다툼도 하고, 결혼을 하기도 하고 이혼을 하기도……그들이 취업도 잘하고 잘 먹고 잘 살 수 있도록 도와주고 있어요. 문제가 해결된 후 활짝 웃는 그들의 모습이 모두 이런 제 삶과 연결되어 있어요. 누님, 정말요. 물리적인 공간에서 내가 한 일의 의미가 생생하게 느껴져요.

마오전은 싸즈산의 담담한 표정 뒤로 결코 감출 수 없는 그의 감동을 느낄 수 있었다. 그의 얼굴을 보며 마오전은 다시 한번 놀랐다. 그가 하는 말은 모두 마음에서 우러나는 말이었다. 맑고 깨끗한 시냇물 같았다. 1년 반 전에는 이렇게 말을 많이 하지 않았는데.

싸즈산이 자리에서 일어나 빙글빙글 돌며 갑자기 두 팔을 벌렸다. 누님, 누님은 잘 모르겠지만 때로 밤에 저는 제 자신이 날아오르는 것 같아요. 공중에서 큰 새가 되어 두 날개를 펴고 가슴으로 주민들을 꼭 끌어안는……한 해 동안 몇 가지 성과를 거두었어요. 예를 들면 이곳 조명 기업들요. 막 이곳을 왔을 때는 약 500개가 있었는데 1년 사이 200개가 더 늘어났어요. 상품이 전국 각지로 판매되고 해외에 창업을 하기도 하고요. 그래서 연등 축제를 개최했어요. 그 외에 '인랑팡다安嶺方達 광장'도 건설했어요. 이곳을 만든 후 매년 여행객이 300만 명 넘게 오는 덕분에 1년 소득이 거의 5억 위안입니다. 관광업의 연동성은 정말 막강해요. 외식업, 숙박업 모두 다섯 배에서 열 배까지 승수효과가 있어요.

지금 누님이 묵고 있는 호텔은 유서 깊은 옛 호텔이고, 새로운 호텔이 계속 건설될 예정입니다. 많은 이들이 상상도 못하던 일이에요, 이렇게 외진 도시에 사람들이 5성급 호텔을 짓겠다고 투자를 하다니, 그것도 하나가 아니라……

마오전은 싸즈산의 말에 가슴이 벅차올랐다. 그러면서도 이 나이에 흥분이라니, 마냥 달갑지는 않았다. 그녀가 싸즈산에게 물컵을 건네주며 말했다. 알았어. 하나 물어볼 테니 사실대로 말해줘. 그때 지방으로 괘직단련을 신청한 이유가 뭐야? 연구소에서 억울한 일을 당했나? 선임급이나 부소장에 되지 못해서 불공평하다고 생각했어?

그것도 이유 중 하나였거나 직접적인 동기가 되었을 수 있어요. 수년간 직무나 직명 문제가 해결되지 않으니 좌절감이 컸죠. 동시에 황 선생과 필립 같은 부류들이 내 상급자긴 하지만 뜻이 맞지 않았고……그러다 보니 제 자신에 대해 회의감이 들었어요. 평생 이렇게 따분하고 짜증나는 환경에서 지내야 하나? 어쨌거나 당시 느낌은 모든 생각을 지우고 조용한 곳을 찾아가 세상이 과연 아름다운 곳인지, 내 인생의 가치가 무엇인지 생각해보고 싶었어요.

지방으로 임직을 신청한 것은 사실 이상주의자가 실망과 좌절 끝에 선택한 길이에요. 특히 비 행정단위에서 괘직단련이라는 상황을 선택한 건요. 괘직단련을 신청한 이유는 나중에 연구소로 돌아가 승진하기 위해서가 아닙니다. 정말이에요. 게다가 우리 연구소는 국무원 산하조직도 아니어서 관리가 될 수 있는 곳이 아니잖아요. 소장도 관리가 아니고.

　이곳에 온 후 연구소에 있을 때와 느낌이 달라. 정말 관리가 되었다고. 괘직 기간에 관리가 된 느낌이 어때?

　느낌이야 정말 전과 달라졌어요. 신분의 변화는 당연히 마음의 변화를 가져오죠. 괘직 기간에 관리가 된 느낌은 무엇보다도 주위에 사람이 많아졌다는 거예요. 우리 연구소는 인원은 많지 않은데도 관계는 복잡하잖아요. 하지만 이곳에 내려와 부시장이 되어 직접 각 국의 국장, 각지 현縣 위원회 서기 현장, 각 지역장을 관리하면서 알게 되었어요. 이들은 모두 기층민들로 경험이 풍부하고 능력이 좋아요. 모두 어느 정도 성과를 낸 후 지금의 자기 자리까지 올라온 사람들입니다. 둘째, 느낌 역시 가장 중요해요. 실제로 주민들의 복지를 위해 힘쓸 수 있다는 느낌요. 자신의 가치도 느끼고, 권력을 이용하는 묘한 매력도 느끼고요. 권력과 개인의 가치가 그때야말로 하나가 돼요. 셋째, 장엄한 분위기도 좋아요. 매번 대회가 있을 때마다 국가가 울려 퍼지면 마음이 엄숙해져요. 대회가 열릴 때는 물론이고 평소에도 옷차림에 신경을 써요. 흰 셔츠에 검은 바지, 남들이 비웃을까 걱정하지 않아요. 일 년 동안 내가 산 옷들이 전부 그런 거예요. 평생 입을 정도로 많아요. 네 번째는 조직력이에요. 매년 연등회를 열 때마다 공안국, 교통국에서 모두 거리로 나와 지휘를 해요. 공안국, 검찰원, 법원에서 예비안건을 마련합니다. 수십만 명의 외지인이 모이는데도 질서 정연하죠. 그때 국가 기관의 힘과 효율성을 깊이 느낄 수 있어요.

바로 그때 전화벨이 울렸다. 싸즈산이 전화를 받은 후 말했다. 네. 보내세요. 산각山脚찻집으로요. 그가 마오전에게 말했다. 급히 서명해야 할 일이 있어서요.

잠시 후 지프차 한 대가 길가에 멈췄다. 멀리 흰 셔츠에 흰 신발을 신고 워싱 청바지를 입은 여자가 다가왔다. 셔츠 하단을 바지에 넣어 입고 있었다. 갈색의 긴 머리카락이 바람이 흩날렸다.

마오전은 절로 감탄이 흘러나왔다. 정말 상큼하고 자신감이 넘치는군. 싸즈산이 문제가 아니었다. 쓰촨 여자는 만만치 않다는 말을 속으로 되뇌었다. 물론 그에 뒤따르는 말도 있었다. 건드려서 좋을 것 없겠네.

싸즈산이 마오전에게 뤼베이베이를 소개하며 그녀가 건넨 문서에 서명했다. 뤼베이베이는 문서를 받은 후 차를 몰고 떠났다.

마오전이 말했다. 말해 봐.

싸즈산이 말했다. 뭘요?

마오전이 턱으로 뤼베이베이가 멀어져 간 방향을 가리켰다. 모르는 척하지 말고. 잠깐 떨어져 있다고 그 새를 못 참고 따라온 건가?

싸즈산이 말했다. 아무 관계도 아니에요. 그냥 기자예요. 서명 받을 일이 있어서 온 것뿐입니다.

아무 관계도 아니라고? 샤오팡도 한눈에 알아보던데? 우리에겐 기율이 있으니 함부로 행동하면 안 돼.

싸즈산의 얼굴이 빨갛게 달아올랐다. 그가 두서없이 말했다. 누님……그러니까, 저 여자는 문화, 방송 분야 기자예요. 여기 온 후 우연히 만났고 제 일을 많이 도와주고 있어요.

도와주고 있다고? 도움이라고 해도 선을 넘으면 안 돼. 여기서 일을 내고도 돌아가고 싶어?

싸즈산이 잠시 고민하다가 결심한 듯 입을 열었다.

누님, 사실대로 말하죠. 저 이미 이혼했어요……

마오전은 깜짝 놀랐다. 뭐라고? 정말? 언제?

여기 내려올 때요. 아내는 제 괘직단련 신청에 반대했어요. 이혼하지 않는 한 못 내려간다고.

그래서 둘이 가서 이혼수속을 했어?

네.

화가 난 마오전이 제자리를 빙글빙글 돌며 싸즈산을 향해 손가락질을 했다.

 그렇게 중요한 일을 홧김에 해?

 달리 방법이 없었어요. 제 뜻은 이미 정해졌으니까요. 구웨이웨이 마음도 단호했고요. 우리 둘이 의견의 일치를 본 셈이죠.

 그럼 벌써 1년이 넘었다는 건가? 정말 사람을 감쪽같이 속였네. 간부 개인인사에는 왜 보고 안 했어?

 이곳에서는 연말에 보고서를 작성해요. 연구소는 시기가 이르죠. 당시에는 아직 이혼증명서를 발급받지 못했었고요.

 대체 무슨 말을 해야 할지!……어서 연구소에도 보고해요.

 네, 고맙습니다! 제 대신 구웨이웨이를 보살펴 주세요.

 날더러 보살펴주라고? 정말 이기적이네. 집에 노인과 아이만 남겨두고 자기만 쏙 빠져나와서. 애는 어떻게 해? 노인네는? 웨이웨이는 하루 종일 바쁜데 집안일은 어떻게 하냐고!

 누님, 누님도 그래요. 지금까지도 절 그런 식으로만 생각하잖아요. 가정 안에서의 제 자리요. 전 매일 외부 일은 하지 않고 그저 집에서 주방만 책임져야 하나요? 집에서 아내가 벌어다 주는 걸로 살면서 밖에서는 고개도 못 들고요? 그런 생활을 한 지 십 년이 넘어요. 십 년이 넘었다고요……

이제야 알겠네. 여기로 내려온 이유가 그저 연구소에서 부당한 대접을 받아서라고만 하더니 사실은 집을 벗어나고 싶었던 거군. 풍족하지만 나태했던 가정을 벗어나고 싶었어. 내 말이 맞아?

네. 차마 창피해서 입을 열지 못했던 이유도 있고, 웨이웨이하고 아이에게 미안하기도 하고요. 행복한 생활이 오래되면 권태로워져요. 7년 동안 괴로운 마음을 회피하고 살았는데 나태한 삶은 그대로 10년 이상 지속시킬 수 없었어요. 웨이웨이는 걱정하지 마세요. 저보다 모든 부분에 능력이 있으니까요. 분명히 가정 안팎의 생활을 모두 잘할 겁니다.

웨이웨이가 가슴 아플 거라고는 생각지 않아? 샤오민은 아빠를 보고 싶어 하지 않고?

긴 아픔은 짧은 아픔만 못해요. 헤어진 지 벌써 일 년이 넘었습니다. 샤오민과는 자주 동영상으로 통화해요. 우리 이혼에 대해 아이와 장모님에게는 아직 비밀이고요. 얼마나 오랫동안 불면증에 시달렸는지 몰라요. 20, 30년 후의 허우사위 생활이 빤히 보이는 듯했어요. 정말 무서웠어요.

여기까지 들은 마오전은 정말 돌이킬 수 없는 일이 되었구나, 라고 느꼈다. 싸즈산은 철저하게 과거의 생활과 이별을 했다. 여기자가 있으나 없으나 마찬가지다.

여기자는 그저 가속기일 뿐이다. 부부의 감정이 갈라지는 과정을 빠르게 돌리고 있을 뿐이며, 싸즈산의 새로운 삶이 시작되는 시기를 앞당겼을 뿐이다.

저녁에 싸즈산이 개인 돈으로 마오전에게 식사를 대접했다. 샤오팡과 뤼베이베이도 함께 자리했다. 샤오팡은 눈을 또르르 굴려가며 자기와 엇비슷한 나이의 기자를 노려보았다. 대체 마오전이 왜 이런 식사자리에 응했는지 이유를 알 수 없었다. 마오전은 싸즈산의 부탁대로 싸즈산의 이혼 사실을 외부에 알리지 않았다. 샤오팡은 지금껏 이 사실을 알지 못한다. 마오전은 자신을 가족처럼 생각해서 뤼베이베이를 봐달라고 데리고 나온 싸즈산의 마음을 짐작할 수 있었다.

그들은 짱족藏族이 만든 청과맥 술을 마시고 지역 소수민족이 부르는 산山 노래를 들었다. 마오전은 싸즈산이 그렇게 노래를 잘 부르는 줄 몰랐다. 연구소에 있을 때는 노래를 부른 적이 없었다. 노래는커녕 말도 몇 마디 나누지 못했다. 그런데 이렇게 감동적으로 노래를 잘 부르다니. 노래를 부를 때 모습도 너무 준수했다. 여기자 뤼베이베이도 일어나 함께 듀엣으로 노래를 불렀다. 그제야 마오전은 두 사람의 외모가 매우 비슷하다는 느낌을 받았다. 온갖 비바람 속에 자란 고원의 짱족 아가씨처럼 아름답고 씩씩한 쓰촨 여성, 마치 캉바康巴(동티베트)의 남자처럼 남성미 넘치는 준수한 베이징 남자라니. 이 역시 전생의 인연이 아닐까!

마오전은 기쁘면서도 한숨이 나왔다. 성숙해진 싸즈산의 변화를 보고 기뻐했고 그러면서도 베이징으로 돌아가 구웨이웨이를 만나면 뭐라고 말해야 할지 난감했다. 웨이웨이가 1년 동안 자신을 속였다면 분명히 외부에 자신의 이혼사실을 알리고 싶지 않아서였을 것이다. 자신이 알고 있는 구웨이웨이가 이런 행동을 하는 이유는 분명히 자신이 싸즈산보다 우위에 있으며, 싸즈산을 여전히 단순하고 말 잘 듣는 남동생 정도로 여기고 있기 때문이다. 아마 남편이 집에 너무 오래 갇혀있다 보니 바깥바람을 쐬고 싶은 거라고 치부했을지도 모른다. 이혼으로 일단 겁을 줘서 내보내면 실컷 놀다가 그래도 집이 낫다고 생각하며 자연히 마음을 돌릴 거라고 생각하고 이혼을 해줬을 테지.

"세상의 고통아, 사랑은 흩어지고 비는 내리고, 운명의 플랫폼에서 슬픔과 기쁨, 이별과 만남 모든 것이 찰나이다." 물론 이 모든 것은 수년 이후의 대사이다.

싸즈산의 변화를 보며 마오전은 톈톈이 떠올랐다. 사랑에 눈이 먼 바보 같은 해외유학생도 이런 곳에 와서 도전하며 자신을 단련시켜야 하지 않을까.

밤에 마오전과 샤오광을 숙소로 보내고 싸즈산과 뤼베이베이는 뤼베이베이가 시내에 사 둔 집으로 향했다. 그들은 시선을 피해 택시를 타고 갔다. 두 사람은 싸즈산의 패직단련 기간 동안 되도록 둘의 관계를 비밀에 부치기로 했다. 둘이 모두 독신이라 함께 있어도 문제가 될 건 없지만 어쨌거나 싸즈산은 부시장이다. 매사에 조심해야 한다. 두 사람 모두에게 곤란한 일이 생기지 않도록 언행에 주의를 기울여야 한다.

뤼베이베이는 싸즈산과의 만남을 큰 복이라고 생각했다. 추적보도를 위해 취재를 하는 도중 그의 됨됨이가 얼마나 훌륭하고 인맥이 넓은지 알게 되었고 문제를 파악하고 처리하는 방식에서 베이징 사람의 기개를 알게 되었다. 그를 사모하는 마음이 생기면서 시도 때도 없이 그를 쫓아다녔다. 싸즈산이 자신에게 눈길 한 번만 줘도 대만족이었다. 처음에는 별 다른 것을 바라지 않았다. 그녀 역시 싸즈산이 이미 이혼을 하고 법적으로 자유의 몸인 줄 몰랐다.

싸즈산은 베이베이가 보내는 사랑의 눈길에도 별다른 반응을 보이지 않았다. 언젠가 투자유치를 위한 손님을 만나고 돌아온 날이었다. 싸즈산이 술에 취했다. 뤼베이베이가 사람들의 눈을 피해 몰래 그를 자기 집으로 데려가 보살폈다. 술이 깬 싸즈산은 미안한 마음에 그녀에게 간략하게 자기 가정 일을 언급하며 이미 이혼을 했다고 말했다. 그는 내심 둘의 만남에 합법성을 부여하고 그녀에게 관계를 계속

해 나갈 용기를 주고 싶었다.

싸즈산과 그녀의 첫날은 반쯤 취기가 오른 상태에서 이루어졌다. 이혼으로 인한 고통, 반평생 답답하고 우울했던 마음이 그 순간 한꺼번에 몰려들었다. 그는 눈을 뜰 용기가 없었다. 눈을 뜨면 구웨이웨이가, 청춘이, 지나간 과거가 보일까봐 두려웠다. 그는 눈을 감고 몽롱한 기분에 빠졌다. 하지만 눈앞의 느낌은 사라지지 않았고 여전히 환영이 나타났다.

베이베이의 몸에서 내려온 후 그는 마음을 가라앉히며 자신이 과거와 작별했음을 깨달았다.

18. 친애하는 여행자

바텐촌壩田村 제1서기 판가오펑潘高峰은 칭화대 선배이기도 한 싸즈산 부시장으로부터 전화를 받았다. 지도자 집안의 청년이 바텐촌 초등학교에 교육지원을 나오니 보살펴주라는 말이었다. 판가오펑은 입으로는 그러겠다고 하면서도 심기가 불편했다. 얼마나 기세등등한 지도자이기에 자녀가 교육 지원을 나오는 것까지 시장이 나서서 접대를 해야 돼? 지금 대학생들이 시골에 교육 지원을 나오는 일은 이미 제도화된 매우 일상적인 활동이다. 시골 학교 입장에서는 최신의 교육 정보를 얻을 수 있으며 사회 경험이 부족한 대학생들은 사회에 본격적으로 나가기 전 최고의 훈련을 받을 수 있다.

그곳에 내려온다는 청년은 청톈톈이다. 큰 이모인 마오전이 조사를 마치고 떠나기 전 싸즈산에게 특별히 자기 조카 딸이 교육 지원을 나갈 시골 마을을 찾아달라고 부탁했다. 마오전은 조카가 실연의 고통에서 완전히 벗어나지 못한 채 약간은 복수심에서 즐거움을 찾을 뿐, 정식적인 일을 하지 않는다고 했다. 매일 산에 오르거나 파도타기만 하다가 요즘은 폴댄스에 미쳐있는 모습이 이대로 두면 폐인이 될 것 같다고 했다. 이럴 때 시골에 가서 그곳 아이들이 어떻게 분발하며 살고 있는지 보여줘야 한다는 생각이었다.

싸즈산은 흔쾌히 요청을 받아들였다. 그는 문제없다며 자신에게 맡기라고 했다.

그는 대학 후배인 판가오펑이 바텐촌 제1서기를 맡고 있다는 사실이 생각났다. 그곳은 이제 막 빈곤퇴치, 난관극복 사업을 마무리하여 주민들의 이주가 완료되었고 돌봐 줄 지인도 있다.

판가오펑이 청톈톈을 처음 본 날이다. 까맣게 햇볕에 그을린 키 큰 아가씨가 반바지에 트레킹화 차림으로 커다란 배낭을 멘 채 먼지바람을 일으키며 다가왔다. 판가오펑이 말했다. 어이구! 어디서 이렇게 까만 여자애가 교육 지원을 나왔대? 야영을 하거나 등산을 가야 할 차림이군.

청톈톈은 판가오펑을 보는 순간 매우 흥미롭다는 생각이 들었다. 큰 키에 하얀 피부, 약간 통통한 몸매에, 느리지도 빠르지도 않은 베이징 말을 구사하고 있었다. 마치 세상에 그를 서두르게 할 일은 없는 듯했다.

싸즈산 삼촌이 판가오펑에 대해 미리 알려준 정보가 있었다. 판가오펑은 베이징의 당정군黨政軍 사택에서 어린 시절을 보냈으며, 칭화대 중문학과에서 박사학위를 받았다. 문화관광부 과학기술사 종합처 부처장이며 우수 인재로 바톈촌 괘직단련에 선발되어 기층 업무 경험을 쌓기 위해 내려와 있다고 했다.

판가오펑은 청톈톈에게 학교 상황을 소개했다. 마침맞게 좋은 시기라고 했다. 바톈촌은 이제 가장 고된 시기를 넘겼다. 전에는 학교가 골짜기에 위치했었기 때문에 제대로 된 학교라고 볼 수 없었다. 낡은 1층짜리 건물은 사방에 비가 새고 겨울이면 춥고 여름이면 더웠다. 지금은 세 개의 산으로 둘러싸인 넓은 평지, 가장 좋은 핵심 위치로 이주하였다. 교통도 편리하다. 운동장에 합성고무 바닥재가 깔리고 컴퓨터 교실도 생겼으며, 하루 계란 하나, 우유 한 팩을 제공하는 급식이 이루어지고 있다……바로 지금이 신선한 피가 수혈되어야 하는 시기이다. 싸 부시장이 그러는데 자네 유학했다며? 유학은 어디서 했나?

네. 호주요.

하루가 멀다 하고 교육 지원자를 맞이하고 있는데 거의

졸업을 앞둔 대학생이야. 하이구이가 내려온 건 처음인데? 이런 인재를 너무 하찮은 데 쓰는군.

그게 뭐 대단해요. 제가 왔으니 이제 하이구이도 교육 지원자가 생긴 셈이죠.

그렇기도 하네. 전공은 뭐였나?

금융요.

오! 난 셈을 할 줄 아는 사람들이 대단하다는 생각이 들어. 수학을 못했거든, 그래서 중문과를 선택했지.

저도 수학은 못해요.

그럼 엄마가 전공을 선택해 준 건가?

축하드립니다. 맞아요, 엄마가 신청했어요.

어? 하하하! 판가오펑이 대놓고 크게 웃었다. 새까만 여자애가 참 재미있네. 보아하니 편하게 함께 일할 수 있을 것 같았다.

판가오펑이 신축한 학교의 2층 건물로 청톈톈을 안내했다. 학교 선생님 몇 분을 소개한 후 무슨 과목을 가르치고 싶은지 물었다.

영어하고 체육요.

판가오펑은 기분이 좋아서 속으로 생각했다. 좋아, 개성 있는데? 하지만 겉으로는 이렇게 말했다. 잘 됐네! 학교에 마침 그 두 과목 선생이 없거든. 1학년에서 5학년까지 가르치면 되겠네, 어때?

청텐텐이 말했다. 네.

일주일이 채 안 돼 청텐텐의 아웃도어 복장은 완전히 탈바꿈했다. 그녀는 긴 팔에 긴 바지로 갈아입었다. 지역 사회에 매우 빨리 적응하여 그 지역 여성처럼 보였다. 때는 가을, 고원은 산소가 부족하기 때문에 몇 날 제대로 먹지도, 잘 수도 없었다. 가을 모기가 살벌해서 겉으로 드러낸 맨살을 모두 공격했다. 학교에서 교사에게 숙소를 제공하긴 했지만 자주 씻을 수가 없어 머리가 미친 듯이 가려웠다. 도시의 생활 방식은 전혀 통하지 않았다.

처음 십여 일을 참고 나자 적응이 되기 시작했다. 숨도 편하게 쉴 수 있고, 말을 하는 속도도 느려졌다. 괜한 잡생각도 나지 않았고 목욕을 하든 안 하든 별로 느낌이 없었다.

특히 아이들과 함께 지내며 마음의 위안을 많이 받았다. 텐텐은 점점 아이들이 좋아졌다. 지식에 대한 열망으로 반짝이는 작은 눈망울들, 열심히 뛰고 내달리며 즐거워하는 체육 시간, 흥겨운 노랫소리가 모두 치유의 약이었다. 등산을 하거나 암벽을 타는 것보다 더 재미있고 의미 있었다. 영어 발음 카드를 만들고, 수업시간 게임을 구상하고, 동요를 만들어 아이들이 영어를 잘할 수 있도록 노력했다. 처음에 수줍게 입을 열지 못하던 아이들이 이제는 유창하게 자기 소개를 하고, 인사를 한다. 청텐텐은 기분이 좋아지고 매일 성취감이 배가 되었다.

청텐텐은 마을 위원회 판가오펑 사무실에 가서 아이들 영어책을 보내달라고 엄마에게 전화를 걸고 싶었다. 이곳은 신호가 좋지 않아 외부와 연락은 모두 위원회에 있는 전화 두 대에 의지했다. 정말 불편하고 답답했다. 세상과 격리된 곳에서 휴대폰은 고물이 되었다. 그저 알람용으로만 사용될 뿐이었다.

사무실 책상 위에 《중화현기中華華玄機》란 책이 놓여있었다. 작가 왕멍王蒙의 책이다.

판가오펑이 왕멍의 책을 읽어봤는지 물었다.

알긴 하는데 읽어본 적은 없어요.

판가오펑이 웃었다. 솔직하네.

중문학 전공도 아니잖아요. 전 금융 쪽 시험을 봤으니까요, 서기님도 금융 책은 안 읽어봤죠?

그것도 그래. 우리 전공 이야기는 하지 말지. 그래서 자네는 어떤 쪽 책을 읽었지?

소설 말하는 거예요? 초등학교 때는 《해리포터》, 차오원쉬안曹文軒《초가집草房子》, 양훙잉楊紅櫻《여학생일기女生日記》, 거징葛競의 《마법학교》……

판가오펑이 낄낄 웃으며 말했다. 정말 많이 읽었네.

우리 큰 이모도 그때 그렇게 칭찬하며 이 책에 대한 생각을 물었어요. 그때 대답했죠. 차오원쉬안의 책은 한눈에 선생님이 쓴 책, 양훙잉의 책은 가장이 쓴 책이란 걸 알겠다고요. 《해리포터》는 외국의 마술에 대해 썼는데 역시 거징 작품도 좋아요. 중국 마법학교에 대한 책이죠. 그때 난 열 살이었어요.

꼬마친구의 안목이 상당했네.

큰 이모가 설에 집에 왔을 때 이모한테 베이징에 돌아가 나 대신 작가 사인을 받아달라고 했어요.

큰 이모는 뭐 하는 분인데?

싸즈산 삼촌이 다니던 연구소의 부소장이에요.

판가오펑은 한결 마음이 놓였다. 싸즈산 선배가 말한 '지도자'가 그런 '지도자'였군. 그는 문득 두 사람의 거리가 가까워진 것 같았다. 다시 청텐텐을 바라보니 어디서 어떻게 자랐는지 모를 버릇없는 괴물단지가 아니라 평범한 가정의 평범한 아이라는 생각이 들었다. 그 후로 판가오펑은 청텐텐과 이야기할 때 애써 신중을 기할 필요가 없었다.

마지막에 판가오펑이 물었다. 그래서 사인은 받았어?

네. 차오원쉬안과 거징 모두요. 우리 큰 이모가 저더러 정말 '대단'하다고 했어요. 베이징에 가서 작가들 사인을 받아달라면서 자기 이모 책은 한 권도 없다고요. 정말 자존심이

상했다고 했어요.

판가오펑이 껄껄 웃었다.

청텐텐이 계속 말을 이었다. 우리 엄마도 그랬어요. 이모에게 그런 부탁을 할 때는 그 김에 이모 책도 좀 사서 사인을 부탁해야 한다고요. 난 사실대로 말했어요. 큰 이모 책은 봐도 모른다고요. 그랬더니 엄마가 이해가 안 가도 그냥 한 두 권 사서 좋아하는 척해야 예의 아니냐고요!

판가오펑이 배꼽을 잡고 웃었다. 그가 다시 청텐텐을 바라보았다. 맑은 두 눈동자, 흰자위가 오리알처럼 담청색이다. 상대방의 말을 들을 때 그녀의 표정도 흥미로웠다. 아무것도 알아듣지 못하는 것처럼 빤히 아무 생각 없이 상대를 바라보았다. 멍하고 순진한 표정이 사랑스러웠다. 그가 사귀었던 여성들은 대부분 경계의 눈빛이 가득해서 다가가기 힘들었다. 판가오펑이 연애에 적극적이지 않은 이유 중 하나이다. 그는 여성들의 마음을 얻기 힘들다고 생각하며 아예 즐겁게 독신으로 살기로 마음먹었다. 자진해서 이곳에 내려온 것도 결혼을 재촉하는 집안 어른들을 피해서였다.

시간이 지나 두 사람이 조금 가까워졌을 무렵, 텐텐이 판가오펑에게 흥미진진하게 물었다. 베이징 남자들은 왜 하얗고 통통해요? 어릴 때 주입식 교육을 받아서 그러나? 지식뿐만 아니라 먹는 것도 베이징 카오야만 먹어 영양이 너무 좋은가?

에끼! 버릇없이.

나이가 얼마나 많다고 어른처럼 그래요?

나이가 얼마든. 다섯 살 위면 한 세대 차이야.

아이고, 선배님 알아 모시겠습니다!

톈톈은 매주 월요일부터 금요일까지 학교에서 수업 준비를 하고 학생들을 가르쳤다. 그리고 주말이면 장거리버스를 타고 현성으로 가서 인터넷 신호가 잡히는 작은 여관에 들어가 먼저 신나게 샤워를 했다. 샤워를 마치면 인터넷에 접속해 이메일을 보내고 모멘텀을 훑어보고 게임도 하고, 엄마나 이모, 친구들과 영상 통화도 하며 세상과 소통했다. 그렇게 주말을 보내고 나면 다시 마을로 돌아가 세상과 단절된 길고 긴 한 주를 보냈다. 인터넷 신호가 잡히지 않는 날은 언제나 괴로운 시간을 보냈다. 산소가 부족한 것보다 샤워를 하지 못해 더 괴로웠다. 틈이 날 때마다 톈톈은 마을 곳곳을 돌아보며 지형을 살피고 언덕에 올라 휴대폰 신호음이 잡히는 곳을 찾아다녔다. 그러다 보니 한 가지 생각이 떠올랐다. 그녀는 판가오펑을 찾아가 마을에 5G 기지국을 세우자고 건의했다.

판가오펑은 업무가 산더미 같았다. 매일 현에 가서 각종 회의에 참가하고 마을로 돌아와 각종 작업 배치를 하느라 정신이 없었다. 그는 톈톈의 제안에 깜짝 놀랐다. 통도 크네, 어떻게 그런 생각을 다해? 기지국이 세우고 싶다고 세워지는 건가?

청톈톈이 말했다. 기지국 건설이 어려워요?

판가오펑은 천진난만한 톈톈의 모습을 보고 기가 막혔다. 이봐, 유학도 했다는 사람이 기지국 건설이 얼마나 복잡한지 모르나? 자금도 있어야 하고 신청하고 허가받고 줄줄이 넘어야 할 산이 얼마나 많은데.

청톈톈이 말했다. 몰라요. 하지만 기지국이 중요하다는 건 알아요. 중국 어디 가나 있잖아요. 시골 마을에도 당연히 있어야죠.

판가오펑이 화가 나서 말했다. 당연히?

청톈톈이 말했다. 21세기예요. 날이면 날마다 교육은 현대화, 세계화, 미래화를 향해 나아가야 한다고 하면서. 세상 사람들 모두 휴대폰으로 영상회의를 하는데, 우리 학교는 신호도 잘 안 잡히면서 무슨 미래화, 현대화를 주장해요?

판가오펑이 말했다. 점진적으로 해야 하는 거잖아? 이제 막 매일 계란 하나에 우유 한 팩 주는 급식 문제를 해결하고 학교 부지 문제에 운동장 트랙……

톈톈은 집요했다. 5G 기지국 건설은 급식 문제, 운동장 트랙 문제 해결에 방해가 되지 않아요. 기지국 건설에 영향을 주는 일들이 아니잖아요. 물론 서기님도 매일 마을에 있을 필요 없이 현성에 갔을 때도 신호만 잡히면 훨씬 일이 수월해지고요. 마을 사람들, 아이들 생각은 안 해요?

뭘 그렇게 서둘러? 전체적으로 계획을 세워 한 걸음씩 차례로 해결해야지.

그렇게 판가오펑은 톈톈을 돌려보냈다. 하지만 톈톈은 또 그를 찾아와 기지국 건설을 주장했다. 심지어 공사 도면, 예산, 기지국 부지⋯⋯기지국 건설에 관련한 방안을 마련해 왔다.

판가오펑은 어안이 벙벙했다. 정말 진심이네?

이건 어떻게 다 준비했어? 판가오펑이 책상에 앉아 도면을 보다가 톈톈을 바라보며 물었다.

전 수학을 싫어하지만 그렇다고 계산을 못 하는 건 아니에요.

선생님, 학생들 영어나 잘 가르치고 있으면 안 됩니까? 뭘 이런 것까지 신경을 쓰십니까?

이런 환경에서 영어는 가르쳐봤자 뭐에 써요? 밖의 세상이 어떤지 전혀 모르는데요. 애들이 쓰는 컴퓨터는 인터넷도 연결 안 되는 고물 덩어리라고요. 그냥 컴퓨터를 하는 척 자판만 두드리는 거예요. 휴대폰은 어떻고요. 그것도 그냥 폐물이에요. 영어는 왜 배워요? 누구하고 대화를 하라고 배워요?

기지국 건설 같은 큰일을 내가 어떻게 좌지우지해? 나는 마을에 오자마자 교육 문제에 집중했어. 부서 동료들과 기금을 모아 운동장 트랙 만들고 문화기금회를 방문해 학생 지원금을 따내 컴퓨터실을 만들었다고. 이미 내 능력을 다 썼어. 나한테 다시 50, 60만 위안을 마련해 기지국을 건설하라는 건 무리야. 아가씨, 내 사정 좀 봐주지 그래.

그래서 못하겠다고요? 그럼 제가 할게요.

좋아, 좋아. 어서 가봐.

싸즈산 삼촌한테 가서 도움을 요청해야겠어요.

너무 잘 됐네. 싸 부시장이 도와줄 수 있다면 큰 문제를 해결할 수 있지. 어서 찾아가 봐.

그는 그냥 청톈톈을 추어주었을 뿐, 정말 싸즈산을 찾아갈 줄은 몰랐다.

청톈톈은 먼저 현성으로 간 다음 시외버스를 타고 시로 싸즈산을 만나러 갔다. 그녀가 싸즈산에게 자기 생각을 말했다. 싸즈산은 좋은 일이니 시에서도 적극 지원하겠다고 했다. 빈곤퇴치 사업이 막바지야. 시골에 해야 할 일이 많아. 지금은 감리단계라서 기지국 문제는 잠시 미뤄둬야 해. 서두르지 마. 다음 사업으로 조만간 기지국 문제는 해결될 거야.

관료적인 말은 빈틈이 없었다. 청텐텐은 완곡하게 거부를 당했지만 포기하지 않고 큰 이모에게 전화를 걸어 자기 생각을 말했다. 큰 이모는 조카의 말을 지지하며 자기가 싸즈산과 통화해 보겠다고 말했다. 싸즈산이 연구소에 보고서를 제출해 연구소 연맹기관이 나서 전신업무부서에 기술지원을 부탁하도록 해보겠다고 말했다.

마오전이 쿵링젠 소장에게 상황을 보고하며 기지국 건설지가 바로 싸즈산이 괘직단련 과정을 밟고 있는 마을이니 자신들이 나서 지원을 해야 한다고 말했다. 쿵링젠 역시 좋은 일이라 말하며 일찍 서두를수록 지역주민이 서둘러 혜택을 받을 수 있다고 했다. 현재 연구소의 체제 개편 작업이 아직 진행 중이며 국가에서 모든 지원금을 받고 있는 상황으로 빈민구제자금은 마련되지 않은 상태였다. 그러니 기지국 건설에 대한 비용은 외부에서 찾아야 했다.

쿵링젠은 장모 판리화의 기업을 떠올렸고 이에 장모에게 자금을 부탁했다. 장모는 무조건적인 지원을 강조했다. 기지국이 건설되면 연구소를 지원 기관으로 명시하면 된다고 했다. 쿵링젠은 감동이 밀려왔다. 이렇게 강력한 후원이 있다는 건 너무 중요한 일이었다.

경비가 조달되고 프로젝트가 시작되자 작업자들이 마을로 내려와 부지 선정을 위한 답사에 들어갔다.

흥분한 판가오펑은 입을 다물지 못했다. 정말 기지국 사업이 성사될 줄은 꿈도 꾸지 못했었다. 그는 재빨리 학교로 청텐텐을 찾아가 엄지손가락을 치켜세우며 찬사를 보냈다. 정말 대단해! 역시 해외유학생은 달라, 국제적인 안목과 글로벌한 시야를 가지고 있어. 일을 끝내주게 하는군!

대충 할 만큼은 하죠. 이건 그냥 첫걸음이에요. 앞으로 더 바빠지겠죠.

바쁜 건 염려 마, 내가 있잖아.

그 후 작업은 상상을 뛰어넘을 정도로 거대하고 힘들었다. 청텐텐은 판가오펑과 함께 공사 업체의 업무를 독려하고 그들과 소통하는 역할을 맡았다. 부지를 선정하고 답사를 내려온 기술자들을 접대하고, 연구소와 소통하며 데이터통신회사와 설비 협력에 들어갔다.

텐텐은 자발적으로 작업자들을 안내해 기구를 들고 산에 올랐다. 그 일대 산을 모두 돌아다니며 산꼭대기에 서서 휴대폰을 높이 들고 흔들었다. 하지만 아무런 신호도 잡지 못했다. 산을 내려올 때였다. 산허리에 이르렀을 때 갑자기 뱀 한 마리가 나타났다. 텐텐이 뱀을 피하다가 실수로 다리를 삐었다. 판가오펑이 재빨리 다가와 그녀를 업고 숨을 헐떡이며 산을 내려왔다.

인대나 뼈가 다치면 백일은 걸린다고 했다. 텐텐의 부상은 그 정도까지는 아니었다. 대충 열흘 정도 쉬면 나을 상처라고 했다. 판가오펑은 기지국 연결 업무를 대신 맡았으며 매일 텐텐에게 식사를 날라주고 상태를 살피면서 마을 의무실로 데리고 가 약을 발라주는 일도 서슴지 않았다. 텐텐은 조금 감동했다. 그렇다고 남녀의 정을 느낄 정도는 아니었다. 왜 쉽게 연애감정을 느끼지 못하는지 자신도 의문이었다. 아마도 첫 연애에 대한 상처가 깊은 탓일지도 모른다. 상처는 이미 아물었지만 아마 감정이 마비되었을 수도 있다.

텐텐은 판가오펑에게 너무 애쓸 필요 없다고 했다. 이제 괜찮아요. 기지국 건설이 중요해요, 파이팅!

판가오펑은 속으로 생각했다. 공주병이 있을 거라고 생각했는데 전혀 아니네. 완전히 열혈 협객 같아.

세 달 후, 바텐촌에 5G 기지국이 건설되었다. 개막식 테이프 커팅 날, 부시장인 싸즈산이 참석하여 축하인사를 했다. 그는 안링시와 더불어 연구소를 대표해 축하했다. 이는 빈곤 퇴치를 위해 안링시와 연구소가 협업하여 거둔 위대한 성과이자 현대화, 디지털화를 위한 시범 지역으로 바텐촌이 거둔 중요한 성과라고 말했다. 앞으로 마을의 아이들은 바텐촌에 살면서도 우주와 세계, 미래를 꿈꿀 수 있다. 그는 제1서기 판가오펑과 함께 제1소학의 지원 교사로 온 청텐텐에게 찬사를 보냈다. 지혜와 청춘, 노력으로 바롄촌의 현대화를 가속화시켰다고 했다.

당시 그들 중 아무도 싸즈산의 마지막 말이 실현될 줄 몰랐다.

1년 후 전 세계를 휩쓴 전염병이 시작되었다. 아무도 외출을 할 수 없는 상황에서 5G는 큰 역할을 했다. 학생들은 온라인 수업을 했고, 마을 사람들은 온라인 직거래를 할 수 있었다.

싸즈산이 마오전에게 전화를 걸어 말했다. 조카가 대단해요. 추진력도 있고 재능도 있고. 그 마을 제1서기도 대단하고요. 둘이 잘 어울립니다.

그는 마오전에게 사진을 보냈다. 커팅식 단체사진이었다. 깊은 산촌, 찬란한 햇살 아래 청춘남녀 한 쌍이 환하게 웃고 있었다.

마오전은 아무 말도 하지 않았다. 이런 일은 누가 말해도 소용이 없다는 걸 잘 알고 있었다. 인연이 닿아야 성사될 수 있는 일이었다.

기지국이 세워지고 판가오펑도 괘직단련 과정을 마친 후 베이징으로 돌아가야 할 때가 되었다. 저녁 무렵, 판가오펑이 학교 기숙사로 청텐텐을 찾아와 《중화현기》를 주며 내일 베이징으로 돌아가 다시 문화관광 업무를 하게 되었다고 말했다.

'베이징'이란 말에 청톈톈의 심장은 갑자기 벌에 쏘인 듯했다. 별빛이 반짝이는 밤 깊은 산속에서 베이징은 마치 다른 세상, 다른 평행의 우주 같았다. 그제야 청톈톈은 문득 첫사랑을 생각하며 밤낮을 보냈던 생활을 떠올렸다. 한동안 모두 잊고 있었다. 과거의 일과 꿈을 모두 잊고 지냈네. 자신의 마음을 치유하기 위해 죽을힘을 다해 과거를 잊고 살았다.

오늘, 이별의 밤에 다시 과거가 떠올랐다. 청톈톈은 판가오펑을 빤히 바라보았다. 마치 그를 통해 베이징의 모든 기억을 떠올리려는 것처럼 말이다.

천진난만한 그녀의 눈길에 판가오펑은 심장이 두근거렸다. 그는 자기도 모르게 앞으로 다가가 청톈톈을 안았다.

청톈톈은 그를 거부하지도, 그렇다고 적극적으로 받아들이지도 않았다. 그냥 그렇게 포옹한 후 다시 몸을 뗐다. 둘 사이에 많은 것들이 가로막혀 있다는 것을 알고 있었다. 그들은 함께 있지만 사실 두 개의 평행 우주에 서 있었다. 언제 다시 만날지 알 수 없었다.

이렇게 이별을 고합니다.
그대 뒤로 등불이 점점 더 어두워지고

집을 그리는 모든 아이들은
원행을 위한 닻을 올립니다.

안녕이라고 말해요.
아름다운 꿈은 사라지지 않을 거예요.
당신의 사랑을 오금에 간직한 채
심장은 평생 그렇게 따스할 겁니다.

다음 날, 역으로 가는 차가 판가오펑을 데리러 왔을 때 청텐텐이 저우선周深의 노래《사랑하는 여행자여》의 노랫말을 문자로 보냈다. 그 역시 가장 좋아하는 노래다.

만남이 시간의 선물이라면
이별할 때도 미소를 지으며 추억을 마음에 간직해야 해요
생명은 정말 보잘것없지만 또한 정말 거대하기도 해요
만나기 위해 또한 작별하기 위해 평생 애쓰는 것도
충분히 마음을 설레게 합니다

판가오펑이 탄 차가 공항을 향해 달려갔다. 깊은 산속에 남은 청텐텐은 자기 휴대폰의 컬러링을 이 노래로 바꾸었다.

19. 대지의 아들

 안링시에서 비보가 날아들었다. 빈곤퇴치 성과를 시찰하러 시골에 내려가던 싸즈산이 산사태를 만나 절벽에서 차와 함께 굴러 떨어져 사망했다는 것이다.

 마오전은 정신이 멍했다. 쿵링젠도 마찬가지였다. 그가 담배를 든 손을 덜덜 떨며 한참 동안 입을 열지 못했다.

 메타버스 및 디지털경제 유한공사 직원들 모두 그 소식을 듣고 경악했다.

 회사 이사장인 쿵링젠, 사장 마오전이 구웨이웨이 가족과 함께 안링시로 조문을 하러 떠났다.

 싸즈산 가족에게 이를 통지하자니 조금 문제가 있었다. 구웨이웨이는 싸즈산과 이혼하여 이미 가족이 아니기 때문이다. 싸즈산의 직계 가족은 후베이 고향에 있는 부모와 베이징에 있는 딸 샤오민이다.

 사람의 죽음보다 큰 일은 없다. 마오전은 쿵링젠의 지시에 따라 안링시의 협조 하에 모든 논쟁의 여지를 내려두고 먼저 장례를 치르기로 했다. 싸즈산은 생전에 부모와 딸에게 이혼 소식을 알리지 않았다. 부모와 아이가 2차 충격을 받지 않도록 당분간 이혼에 관한 소식은 공개하지 않기로 했다. 그들은 구웨이웨이를 딸의 보호자로 신청했다. 가족들이 일렬로 서서 조문을 받을 때 역시 웨이웨이가 맨 앞에 서기로 했다.

 안링시 역시 이러한 제의를 받아들였다.

 그들을 마중 나간 차가 쌍류공항에서 안링시로 향하는 길을 달렸다. 마오전은 1년이 채 안 돼 작년에 왔던 그 길을 다시 가고 있었다. 산길을 돌아보니 여전히 숲은 푸른데 소나무 숲도 강물도 나지막이 흐느껴 울고 있었다.

 안링에 도착한 일행은 싸즈산의 고향에서 온 부모와 형제자매를 만났다. 구웨이웨이는 줄곧 엄숙한 표정으로 눈물은 흘리지 않았다. 그녀는 시집 식구들과 인사한 후 바로 장례식장으로 싸즈산의 유해를 보러 가겠다고 했다. 안링시 측에서는 그녀의 요구를 받아들여 먼저 노인과 아이는 잠시 애도의 시간을 가진 다음 같이 가기로 했다.

 텐텐도 도착했다. 소식을 듣고 바로 시골에서 올라온 것이다. 텐텐은 얼굴이 까맣게 타고 고원의 햇살에 **뺨**이 발갛게 그을려 있었다. 몸도 튼튼해지고 눈빛에도 생기가 넘쳤다. 텐텐은 마오전을 보자마자 울며 소리를 질렀다. 큰 이모! 웨이웨이 이모! 그녀는 더 이상 말을 잇지 못한 채 오열했다. 큰 이모가 조카의 어깨를 다독이며 위로했다.

마오전과 쿵링젠, 구웨이웨이가 지역 사람들의 안내를 받으며 장례식장으로 향했다. 싸즈산의 형과 누나도 동행했다. 장례식장에 도착하자 사람들이 구웨이웨이를 앞서게 했다. 싸즈산의 유해 앞에 서서 얼굴을 가린 흰 천을 거두었다. 그의 얼굴을 본 구웨이웨이는 정신이 멍했다.

원래 웨이웨이는 잔뜩 긴장한 상태였다. 듣자 하니 차가 절벽에서 몇 번이나 데굴데굴 굴러 계곡 바닥에 떨어졌다고 했다. 분명히 차 안에 타고 있던 사람도 처참한 몰골이리라 생각했었다.

그런데 그렇지 않았다. 떨리는 손으로 그녀가 흰 천을 거두자 온전한 싸즈산의 얼굴이 드러났다. 그의 피부에는 흠집 하나 나 있지 않았다.

그는 평온하게 누워있었다. 마치 잠을 자고 있는 것 같았다.

심지어 매우 흡족한 모습으로 원하는 것을 이룬 듯 미소를 짓고 있었다.

분명했다. 싸즈산은 웃고 있었다. 그는 고원에서 미소를 지으며 세상을 떠났다. 원하는 삶을 살다가 미소를 지으며 이 세상에 작별을 고한 것이다.

높고 푸른 산이 그대를 묻고 도도한 강물이 영웅의 혼을 추모합니다.

구웨이웨이는 비통했다. 몸을 움츠린 그녀의 모습에서 평소 도도하고 밝은 모습은 더 이상 찾아볼 수 없었다. 보다 못한 마오전이 그녀를 꼭 껴안았다. 그제야 웨이웨이가 울음을 터트렸다. 내가 이혼하자고 몰아세우지 않았다면 이곳에 오지 않았을 텐데. 집을 나가지 않았다면 이렇게 세상을 떠나지도 않았을 텐데. 이 사람 지금 날 벌주고 있는 거야.

마오전이 가만히 그녀의 등을 다독였다. 구웨이웨이는 지금까지도 싸즈산을 이해하지 못했다. 그녀의 기억과 감정은 여전히 연하의 남편과 함께 했던 청춘의 기억, 자신의 말이라면 모든 일이 이루어졌던 그 기억만 남아있었다. 싸즈산은 남동생처럼 그저 자신의 명령에 복종할 뿐이었다. 누가 알았겠는가. 그 연하의 남편은 이제 한 가정의 주인이 될 만큼 성숙했다는 것을.

당시 마오전은 안링에서 중간 조사를 마치고 베이징에 돌아간 후 구웨이웨이를 만났다. 그리고 친구에게 아이가 소꿉장난하는 것처럼 이혼을 빙자해 불만을 터트려서는 안 된다고 했다. 그때 역시 구웨이웨이는 건성건성 대답했다. 괜찮아, 남자는 버릇을 잘 잡아야 해. 오랫동안 내가 버릇을 잘 못 들였어. 경제적으로 전혀 걱정할 일 없이 해놓았더니 집을 나가 패직단련을 하겠다고 나를 협박하잖아. 누가 겁먹을까 봐? 그래서 나는 이혼으로 협박을 한 거야. 패직단련 시기가 지나면 고분고분 돌아오겠지.

마오전은 구웨이웨이가 여전히 이혼을 장난처럼 생각하고 있다는 것을 알았다. 자기가 싸즈산을 마음대로 주무를 수 있다고 생각한 것이다. 유명하고 유능한 변호사로 다른 사람들의 일은 능숙하게 처리한다고 해도 자기 일 앞에서는 속수무책이다.

마오전은 차마 여기자 뤼베이베이를 만난 이야기를 할 수 없었다. 그저 싸즈산이 잘 지내며 기층민 관련 업무를 잘 처리하는 걸 보니 전보다 많이 성숙한 것 같다고 말해줬을 뿐이다.

싸즈산의 영결식, 추모식이 성대하게 거행되었다. 상급기관의 지도자들이 출석하고 지역의 당위원회, 인민대회, 정부, 정치협의회 사람들이 모두 참석했다. 지역 주민들도 대거 몰려들었다. 싸즈산은 당의 깃발을 덮고 빈소 한가운데 편안하게 누워 조문을 하러 입구에 길게 늘어선 사람들을 바라보고 있었다. 쿵링젠과 마오전은 2년 동안 지역에서 쌓아 올린 싸즈산의 명망과 주민들의 사랑에 깊은 인상을 받았다. 그들은 빈소 입구에서 흰 꽃과 싸즈산의 이력을 손에 쥔 주민들의 소리를 들었다. 안타까워, 정말 너무 안타까워! 젊은 나이에 우리를 위해 얼마나 많은 일을 했는데!

사전에 논의한 대로 구웨이웨이가 상주가 되어 영결식에서 가족 행렬의 맨 앞에 섰다. 그녀는 의식이 진행되는 동안 조문객들을 접대했다. 여자의 육감이랄까, 그녀는 누군가 자신의 일거수일투족을 주시하고 있는 듯한 느낌을 받았다. 이따금 시선을 들어 상대방을 찾아보았다. 검은 옷을 입은 사람들 사이로 상대가 언뜻 보이는가 싶었지만 다시 이내 사라져 버렸다. 하지만 웨이웨이가 고개를 숙이면 다시 상대방의 시선이 느껴졌다.

추도회에서 웨이웨이는 고개를 들어 단상을 바라보면서 다시 자신을 주시하는 주인공이 누구인지 예리하게 주위를 둘러보았다. 이번에는 곧장 상대방을 파악할 수 있었다. 약간 통통해 보이는 검은 옷의 한 여자가 눈에 들어왔다. 상대방은 망원렌즈 카메라를 들고 추모식장 곳곳을 찍고 있었다. 자세히 보니 임신을 한 것 같았다.

구웨이웨이는 갑자기 현기증이 일었다. 순간 모든 것을 알 것 같았다. 그 모든 것을 부정하고 싶었다.

구웨이웨이가 가장 내키지 않는 상황이 발생했다.

뤼베이베이는 임신 4개월째였다. 상대방이 장례식장으로 자신을 찾아왔을 때 웨이웨이는 조금도 이상하게 느껴지지 않았다. 문이 열리고 상대방이 들어오자 침착하게 말했다. 왔어요? 앉아요.

두 여자의 첫 대면이었다.

구웨이웨이는 뤼베이베이의 존재를 모르고 있었다. 사실 뤼베이베이 역시 상대방에 대해 아는 바가 별로 없었다. 싸즈산은 생전에 자기가 먼저 아내 이야기를 꺼낸 적이 없었다. 베이베이 역시 물어보지 않았다. 싸즈산의 상처임을 알았기 때문이다.

그런데 싸즈산의 여인 둘은 만나자마자 마치 서로가 서로를 아는 것처럼 느껴졌다.

두 사람은 복잡한 감정으로 힘겨운 대화를 이어갔다.

뤼베이베이가 먼저 자신을 소개했다. 전 뤼베이베이라고 합니다. 《안링시보》기자……

구웨이웨이가 그녀의 말을 끊었다. 구 변호사라고 해요.

뤼베이베이가 마음을 가다듬고 말했다. 네. 구 변호사님, 오늘 이렇게 인사를 드린 건 싸 부시장님이 생전에 변호사님을 사랑하며 잊지 못했다는 말씀을 드리고 싶어서입니다.

구웨이웨이가 눈을 치켜떴다. 그게 당신과 무슨 상관이죠?

뤼베이베이가 말했다. 전 변호사님이 부럽습니다. 부시장님은 단 한순간도 당신을 잊지 못했으니까요. 이혼 후에 많이 괴로워하셨어요. 저도 바보는 아닙니다. 절 치유의 수단으로 사용하신 거예요. 하지만 저 역시 기꺼이 그렇게 하고 싶었습니다.

구웨이웨이는 도도하고 자신감이 넘치는 여자다. 이렇게 솔직하게 첫 대면을 하는 고원 출신의 여성이 낯설기만 했다.

상대방은 싸즈산이 괴로운 시간을 보냈다고 말했지만 구웨이웨이는 이런 말이 전혀 위로가 되지 못했다. 여기자가 입에 발린 말을 하고 있을지 모른다. 감성지수가 높은 사람의 말은 오히려 믿음이 가지 않는다. 그러나 한편으로 솔직하고 떳떳한 상대방의 말에 오히려 싸즈산에 대한 혐오감이 일었다. 남자는 과연 동물이야! 고통은 무슨, 돌아서자마자 또 다른 뜨거운 육체를 안고 쾌락을 누렸는데. 나와 아이는 쓸쓸하게 고통 속에서 그를 기다리지 않았던가.

구웨이웨이의 얼굴이 점점 더 일그러졌다.

뤼베이베이는 아랑곳없이 자신의 생각대로 계속 말을 이어갔다. 그 이의 아이를 가졌어요……

구웨이웨이는 이미 볼록해지기 시작한 여인의 배를 바라보며 솟구쳐 오르는 분노를 애써 누른 다음 무표정하게 말했다. 《중화인민공화국 혼인법》제25조 규정에 따르면 미혼 여성이 출산한 자녀는 혼인 관계에서 난 자녀와 동등한 권리를 지니므로 부모의 유산을 상속할 수 있다고 했죠.

전 그게 아니라……

구웨이웨이가 손을 내치며 그녀의 말을 끊었다. 하지만 미안합니다. 난 이미 그이와 이혼했어요. 이혼합의서에 따르면 그는 맨몸으로 나가기로 했고요. 우리는 재산분할이 이미 끝났습니다.

정말 제 뜻은 그게 아니……

가서 유전자 검사를 해서 보여주시죠. 아이가 태어나면 싸즈산 대신 열여덟 살까지 아이 양육을 도와주겠어요.

구 변호사님!

아무 말도 하지 말아요. 한때 부부였으니 마지막으로 그를 위한 뭔가를 할 수 있도록요.

구 변호사님, 제 말을 끝까지 들어주세요.

미안합니다. 난 당신과 할 말이 없어요. 돌아가시죠. 좀 쉬어야겠습니다.

뤼베이베이가 멋쩍게 방을 나갔다.

구웨이웨이가 문을 닫은 후 그대로 침대에 고꾸라져 실성한 듯 울음을 터트렸다.

뤼베이베이의 출현으로 웨이웨이의 슬픔은 증오가 되었

다. 순식간에 감정이 변했다. 한순간에 의심이 사실로 입증되면서 마음을 추스를 힘이 없었다. 대뇌가 다운되면 복구할 시간이 필요하다. 하지만 그녀는 복구가 불가능했다.

그때 마오전이 들어왔다.

마오전이 구웨이웨이에게 편지 한 통을 건넸다.

마오전이 말했다. 싸즈산이 생전에 연구소에 보낸 편지야. 패직단련 기간이 끝나갈 무렵 보냈어. 비교적 담담한 어투야. 네게 보여주려고 출력해 왔어.

구웨이웨이가 티슈를 꺼내 콧물을 닦은 후 편지를 펼쳐 불빛 아래 읽기 시작했다.

존경하는 연구소 지도자들께
안녕하십니까.
성공적인 체제 전환으로 '메타버스와 디지털 경제 유한공사'를 설립하셨습니다. 진심으로 축하드리며 회사의 사업이 날로 번창하시길 기원합니다.
이미 하지가 되었습니다. 남부는 초목이 무성합니다. 안링에 온 지 세 달이 되었을 때 처음으로 연구소에 편지를 보냈던 것 같습니다. 공교롭게도 유한공사 설립 편지를 받은 후 대략 세 달이 지난 지금 제 패직단련이 끝나갑니다.
이곳에 오기 전 몇몇 지도자께서는 제게 국가 연구소를 대표하여 평소 책을 많이 읽으라고 권유하셨습니다. 쿵 소장님께서는 대지에 자라는 농작물처럼 하늘을 공경하며 봄에 씨앗을 뿌리고 가을에 수확을 거두라고 하셨고요. 그 말을 모두 가슴에 새기고 마치 압창석壓艙石처럼 세월이란 배의 균형을 잡으며 이 도시의 항해를 수호하고 있습니다.

주말 오후면 정부 건물은 텅텅 비어있습니다. 시끌벅적한 도시의 모습에서 한 걸음 물러나 마음을 추스르고 연구소 지도자들에게 보고를 드리기 좋은 시간입니다.

당정黨政, 저에게는 매우 낯선 분야입니다. 솔직하게 말씀드리면 당위원회, 인민대표, 정부, 정치협의회 지도자들에 대해 저는 전혀 아는 바가 없었습니다. 이곳에서 저는 집중적으로 학습, 관찰, 체험을 이어가고 있습니다. 서기, 시장, 인민대표대회 주임, 정치협의회 주석이 상무위원회 및 중대 사항에 대해 한 발언을 모두 마음에 새기고 이를 잘 이해하기 위해 노력하고 있습니다. 1년 정도 정치생활은 매우 다양했습니다. 시위원회 시정부, 현縣, 향鄕의 교체, 성의 당대표대회, 당대표 선거에 저는 주석단 구성원이나 일반인으로 모두 참가했습니다. 결단력이 넘치며 고금을 관통하는 사유의 깊이를 느낄 수 있는 당의 19차 보고는 정말 놀라웠습니다. 저는 현재의 작업과 생활에서 당의 신념과 사명, 새로운 시대를 향한 큰 역량을 몸소 체험하였으며 앞으로 이를 따라 전진하고자 합니다. 바로 패직단련 과정에서 제가 받은 최대의 수혜입니다.

업무에 대한 시위원회 추이풍강 서기의 당부와 신뢰에 깊이 감사합니다. 1년 남짓 일을 하는 동안 이런 마음을 겉으로 표현하진 않았습니다. 사람들은 다른 사람들로부터 존중을 받는데 익숙지 않습니다. 저는 백배의 노력과 정성으로 이에 대해 보답하고자 합니다. 쓰촨은 빈곤퇴치의 주요 지역입니다. 일찍이 안링은 부유한 곳이었습니다. 개인당 GDP가 성 전체에서 6위를 차지했었습니다. 다만 드문드문 몇 지역의 형편이 안 좋았었습니다. 홍강 서기는 52세로 성의 투자국 국장에서 지급시地級市로 내려왔습니다. 지금까지 두 지역의 시 위원회 서기 경력이 있는 투자 유치의 전문가입니다. '제1의 목표-투자 유치'를 시 위원회와 시정부의 핵심 목표로 하여 이를 위한 제도와 인원 구성, 자금, 심사, 감독 절차가 신속하게 이루어졌습니다. 또한 십여 개 시의 주요 지도자로 구성된 지휘부를 성립하여 매달 신문에 진행상황을 보고했습니다. 저는 처음부터 시 지도자 가운데 유일하게 두 지휘부를 맡은 지휘관으로 선정되었으며 의견을 조사하는 과정에서 적합성에 대한 의문을 제시해 그제야 한 곳의 임무만 맡게 되었습니다.

홍강 서기는 제게 투자유치, 관광, 금융, 문화 네 분야에 대한 업무를 맡겼습니다. 전에는 네 명의 부시장이 분담했던 분야입니다. 한 부시장이 처음에 농담하듯 말했습니다. 그냥 먹고 마시며 여기저기 재미있게 돌아다니는 일입니다. 좋은 자리지요. 하지만 조금 시간이 지난 후 상대방은 제 임무가 극히 막중하다고 했습니다. 현실 역시 그가 말한 대로였습니다. 1년 넘게 훙강 서기는 저를 데리고 전국 곳곳을 돌아다녔습니다. 지금까지 거의 100여 차례 비행기를 탔습니다. 힘들긴 했지만 효과는 분명했습니다. 일 년 동안 시에서 유치한 외자가 620억 위안으로 성 전체에서 유일하게 '마이너스 성장'을 역전시키면서 성 제12위에 올라섰습니다. 어느 날 자료를 정리하다 보니 이사장과 사장 명함만 400여 장에 달했습니다. 그들과의 교류는 산업의 공동 구축으로 저는 많은 것을 배웠고 많은 이익을 얻었습니다.

문화관광 사업은 과정이 어렵긴 하지만 더욱 뛰어난 효과를 거두었습니다. 시의 요구로 제가 직접 진행한 두 사업은 이 지역 사람들의 말을 빌리면 안링 사람들이 십 년 넘게 꿈꿨던 일이라고 합니다. 관련 위원회 지도자가 저를 위해 선을 연결해 준 덕분에 선전深圳 환락 해안 같은 '중국 연등의 도시' 및 '완다萬達 테마공원'을 도입했습니다. 부성장의 말씀에 따르면 이 두 사업은 쓰촨 분지 남부 문화관광업에 '획기적인 변화'를 가져올 것입니다.

두 가지 상징적인 사업 이외에도 지역 전체의 공간 개척이 필요합니다. 안링은 10년 전 4A급 경관지구 두 곳이 있었습니다. 올해 초 자원 조건과 4A 평가 기준을 연구하는 동시에 작업 효율을 높여 10월, 성의 4A 자원평가심의회의에서 경관지국 10곳이 통과되었습니다. 이는 안링 및 성 전체 역사상 전무후무한 일입니다.

순수한 문화 사업을 살펴보면 이곳의 문화국 정식 명칭은 '문화신문출판광파전시국文化新聞出版廣播電視局'입니다. 직원이 700명이며 산하 소속 기관이 21곳입니다.

제도개혁 과정에서 성省과 시 간의 끊임없는 변화로 인해 아직 남은 문제가 많습니다. 때로 상급기관에 민원을 넣으러 가는 경우가 발생합니다. 2년 동안 저는 이곳의 문화를 위해 무엇을 할 수 있었을까요? 이는 제가 처음부터 심사숙고했던 문제로 함부로 행동을 취할 수 없었습니다. 홍강 서기의 신뢰와 적극 지원에 힘입어 관리는 '인적 교류는 선하게, 사업은 거시적으로, 개인은 섬세하게'라는 원칙을 기본으로 주로 기관의 지도력을 십분 이용하고, 중대정책은 반드시 충분한 조사연구를 거쳐 마땅히 취해야 하는 정책은 절대 양보하지 않았습니다. 발전에 관한 한 절대 탁상공론에 그치지 않았습니다(기층 간부는 기획을 그리 중요하게 여기지 않습니다). 저는 주로 중대한 돌파구를 파악해 효과적으로 대중을 설득하여 전체적인 분위기를 이끌어갔습니다. 이에 연등회의 국제적 브랜드화, 문화예술 작품에 많은 공을 들였습니다.

연등회. 베이징에서 개최한 '글로벌 설명회'에 46개 국가의 주중 외교관들이 참가하여 거대한 반향을 불러일으켰습니다. 연말에 성정부에서는 연등회의 해외 홍보를 정부업무보고서에 기록했습니다. 더욱 큰 영향력은 안링의 민영 조명 기업이 연달아 해외 수출을 수주했다는 것입니다. 기업 역시 600여 곳으로 증가했습니다. 올해 들어 안링 기업은 국내 104곳, 해외 35곳에 연등회를 개최하였습니다. 시위원회와 시정부, 시민들이 이에 매우 만족하며 안링 연등회가 지역에서 세계로 수출되었다고 말합니다.

문화예술작품. 안링은 각종 예술 분야가 모두 이루어지는 곳으로, 성 범위로 보면 청두成都 다음입니다. 그러나 체제 변화 과정에서 이러한 문화예술기관이 사분오열되어 사업과 기업 편제가 공존하면서 생존을 위한 시장화가 필요한 데 비해 시장화된 시스템과 이에 대한 믿음은 부족합니다. 연구소에서 다년간 갈고닦은 덕분에 민족가무극《천남아녀川南兒女》가 문화부 민족가극 중점 지원사업에 선정되었습니다.

'좋은 작품은 좋은 효과를 가져온다'는 홍보를 통해 각 부분에서 자금과 성금이 크게 증가했습니다. 이 가무극을 만든 가무 연예演藝 회사의 소득은 이전까지 매년 약 150만 위안이었는데 이번 공연에 심혈을 기울인 결과 총수입이 여러 배 뛰었습니다. 공연 하나가 4, 5년 수입을 한꺼번에 가져다 주면서 회사 구성원들의 자신감이 배가 되고 미래에 대해 낙관적 태도를 갖게 되었습니다. 실로 놀라운 결과입니다. 안링은 최근 몇 년 동안 대 극작가들의 작품을 대거 축적하였습니다. 우리는 '극장 연맹'을 발기하여 성내 각 지역에 좋은 공연이 무대에 오르도록 시장성과 공익성을 두루 고려하고 있습니다. 성위원회 관련 지도자는 안링에서 영화와 드라마를 제작하라고 지시했습니다. 때마침 본성의 유명한 작가인 왕추펑王秋風을 만났고 그 자리에서 우리는 바로 의기투합하였습니다. 전국적인 영향력과 실력을 갖춘 작가가 민국 이후 안링 염장의 역사를 제재로 한 60부작 시나리오의 초교를 완성하여 투자자 측과 협상 중에 있습니다. 안링시의 문화적 영향력이 한층 더 고조될 것으로 예상됩니다. 우리의 가장 중요한 목표는 명성이 아니라 옛 도시를 개조하여 문화 관광을 위한 촬영장을 건설하는 것입니다.

인적관계. 시위원회 상임위원에는 저를 포함해 모두 11명이 있고, 부시장 역시 저를 포함해 7명입니다. 서기의 경계, 격식, 신임은 매우 중요합니다. 저 역시 괘직단련을 내려온 제 자리에 대해 명확히 인식하고 있습니다. 자리에 적합하게 명예와 이득은 마음에 두지 않고 항상 직무에 충실하도록 노력합니다. 시위원회, 시정부가 정한 임무를 성실하게 이행하고 있으며, 직책 내 업무에 만족합니다. 이는 당연한 것이기도 합니다. 자발적으로 보고하고, 자발적으로 행동합니다. 또한 문화 부분의 경험을 살려 투자 유치 혹은 다른 산업에서 두 부분의 효과를 생각하여 항상 실무에서 출발, 이 도시 주민의 수요와 바람을 최우선 순위에 두고 현실적이면서도 미래지향적으로 행동합니다. 아마도 이런 마음가짐이 통했나 봅니다. 사람들과 유쾌하게 지낸 결과 모든 이들의 적극적인 협조를 이끌어내어 일정한 성과를 거두었습니다. 굳이 채찍질이 필요 없이 열심히 노력하고 있습니다. 시간을 헛되이 흘려보내고 싶지 않았습니다. 세월은 제 자신의 것이기 때문입니다.

서민사회에 대한 조사, 연구는 항상 게을리하지 않으면서도 문제에 초점을 맞춰 일을 합니다. 주말이나 저녁이면 거리를 한가히 걸어 다닙니다. 광장무를 추는 모습은 장관입니다. 찻집의 마작 탁자 옆 창문 너머로 끊임없이 운동하는 사람들의 모습이 보입니다. 성은 이곳의 문화적 특성을 '슬로라이프'라고 정했습니다. 이 도시의 경제가 온통 낙관적인 부분만 있었다면 저는 이 행복한 모습을 '성대한 경관'이라고 표현했을 겁니다.

두서없이 주절주절 글을 많이 썼습니다. 이곳에서 제 업무에 대한 객관적인 보고입니다. 종합적인 정리는 제 마음에 담고 평가는 타인에게 맡기고자 합니다.

조직에서 결정한 기간에 따르면 이제 세 달 후 저는 체제 개편 이후 새로워진 메타버스 및 디지털경제유한공사로 돌아갑니다. 흥분이 되긴 하지만 그보다는 매우 아득하게 느껴집니다. 마치 먼 바다에서 해무가 피어오르는 것 같습니다. 그리움, 은근한 기대 같은 것임을 알고 있습니다. 여러 번 이런 기분이 들었습니다. 조용한 밤, 기대감에 전율을 느꼈습니다. 일 년 넘게 이곳에서 생활하며 갈고닦는 동안 저는 제 자신의 변화를 느꼈고, 담담함이란 무엇인지, 견강함이란 무엇인지 알게 되었습니다. 정말입니다. 넓은 대지에 엄청난 변화가 일고 있습니다. 소강사회를 향한 천 년의 꿈이 현실이 되고 있습니다. 매번 시골에 내려갈 때마다 물가에 지어진 집은 여전히 낮고 초라하며 좋은 차량도 많지 않습니다. 하지만 그들의 얼굴에 미소가 담겨 있습니다. 확신이 느껴지는 미래에 대한 빛……'시와 먼 곳', 문화사상과 디지털경제의 응용은 더 이상 탁상공론이 아니며 이곳 시골마을에서도 점차 보편적……도시와 시골이 같은 미래를 꿈꾸고 있습니다. 얼마나 멋있고 놀라운 변화입니까. 저는 여러 차례 우리 인근 시에서 건설 중인 현장에 가봤습니다. 그곳 류劉

시장이 직접 관리감독을 하는 가운데 건설이 빠르게 이루어지고 있었습니다. 베이징에 있을 때 쿵 소장님의 체제 개혁의 실체가 이곳에 있었을 줄은, 제가 패직단련을 하는 깊은 뜻이 여기에 있었음을 어찌 알았겠습니까. 친애하는 지도자들을 생각만 해도 기분이 좋습니다. 연구소에 돌아가면 기꺼이 앞장서서 전국적으로 실시하는 우리 연구소의 사업이 하나씩 이루어지도록, 그래서 창밖에 아름다운 꽃이 한 송이, 한 송이씩 피어나도록……

경애하는 지도자, 친애하는 동지 여러분, 봄날의 산이 정말 아름답습니다. 돌아갈 날을 기대합니다.

평안하시기 바랍니다.

여러분을 그리워하며

싸즈산 올림

글을 다 읽은 구웨이웨이가 대성통곡했다.

며칠 동안 참았던 눈물이 비 오듯이 쏟아졌다.

자신이 알고 있던 싸즈산이 아니었다. 연애할 때 자신에게 꽃을 바치던 준수한 남동생도, 묵묵히 집안일을 하던 착하기만 한 남편도, 하루 종일 컴퓨터 앞 의자에 깊숙하게 앉아 있던 이공대 남자도, 십여 년 동안 함께 살며 침묵하던 남편도 아니었다.

완전히 탈바꿈을 한 새로운 사람이었다.

하지만 안타깝게도 그 남자는 지금 곁에 없다. 이렇게 완벽하게 멋진 남자로 변신하며 전도유망한 존재가 되었는데 한때 자신의 도도한 오만함 때문에 이런 남자를 밀어냈고, 그 남자는 다른 여자 곁으로 갔다.

진심으로 자기 앞에 서 있을 때는 그를 아끼지 않았다가 잃고 나서야 후회가 밀려왔다. 세상에서 가장 고통스러운 일이 아닌가.

만약 하늘이 다시 한번 기회를 준다면 분명히 말할 것이다. 사랑해요! 만약 그 사랑에 기한을 둬야 한다면 자신은 일만 년 동안 사랑하겠다고 말할 것이다.

《대화서유大話西游》, 구웨이웨이는 마오전과 함께 당시 이 영화를 관람했다. 저우싱츠周星馳가 눈물을 머금고 주인朱茵에게 말할 때 둘은 깔깔거렸었는데.

하지만, 하지만……

처음 들을 때는 곡의 뜻을 몰랐는데 다시 들어보니 그 곡 속의 사람이었네.

음악이 끝나고 사람이 사라지니 고통이 밀려와요, 어디 가서 꿈속의 사람을 찾을까요.

하염없이 눈물을 흘리는 구웨이웨이는 금방이라도 기절할 것 같았다.

마오전은 그녀를 달래지 않고 그저 옆에서 함께 조용히 눈물을 흘렸을 뿐이다.

20. 별이 된 사람

 세 달 후, 황금바람이 상쾌하게 불어오는 가을이 되었다.
 쿵링젠과 마오전은 '메타버스 및 디지털 경제 유한공사'의 수십 명 기술 인력을 이끌고 다시 안링으로 내려가 싸즈산이 생전에 조성한 국제 연등회 테이프 커팅식에 참석했다.
 구웨이웨이가 아픈 몸을 이끌고 그들과 함께 했다. 법률 고문으로서 쿵링젠을 도와 그들의 지적재산권 문제를 처리하여 '메타버스' 기술을 안링의 관광 사업 중 연등회에 운용될 수 있도록 했다. 안링 주민들에 대한 기술 지원을 성공시킨 첫 번째 사례이다.
 테이프 커팅식이 파란 하늘 아래 성대하게 거행되었다. 주요 지도자들이 모두 참석하였고 주민들 역시 성대한 의식을 보기 위해 몰려들었다. 쿵링젠이 이끄는 기술 인력은 산골짜기를 빙 둘러가며 기기를 설치했다. 수백 대의 드론이 공중에서 명령에 대기 중이었다. 연구소 팀은 모니터를 주시하며 모든 관제탑의 원격 제어를 지휘했다.

의식이 시작되었다. 상급 부서의 지도자와 지역 지도자의 축사가 끝난 후 쿵링젠의 한 마디 말에 기술자가 카운트다운을 시작했다.

10, 9, 8, 7, 6, 5, 4, 3, 2, 1······

'발사' 명령이 떨어진 후 수백 대의 드론이 편대를 이루어 투명한 빛을 발사했다. 허공을 가로지르는 찬란한 드론 불빛과 베토벤의 《전원교향곡》이 울려 퍼지는 가운데 가상현실 속 싸즈산이 생생한 모습으로 갑자기 사람들의 시야에 등장했다! 홀로그램 프로젝터를 통해 등장한 그의 모습에 마오전은 소름이 끼쳤다. 흰 셔츠 차림의 싸즈산이 함박미소를 지으며 공중에서 서서히 언덕을 지나 대지로 내려왔다. 그가 사람들을 향해 계속 손을 흔들었다. 편안한 선율 속에 과거 그의 감동적인 순간들, 사업에 대한 축원, 주민들에 대한 진정성 있는 그의 마음이 하나씩 펼쳐졌다. 사람들 모두 마음이 울컥했다.

지도자, 지역 주민, 구웨이웨이, 뤼베이베이까지 모두 살아있는 것 같은 생생한 싸즈산을 보며 하염없이 눈물을 흘렸다. 장내가 울음바다가 되었다. 쿵링젠도 참을 수 없었는지 안경을 벗고 조용히 눈물을 닦았다. 마오전이 흐느껴 우는 구웨이웨이를 힘껏 부축했다. 배가 많이 부른 뤼베이베이는 울다가 바닥에 주저앉아 사람들에 의해 실려 나갔다. 주민들도 마찬가지였다. 사전에 감정을 자제하도록 당부의 말이 있었지만 생전에 싸즈산이 도움을 줬던 빈곤한 주민들은 바닥에 주저앉거나 하늘을 향해 손을 뻗어 그와 악수하는 자세를 취했다. 하지만 손이 닿지 않자 그들도 다시 목놓아 울기 시작……

싸즈산이 찬란한 빛 아래 서서히 하늘로 올라가 사람들에게 작별을 고했다.

동지들, 안녕!

그는 작별을 위해 돌아온 것이다. 홀로그램 기술을 빌려 가족과 그가 사랑했던 이 땅에 진심 어린 작별 인사를 했다.

밤이 찾아들고 대지에 하나 둘 불이 켜지는 가운데 하늘의 별들이 찬란하게 빛났다.

하늘에 별 하나, 땅에 불빛 하나.

모든 별들이 사람들의 삶을 환하게 비춘다.

등불 하나하나가 전진하는 사람들의 미래를 환하게 밝힌다.

에필로그

2021년 가을. 청톈톈은 교육 지원 프로그램을 끝내고 베이징으로 돌아왔다.

중국 사회과학원에 입학할 예정이었다. 이틀 후 박사 신입생들의 개학식이 열렸다.

청톈톈은 판자위안에서 판가오펑을 만났다. 그녀가 특별히 그를 이곳으로 부른 건 예전 자기 이야기를 하고 싶어서였다.

판가오펑은 베이징으로 돌아온 후 한 부서 책임자로 발탁되었다. 2년에 걸친 기층조직의 단련으로 그는 더욱 침착하고 주관이 뚜렷하며 성숙한 전략가가 되어있었다. 그가 쓴 《시골마을 제1서기의 일기》는 큰 반향을 불러일으키며 그해 중국 우수도서로 선정되었다. 또한 그는 '전국 향촌 주재 우수 제1서기'가 되었다.

둘이 만나자마자 판가오펑이 물었다.

"돌아왔어?"

청톈톈이 말했다. 네.

두 사람은 마치 오랜만에 만난 가족처럼 인사했다.

청톈톈은 수척해졌지만 매우 탄탄해 보였다. 흰 셔츠와 청바지 차림에서 청춘의 활력이 물씬 풍겼다.

판가오펑은 얼굴이 더 하얘지고 단정해졌다. 흰 셔츠에 준수한 얼굴, 힘든 시간을 보냈지만 여전히 순수한 청년의 모습 그대로였다.

당시 판자위안의 쑨쯔양이 살던 집은 텅 비어있었다. 그래도 위펑셴은 매주 돌아와 청소를 하고 창틀에 안스리움과 시클라멘 화분 두 개를 올려두었다. 마치 아들이 돌아오길 기다리고 있는 듯했다.

청톈톈은 친구들로부터 쑨쯔양이 베이징을 떠나 선전에서 일하고 있으며 이미 그곳에서 결혼해 아이도 낳고 새로운 인생을 시작했다는 소식을 들었다. 그의 어머니 위펑셴은 파오쌴얼과 진짜 결혼을 해서 교외 별장에 살고 있다 했다.

톈톈은 판자위안의 집 아래에서 조용히 옛일을 회상했다. 창틀에 놓인 불꽃같은 안스리움과 분홍빛의 아름다운 시클라멘을 보고 있으려니 마치 인생이 꿈같다는 생각이 들었다. 그녀가 두 손을 합장하고 조용히 고개를 숙였다. 마치 어제의 자신에게 작별을 고하는 것 같았다.

2016년 정월 보름에 눈보라를 헤치며 베이징 이 집에 와서 쑨쯔양을 다그쳤었는데, 이제 이미 5년 전의 일이 되었다.

5년.

5년 사이에 그녀와 판가오펑은 시대의 커다란 수레바퀴를 따라 제14차 5개년 계획이 시작되는 2021년을 시작했다.

청톈톈은 판가오펑에게 판자위안에서 시작된 이야기를

들려주었다. 전혀 거리낌이 없었다. 판가오펑이 가만히 그녀를 안았다. 두 사람은 손깍지를 끼고 함께 푸른 하늘을 바라보았다.

정겨운 가을날이다.

새로운 시작의 날이다.

비둘기가 파란 하늘을 날아가고 주위 상점들이 영업을 시작했다. 거리에 사람들이 오고 갔다. 크고 작은 거리 곳곳에 다시 생기가 돌기 시작했다. 손님을 부르는 상점 사람들의 소리가 마치 노랫소리 같았다. 코로나가 지난 후 출입이 자유로워진 베이징은 아름다운 하루를 열고 있었다.

청텐텐이 내일 톈안문 광장으로 국기 계양을 보러 가자고 했다. 판가오펑도 좋아했다.

판가오펑이 말했다. 베이징에서 태어나고 자란 사람인 나 역시 네가 꼭 가 봐야 한다고 생각했어. 베이징은 네가 둘러본 판자위안, 융허궁, 냐오차오, CBD뿐만 아니라 쯔진청, 톈탄, 디탄, 르탄日壇, 웨탄月壇, 그리고 톈안문 광장과 천자명당天子明堂이 있어. 바로 베이징이 베이징일 수 있는 이유지. 그렇기 때문에 베이징은 상하이, 광저우 같은 곳과는 달라.

그들은 인터넷에서 내일 오성홍기 계양 시간을 검색했다. 아침 5시 40분이었다. 그들은 온라인으로 다음 날 계양식

관람을 예약하고 차량도 예약했다.

차량이 새벽 4시에 온다. 그들은 조금 일찍 광장에 나가 기다리기로 했다. 한 청년이 아우디를 몰고 호텔 입구 커다란 회화나무 앞에 나타났다. 차는 정시에 도착했다. 새벽 4시 8분, 베이징이 모두 깊은 잠에 빠져있었다. 평소 익숙한 드넓은 큰길에는 차도, 사람도 보이지 않았다. 사방이 쥐 죽은 듯이 고요했다. 희미한 아침햇살 속에 거리와 건물, 입체교차로의 윤곽이 뚜렷했다. 길 양쪽 푸른 나뭇가지의 나뭇잎들이 전혀 미동이 없었다. 마치 선명하고 아름다운 유화 작품을 보는 듯하다. 판가오펑은 절로 시인 스즈食指의 유명한 시구가 생각났다.

지금은 4시 8분 베이징

손바닥만 한 바다가 뒤집히고

지금은 4시 8분 베이징,

웅장하고 위대한 기적이 길게 울린다.

오랫동안 베이징은 우주 공간에 자리하여 세상을 오가는 사람들은 맞이하고 있다. 태평성세의 시간, 향긋한 꽃향기가 거리를 가득 메우고 등불이 거리를 환하게 밝히고 있다.

차를 타고 가는 동안 그들의 시야에 베이징의 경물이 하나씩 또렷하게 들어왔다. 판가오펑은 청텐텐이 구경할 수 있도록 기사에게 왕푸징 거리를 관통하도록 했다. 왕푸징 백화점 앞, 얼음조각 모형의 동계올림픽 카운트다운 시계가 한눈에 들어왔다. 이곳 역시 하계와 동계 올림픽을 연 베이징의 새로운 랜드마크이자 시민과 관광객들의 핫플레이스이다. 거의 5층 높이의 유백색 대리석 조각이 매우 특징적이다. 올림픽 오륜 모형 아래 커다랗게 까만 글씨가 적혀 있었다.

2022년 베이징 동계올림픽 개막 2월 4일 × 전前

  카운트 다운을 알리는 숫자가 희미한 여명 속에 붉게 빛나고 있었다.
  판가오펑은 감개무량했다. 2008년 베이징 올림픽 카운트다운 장면이 생각났다. 그는 당시 친구와 톈안문 광장으로 오성홍기 게양식을 보러 갔었다. 광장 동쪽 국가박물관 앞의 거대한 카운트다운 표시가 사람들의 주의를 끌었다. 당시 시계탑은 14m, 옆에 걸린 국가박물관의 팻말과 같은 높이였다. 하늘 높이 솟아있는 탑 꼭대기에 올림픽 마크가 있고 오륜 아래 흰 글씨로 적혀 있었다.

2022년 베이징 올림픽 개막 8월 8일 × 전前

 그와 친구는 광장에서 작은 올림픽 깃발을 들고 환호하면서 탑을 배경으로 사진을 찍었다. 카운트다운 시간이 1분 1초씩 줄어들고 있었다. 그렇게 바라고 바라던 2008년 8월 8일이 왔고 개막식에서 찬란하게 폭죽이 터졌다. 불꽃으로 만든 29개의 발자국이 톈안문에서 시작해 중축선을 따라 냐오차오 국가체육관 개막식 현장까지 이어졌다. 모든 것이 어제의 일처럼 황홀했다.
 판가오펑은 차를 갓길에 대도록 한 후 기사에게 카운트다운 시계 앞에서 두 사람 사진을 찍어달라고 했다.
 5시 전에 그들은 광장에 도착했다. 판가오펑은 오성홍기 게양식을 보러 온 지 꽤 많은 해가 흘렀다는 생각이 들었다. 어릴 때는 부모를 따라왔고, 학교에 다니기 시작한 후에는 학교에서 단체관람을 왔었다. 매번 올 때마다 인상이 깊었지만 마음에 남는 의미는 다 달랐다. 가장 최근이 2008년 올림픽 전에 왔을 때다. 그는 몇몇 친구와 함께 아침 일찍 자전거를 타고 왔다. 친구 가운데 여러 사람이 처음 그곳에 왔다고 했다. 이런 의식은 평생 한 번만 구경해도 죽을 때까지 잊을 수 없다.
 거대한 톈안문 광장에 이미 많은 구경꾼들이 몰려있었다.

크고 작은 가방을 든 사람들은 아마도 광장에서 밤을 새운 듯하다. 그보다 더 많은 이들이 구경하기 가장 좋은 위치를 찾아 휴대폰으로 촬영을 하느라 분주히 움직였다.

판가오펑 역시 톈안문, 인민대회당, 첸문前門 성루를 배경으로 청톈톈의 사진을 여러 장 찍어줬다. 그리고 지나가던 사람에게 부탁해 둘의 사진도 찍었다. 5시 30분, 사람들의 소란이 잦아들었다. 모두 자리를 잡고 시선을 모은 채 장중하게 게양식 순간을 기다렸다. 많은 사람이 운집한 광장이 쥐 죽은 듯 조용했다.

담당 병사들이 깃발을 들고 동작을 맞추어 진수이교金水橋에서 걸어왔다. 그들이 자리를 잡고 경례를 했다. 5시 40분 장엄한 중국 국가가 울려 퍼지고 빨간 오성홍기가 올라갔다. 광장의 어른들은 경건한 표정으로 이를 바라보고, 아이들은 모두 오른손을 들어 소년선봉대식 경례를 했다. 판가오펑과 청톈톈은 광장에 모인 사람들과 함께 국가를 부르며 높이 올라가는 오성홍기를 바라보았다. 붉은 태양이 땅 위를 비췄다.

그는 곁눈질로 엄숙하게 서 있는 청톈톈을 바라보았다. 그녀가 공중에 휘날리는 오성홍기를 우러러보며 손등으로 눈가의 눈물을 닦았다. 베이징. 청톈톈은 속으로 말하고 있었다. 내가 왔어요. 이곳에 와야 베이징에 왔다고, 진짜 베이징에 왔다고 할 수 있다.

 게양식이 끝나고 광장의 비둘기가 날아올랐다. 허공을 가르는 휘파람 소리와 함께 아득하게 《베이징 송가》가 울려 퍼졌다.

  찬란한 아침노을
  금빛 베이징에 떠오르고,
  장엄한 음악
  조국의 여명을 알려요
  아, 베이징, 베이징
  조국의 심장부 단결의 상징
  인민의 자랑이자 승리의 상징

 수 세대에 걸쳐 사람들을 격려하며 영향력을 발휘한 매우 열정적인 노래이다.
 손을 맞잡은 판가오펑과 청톈톈, 두 명의 씩씩한 청년이 베이징 톈안문 광장의 금빛 아침 햇살 아래 나란히 서 있다. 청톈톈의 긴 머리카락이 산들바람에 살랑거리고, 가을의 금빛 햇살이 준수한 판가오펑의 얼굴을 비추고 있었다. 맑은 하늘에 아름다운 비둘기의 노랫소리가 울려 퍼지는 가운데 두 사람은 먼 미래를 향해 활짝 마음의 문을 열었다.

지은이

쉬쿤 徐坤

1965년 출생. 중국 작가로 주로 소설, 문학비평, 극본을 창작하고 있다. 현 중국작가협회 전체위원회 위원이자 작가협회 잡지 《소설선간小說選刊》 주간으로 활동하고 있다. 대표작으로 단편소설 《주방廚房》, 《무더운 여름날의 축구狗日的足球》, 장편소설 《잡초 뿌리野草根》, 《봄날의 22일 밤春天的二十二個夜晚》, 《당신을 사랑했던 2주 반愛你兩周半》, 《팔월광상곡八月狂想曲》 등이 있다. 루쉰문학상, 라오서老舍문학상 등을 수상했다. 장편소설 《잡초 뿌리野草根》는 홍콩 《아시안 위크亞洲洲周刊》 2007년 10대 우수 도서로 선정된 바 있다. 작품 다수가 영어, 독일어, 러시아어, 한국어, 일본어, 스페인어로 번역, 출간되었다.

옮긴이

유소영 劉素英

이화여자대학교 중어중문학과와 한국외국어대학교 통역대학원 한중과를 졸업했다. 현재 제주대학교 통번역대학원에서 번역 강의를 맡고 있다. 옮긴 책으로 《일야서》(공역), 《개구리》(공역), 《모옌 중단편선》(공역), 《9천 반의 아이들》, 《괜찮아, 괜찮아》, 《장미의 문》, 《중국회화사》, 《물고기인 척!》, 《이별 연습》 등 다수가 있다.

문예소설선 009

신성한 결혼

초판 1쇄 발행 2024년 10월 30일

기　획 문예원 문예소설선 편집위원회
글쓴이 쉬쿤徐坤
옮긴이 유소영劉素英
펴낸이 오경희

편집·디자인 오경희·조정화·오성현
　　　　　　　신나래·박선주·정성희
관리 박정대

펴낸곳 문예원
창업 홍종화
출판등록 제1990-000045호
주소 서울시 마포구 토정로 25길 41(대흥동 337-25)
전화 02) 804-3320, 805-3320, 806-3320(代)
팩스 02) 802-3346
이메일 minsokwon@naver.com
홈페이지 www.minsokwon.com

ISBN 979-11-90587-50-1
S E T 979-11-965602-4-9　04800

ⓒ 유소영, 2024
ⓒ 문예원, 2024, Printed in Seoul, Korea

저작권법에 의해 한국 내에서 보호를 받는 저작물이므로 무단전재와 복제를 금합니다.
이 책 내용의 전부 또는 일부를 이용하려면 반드시 저작권자와 민속원의 서면동의를 받아야 합니다.